얄궂은 선배님

2

얄궂은 선배님 2

초판 1쇄 발행 2020년 03월 10일

지은이 | 메리 J

발행인 | 김성룡
기획, 편집 | (주)스마트빅(쉼표)
교정 | 김은희
표지디자인 | 우물
출판등록 | 제2014-000017호 (2011년 6월 30일)

펴낸곳 | 도서출판 가연
주 소 | 서울시마포구 월드컵북로 4길 77, 3층 (동교동 ANT빌딩)
전 화 | 02-858-2217
팩 스 | 02-858-2219
ISBN | 978-89-6897-060-3 03810

얄궂은
선배님

메리 J 장편소설

2

차 례

Chapter 7

사내 연애

연석은 마지막으로 데스크톱을 종료하고 자리에서 일어났다. 요 며칠 수면 부족으로 인해 눈이 침침했다. 손바닥을 마구 비벼 열을 낸 후 두 눈을 꾹꾹 눌러 주었다. 부연 시야가 점차 선명해지는 동안 연석의 입가에도 미소가 번졌다. 그의 눈앞에 그녀가 있었다. 3인용 소파에 연석의 재킷을 덮고 잠든 호수는 완벽하게 곯아떨어진 상태였다. 그와 마찬가지로 며칠째 잠을 제대로 못 잤으니 그럴 만도 했다.

"요 녀석, 업혀 가도 모르겠네."

머리를 쓸어 올려 줘도 볼을 톡톡 찔러도 귀를 만져도 호수는
깰 생각을 않았다. 잠귀가 밝은 편인데도 깊은 숨소리만 쌕쌕 들
려줄 뿐이었다. 연석은 때는 이때다 싶게 새끼손가락의 반지를
빼서 원래의 자리로 돌려놓았다. 역시 호수의 희고 고운 손에 있
는 것이 더 잘 어울렸다. 연석은 다정한 목소리로 호수를 불렀다.

"호야, 호야. 일어나. 이제 집에 가자."

'집에 가자.'라는 소리를 들은 호수의 귀가 열리고 있었다. 여러
차례 '집에 가자.'라며 호수를 부르는 연석의 목소리에 기분이 좋
아졌다. 잠이 몽땅 깨서 멀쩡해졌는데도 호수는 눈을 뜬 채 미동
없이 그를 쳐다만 봤다.

"호야, 왜 이렇게 잠을 못 깨지? 집까지 안고 가야 해? 그럼 나
야 좋지."

농담인지 진담인지 모를 우스갯소리를 하며 연석이 호수의 뒷
목과 무릎 뒤에 팔을 끼워 넣었다. 정말로 호수를 안아 올릴 기
세로 힘을 주는 그때, 연석의 볼에 보들보들한 입술이 가볍게 닿
았다.

"이제 깬 거야?"

"응."

"너무 푹 자고 있어서 깨우기 미안할 정도더라. 안고 가려고 했
지."

호수는 넉살 좋은 말에 키들거리며 연석의 가슴을 밀어냈다.

"체력을 아끼세요."

"그렇지? 이렇게 시작 전부터 체력을 쓸 수 없지. 밤이 긴데 말

이야."

호수는 이마를 찡그리며 연석을 흘겨봤다. 출장 가서 열일 해
야 하니 힘 빼지 말란 소리를 저렇게 받아들인다. 앞으로 또 얼마
나 불꽃 체력을 과시할까, 그사이 나이가 들었으니 좀 덜하지 않
을까는 무슨. 이미 충분히 열정적인 눈동자는 아직 불을 댕기기
도 전이었다.

"이상한 생각 하지 마. 집에 가자마자 바로 잘 거야."

불꽃이 걷잡을 수 없이 타오르기 전에 불씨를 다독일 필요가
있었다.

"뭐라고? 이렇게 역사적인 날, 우리의 밤을 그냥 보내라고?"

우리. 호수는 나른하게 웃으며 고개를 저었다.

"꿈 깨세요."

우리의 밤은 길고 아주 많을 테니까. 서두르지 말아요.

실망으로 시무룩해진 연석의 얼굴을 모른 체하며 몸을 일으켰
다. 웅크렸던 몸을 펼치며 기지개를 켜던 호수는 제 손에 끼워진
반지를 발견했다. 잠만 들면 반지가 끼워지는 건가. 호수는 푸스
스 웃으며 반지 낀 손을 연석의 얼굴 앞에 쫙 펼쳐 보였다.

"이건 또 언제 끼워 놨어?"

"조금 전에. 잠자는 공주님처럼 아무리 만져도 깨어나질 않길
래 냅다 끼워 놨지."

"예전에도 아침에 일어나서 반지 보고 얼마나 황당했었다고."

"술 취한 여자한테 기습적으로 입술 뺏긴 남자는 얼마나 놀랐
겠어?"

"그때 막 좋았으면서 엄살은."

연석은 싱글벙글 웃기만 했다. 추억을 얘기하며 가벼운 마음으로 함께할 수 있다는 것에 갑자기 가슴이 뭉클해져 말을 할 수 없었다. 이대로 일어나 호수의 손을 잡고 집으로 간다. 꿈꾸던 일이 실제가 되었다. 사무실을 나서면서 호수는 자연스럽게 연석의 팔에 매달렸다.

"오빠, 걸어가자. 바람 쐬고 싶어."

"오랜만에 좀 걸을까?"

춥지도 덥지도 않은, 바람이 적당히 시원한 산책을 위한 밤이었다. 인적이 끊긴 깊은 밤의 정동길을 빙 둘러 걷기로 했다. 호수와 함께 가로등 밝은 길을 걷자니 연석은 사람의 마음이란 게 우습게 느껴졌다. 종종 잠이 안 와 혼자 산책할 때면, 가로등의 노란 불빛이 그렇게 쓸쓸할 수 없었다. 오늘의 가로등 불빛이 따스하게 느껴지는 것은 모두 호수 덕분이겠지.

"맥주 사 갈까?"

좋은 집에서 혼자 마시지 않아도 되니까.

"홍콩에서 가고 싶은데 있어?"

가고 싶은 곳을 물어볼 수 있으니까.

"갖고 싶은 거 없어? 가방? 구두? 화장품? 보석?"

주고 싶은 것을 줄 수 있으니까.

모든 것이 허락된, 오늘은 그런 밤이었다. 더는 그리움에 목이 타지 않는 밤이 될 것이다. 이 모든 행복은 호수가 가져온 것이었다.

"출장 가서 일할 생각 안 하고 놀 생각만 하시나요?"

"권력의 힘이랄까."

연석은 탓하는 호수의 말에도 아랑곳없이 뻔뻔하게 어깨를 으쓱해 보였다. 즉흥적으로 아주 좋은 생각이 떠오른 연석의 목소리가 높았다.

"호야, 우리 금요일 밤에 나가 버리자."

"응?"

"어차피 주말에도 같이 있을 건데 뭐 하러 여기 있어. 주말에 찐하게 즐기고 월요일부터 일하면 되지."

호수도 손바닥을 짝짝 두드리며 고개를 끄덕였다.

"아, 그거 좋다!"

"좋아?"

"응! 너무 좋아! 그럼, 나는 그 레이저 쇼 꼭 볼래. 그거 뭐지?"

"심포니 오브 라이트?"

레이저 쇼가 잘 보이는 쉐라톤의 스위트를 예약하면 될까? 다른 호텔 괜찮은 데가 뭐였더라. 홍콩을 잘 아는 연석의 머리에 여행 맵이 그려지고 있었다.

"그래. 그리고 또 뭐 하고 싶어?"

"야시장에도 가 봐야지."

"OK!"

"거기 짝퉁 시장에 가서 샤넬 가방도 볼 거야."

"뭐어?"

이게 무슨 소린가 싶어 연석의 눈이 휘둥그레졌다. 저를 두고 가품 브랜드를 사겠다고 호기롭게 외치는 걸 보니 기가 막혔다.

"장난이야. 거기 순 **뻥**이래. 바가지도 장난 아니고."

"샤넬 가방이 갖고 싶었어?"

"당연하지. 나도 여자니까. 심하진 않지만 나름 속물이야."

"OK. 접수. 샤넬이라……."

호수가 조용해졌다. 연석은 호수의 어깨 끌어안으며 그녀의 얼굴을 들여다봤다. 분명 '아니, 나는 괜찮아.' 또는 '필요 없어.'라고 말하겠지. 그러면 바로 키스로 입을 막아 버릴 참이었다.

"오빠, 나 있지."

"응."

"클래식 미디엄 사이즈로 사 줘. 캐비어보다는 램 스킨으로. 무난하게 블랙이 좋을 것 같아."

"……!"

"나 좀 **뻔뻔**해져도 되지? 이제 진연석이 해 주겠다는 거 그냥 누려 보려고. 경매 현장을 자주 봐서 그런지 간도 좀 부었고."

잠시 멍해 있던 연석은 빈 거리가 메아리치도록 큰 소리로 웃었다. 허리를 꺾어 가며 한참을 웃다가 저를 말끄러미 보는 호수를 마주했다.

"와! 이런 기특한 여자를 봤나? 우리 호야, 그사이 화끈해졌구나."

"꺄아!"

연석이 번쩍 들어 올리며 한 바퀴 돌리는 바람에 호수마저 정동 길에 메아리를 남겼다. 둘은 마주 보고 한참을 웃었다. 다시 팔짱을 끼고 걸으며 호수가 당당한 목소리로 선언했다.

"빌라 보증금 받으면 오빠 시계도 바꿔 줄게."

"와, 진짜? 나 횡재했네."

이내 연석의 표정이 차분하게 가라앉았다. 낮에 경찰서에서 있었던 일을 생각하니 잠시 아찔해졌다.

"내일 사람 보내서 네 짐 다 빼 오려고. 이건 뭐 짜장면도 못 시켜 먹을 세상이라니."

"진짜 있어 보인다. 사람 보내서 처리해 주는 내 남자 친구."

부러 여상하게 말했지만, 호수도 많이 놀랐다. 경찰이 보여 준 CCTV 화면은 생각보다 화질이 좋았다. 몇 번을 돌려 본 끝에 얼마 전 스쳤던 중국집 배달부를 떠올렸다. 전과가 없는 배달부는 태평하게 출근하던 길에 붙들렸다. 안타깝게도 초범이고 미수에 그쳤기 때문에 처벌은 크지 않을 거라고 했다.

현관문이 열림과 동시에 호수의 하품이 시작되었다. 맥주를 사 들고 집에 들어오자 잠시 미뤄 두었던 피로가 파도처럼 몰려왔다. 걸을 때는 몰랐는데 구두를 벗자 퉁퉁 부은 발이 후끈거렸다.

"나 진짜 너무 피곤해."

"미리 가드 치는 거야?"

"아니. 빈말이 아니고 진짜야."

"알아. 어서 씻고 한 캔씩만 따고 자자. 대신 같이 자는 거야."

연석의 표정이 너무 단호했다. 싫다고 말할 생각도 없었지만, 그의 진지함 앞에 함부로 웃을 수도 없었다. 알겠다고 굳은 약속을 하고 샤워 후 거실에서 만나기로 했다. 침실의 드넓은 침대를 보던 호수는 예전에도 엄청 큰 침대를 쓰던 연석이 생각나 설핏 웃음이 나왔다. 탄성 좋은 침대에 엉덩이를 걸치고 스타킹을 벗었다.

"아, 모르겠다. 5분만."

그대로 벌렁 누워 버렸다. 척추가 제자리를 찾는지 아프면서도 시원하게 몸이 풀어졌다. 겨우 이틀째 밤인데 마치 내 집인 양 편했다. 문득 자신을 깨우던 연석의 목소리가 귓가에 맴돌았다. '호야, 집에 가자.' 그 말을 듣는 순간 왠지 모르게 먹먹하면서 편안했다.

나는 이제 이 사람과 함께 집에 가는구나. 그가 내 집이 되어 주겠구나.

기분 좋은 미소를 지으며 베개를 찾아 끌어안았다. 푹신하고 포근하고 향기로웠다. 행복의 실체가 베개라도 되는 것처럼 꼭꼭 끌어안았다. 얼굴을 푹 파묻고 기분 좋게 잠이 들었다.

샤워를 마치고 거실로 나온 연석은 썰렁한 공간을 보며 당연하다는 듯이 고개를 끄덕였다. 여자니까 자신보다 오래 걸릴 것이 분명했다. 머리의 물기를 털며 냉장고에 넣어 둔 맥주를 들고 침실로 들어갔다.

"쯧쯧…… 그대로 잠드셨네."

연석은 맥주를 협탁에 두고 아무렇게나 잠든 호수를 들여다봤다. 이러다 숨이 막히면 어쩌나 싶게 베개에 얼굴을 꼭꼭 숨긴 채였다.

"호야, 똑바로 누워서 자야지."

"응…… 졸려. 아직 안 씻……었……어."

"알아."

연석은 침대에 걸터앉아 호수의 다리를 허벅지에 올려놓고 꾹
꾹 주물러 주기 시작했다. 높은 구두를 신고 한 시간도 넘게 걸었
으니 꽤 피로할 것 같았다.

"하지 마아……."

호수는 잠결에도 꼼지락거리며 발을 숨기려 했다.

"왜."

"발 냄새 난다구우."

연석은 한껏 오그린 호수의 다리를 다시 끌어와 발바닥을 누르
며 중얼거렸다.

"괜찮아. 나 발 냄새 좋아해."

호수는 지저분한 진실을 듣고 엎드려서 끅끅 웃더니 금세 조용
해졌다. 연석은 그 후로도 한참동안 호수의 다리를 주물러 주면
서 히죽히죽 웃었다.

* * *

룸에 들어온 호수는 바로 창가로 가 커튼을 열었다. 옅은 밤안
개가 낀 빅토리아 항구의 불빛이 신비스러웠다. 바다 건너 맞은편
홍콩 섬은 까만 어둠의 도화지 위에 빛나는 마천루를 그려 냈다.
꿈결 같은 풍경에 호수는 저도 모르게 탄성을 터트렸다.

"멋지다."

캐리어를 끌고 들어오던 연석은 창에 달라붙어 감탄하기 바쁜
호수를 기분 좋게 바라봤다. 가만히 다가가 호수의 몸을 끌어안

자 에어컨 바람에 식은 몸이 차갑게 느껴졌다. 감기에 걸리면 어쩌나 걱정하며 자신의 체온으로 보듬었다.

"피곤하지 않아?"

"너무 피곤하지. 그런데 너무 너무 너무 좋아."

"오늘은 이만 자자. 내일 이른 아침부터 관광 시작이야."

홍콩 시각으로 자정을 훨씬 넘어 있었다. 종일 과도한 업무에 시달린 탓에 얼굴에 피곤이라고 크게 쓰여 있는데도 호수는 마냥 신이 나 보였다.

"응. 자야지. 제발 날씨가 좋았으면……."

"글쎄. 그건 장담 못 하겠네."

6월의 홍콩 날씨는 변화무쌍하다. 무더운 건 기본이고 멀쩡하다가도 갑자기 비바람이 몰아치기 일쑤였다.

"상관없어. 오빠랑 같이 있으니까."

혀에 꿀을 발랐는지 요즘의 호수는 귀에 달콤한 말을 서슴없이 하곤 했다. 더 어릴 때도 안 하던 짓이라 사실 연석은 적응이 되지 않았다. 물론 호수가 일부러 노력하는 것도 인지하고 있었다. 연석은 그런 호수가 사랑스러워 익살스럽게 외쳤다.

"여러분, 여기 와서 우리 호야 좀 보세요. 이 아이가 달라졌어요!"

호수가 도장을 찍는 것처럼 연석의 입술에 진득한 뽀뽀를 남겼다. 연석은 가라앉은 표정으로 호수를 보며 가만히 머리를 쓰다듬었다. 당장 안고 싶은 욕구가 강하게 치밀어 올랐다. 동그랗고 말랑한 귓불을 입속에 넣고 거칠한 혀로 굴리다 가느다란 목덜미에 얼굴을 묻었다. 간지럼을 타는 호수가 몸을 뒤척이는데도 사정을 봐주지 않고 얇은 티셔츠를 들어 올려 속살을 어루만졌다.

농밀하게 끓어오르는 연석의 숨소리를 들으며 호수는 눈을 감고 고개를 돌렸다. 연석의 입술이 기다렸다는 듯이 호수의 입술을 붙들었다. 서로의 혀를 부드럽게, 얼기설기 엮기도 하고 끌어당기며 탐닉했다. 속옷 아래로 파고들어 온 커다란 손이 도도한 열매를 꼬집자 아, 소리와 함께 호수의 고개가 아래로 뚝 떨어졌다. 통통하고 뽀얀 살결이 연석의 손안에서 마구잡이로 휩쓸렸다.

"너 오늘 바지가 너무 짧았어. 마음에 안 들었다고."

호수의 반바지 버클을 끄르며 연석은 내내 마음에 담아 두었던 잔소리를 했다. 지퍼를 내리자마자 바지는 발밑으로 떨어졌다.

"영감님같이…… 훗!"

연석은 무릎을 호수의 다리 사이에 끼우고 허리를 끌어안은 채였다. 검은색 레이스를 파고든 나른한 손가락이 좁은 곳을 찾아 들어왔다. 창문을 짚은 호수의 작은 손이 뿌연 자국을 찍어 냈다. 연석의 손바닥이 달뜬 기분에 충혈된 예민한 버튼을 누르는 통에 호수는 다리에 힘이 빠져 주저앉을 뻔했다. 뜨겁게 흘러내리는 것이 느껴질 만큼 흥분이 고조되었다.

"아……."

호수는 짧은 한숨을 터트리며 좁은 창틀에 손을 올리고 버텼다. 뒤에서 연석이 부스럭거리는 소리가 들렸다. 머리털이 삐죽 솟을 만큼 그 소리에도 흥분이 되었다.

단단하고 뜨겁게 솟구친 흥분이 살갗을 스치더니 바로 비집고 들어왔다. 흉포한 욕심을 품고 내밀한 통로를 두드렸지만, 쉬이 길을 터 주지 않았다. 유리를 짚었던 호수의 손이 주르륵 미끄러지며 뽀드득 소리를 냈다. 신장의 차이 때문에 더 버겁게 느껴졌다.

"호야…… 나 지금 너무 좋다. 네 안은 내가 기억하고 있던 것보다 더 부드러웠어."

연석은 손으로 호수의 여린 몸을 끌어안은 채 조심스럽게 움직였다. 호수는 짙은 어둠 멀리, 아득한 불빛을 바라보며 춤을 추듯 흔들렸다. 그가 강하게 안을 때마다 몸이 위로 치솟았다. 까치발로도 모자라 발가락 끝이 바닥에 닿지 않았다. 연석은 느릿하고 여유롭게 움직였지만, 호수는 그녀의 몸을 속속들이 기억하고 있는 그로 인해 벌써 정상을 코앞에 두고 있었다. 금세 꼴까닥 넘어가기 직전이었다. 짧고 급하게 쏟아지는 호수의 숨결에 창문은 하얀 김으로 뒤덮여 야경이 보이지 않을 지경이었다. 연석에게 몸을 맡긴 채 창문에 이마를 기대고 있던 호수는 힘줄이 선명하게 돋은 팔뚝을 할퀴며 갑자기 몸을 늘어뜨렸다.

"하아, 힘들어."

연석은 뼈가 없어진 사람처럼 기운 없이 늘어진 호수를 돌려세웠다. 빨갛게 달아오른 눈가가 아직도 뜨끈뜨끈하게 젖어 있었다.

"침대로 갈까?"

호수는 대답 없이 연석의 가슴에 머리를 기대었다. 한 치의 흐트러짐도 없는 목소리와 달리 그의 심장은 굉장한 속도로 뛰고 있었다.

"오빠, 우리 지금 너무 웃긴 거 알아?"

옷을 입은 것도 아니고 벗은 것도 아닌. 뭐가 급하다고 이랬을까 싶은 마음에 호수는 어깨를 떨며 웃었다.

"이게 그렇게 웃겨?"

"뭐랄까……. 우리 좀 짐승 같잖아."

"진짜 짐승을 못 봤구나."

두 팔을 교차해 티셔츠를 벗어 버린 연석은 호수를 안고 침대로 갔다. 호수는 아주 오랜만에 보는 연석의 탄탄한 가슴과 복근을 손가락으로 덧그리듯 쓸었다. 따뜻한 쇠 같다는 생각이 들었다.

"내일 아침 관광 가야 한다고 빨리 자라고 하더니."

"바보야, 홍콩은 오빠가 보내 주는 거야."

이상한 농담 하지 말라고 핀잔을 주면서도 호수는 웃음을 멈추지 못했다. 늦은 밤이 되어 수염이 까칠해진 연석의 볼과 턱이 간지럼을 태운 탓이었다. 장난기 가득한 간지럼은 어느새 부드러운 입맞춤이 되었고 공간은 고요해졌다. 소중하고 귀한 것을 다루는 조심스럽고 애틋한 키스가 이어졌다. 다시 달아오른 밭은 숨 사이로 소곤소곤 대화가 섞였다. 좋아? 여기? 아니. 좀 더. 싫어…… 이렇게 해 봐……. 낮은 웃음소리들이 잦아든 자리에는 열기만 남았다. 내밀한 손길이 뜨거워 더 이상 참을 수 없는 때. 연석은 다시 호수의 깊은 곳으로 스며들었다.

그를 반기는 깊은 곳의 움직임이 주는 짜릿한 쾌감. 눈앞이 아득해지고 근육이 떨렸다. 호수의 부끄럼 타는 얼굴은 만개한 모란처럼 농염하고 갓 피어난 배꽃처럼 해사했다. 사랑하는데, 너무 예쁜데 그만큼이나 괴롭히고 싶은 얄궂은 마음. 울음 섞인 예쁜 소리로 그를 부르는 소리가 듣고 싶었다. 연석은 욕심을 가득 싣고 사납게 움직였다. 치밀한 흥분감이 동시에 두 사람을 삼켰다. 연석의 잘게 갈라진 등 근육을 타고 땀방울이 흘러내렸다. 가쁜 숨을 내쉬는 몸이 태산처럼 크게 움직였다. 호수는 두 팔로 연석의 목을 꼭 끌어안고 얼굴을 비볐다. 그의 커다란 품 안에 갇혀 있는 것이 아늑하기만 했다.

"사랑해, 오빠."

"나도. 호야, 사랑해."

눈을 마주하고 미소 지으며 가볍게 나누는 후희의 키스는 언제나 달았다.

* * *

감은 눈이 부실 정도로 환한 빛이 느껴졌다. 눈을 뜨니 벌써 해가 중천이었다.

이럴 줄 알았어.

툴툴거리며 자리에서 일어난 호수는 도무지 정신이 들지 않았다. 넓은 침대에 오도카니 앉아서 눈을 감았다가 떴다가, 미처 털어 내지 못한 잠을 묻히고 몽롱한 채였다.

"어디 갔어……?"

겨우 의지를 갖고 자리에서 일어나려던 호수는 뻐근한 근육이 지르는 아우성에 놀라 다시 주저앉았다. 밤새 연석과 함께한 다양한 움직임은 그녀의 운동 부족 상태를 깨닫게 했다. 아랫배는 묵직하고 다리는 당기고 옆구리는 결리고 누구에게 흠씬 맞은 것 같은, 총체적 몸살 상태였다.

이 욕심쟁이 남자는 저만 남겨두고 어딜 갔을까. 목도 마르고 커피도 마시고 싶고 배도 고픈데 꼼짝을 못 하겠다. 억울한 마음과 편치 않은 몸이 짜증을 일으켰다. 함께 항구를 걸으며 아침 산책을 하기로 했었다. 서치 해 놓은 예쁜 카페에서 브런치를 먹기로 했고 소더비 갤러리에도 가보고 하버 시티에서 쇼핑 혼을 불태우기로 했었다. 아울렛에 가서 옷도 구경하고 성실의 아기에게 줄 선물도 사야 하는데. 지금 상태로는 걷는 것도 여의치 않았다. 게다가 드물게 창밖 날씨는 화창하기까지 했다. 억울함이 두 배였다.

에어컨은 왜 이렇게 성능이 좋은지. 한기가 느껴질 정도였다. 이불을 돌돌 말고 실내를 둘러보고 귀를 기울여 봐도 혼자 있는 것이 분명했다. 사랑을 나눈 후 아침에 혼자 눈을 뜨는 것은 그다지 유쾌하지 않았다. 침대 옆 테이블에 놓인 안내 책자를 펴고 룸서비스 목록을 살펴봤다. 음식 이름을 보자 지독한 허기에 속이 쓰렸다.

"홍콩 물가 대단하다고 하더니 정말…… 너무 비싸다."

도로 드러눕기도 쉽지 않았다. 의도하지 않아도 아구구 소리가 절로 나왔다. 천장을 보고 연석이 밉다고 중얼거리는데 문 열리는 소리와 카펫을 밟는 묵직한 소리가 들렸다.

"호야, 일어났구나. 아무리 깨워도 안 일어나더라."

자신과 달리 가뿐하고 밝은 목소리. 호수는 가자미눈으로 흘깃 연석을 보다가 어이가 없어 헛숨을 삼켰다. 가벼운 운동복 차림에 땀으로 젖은 앞머리를 보니 운동씩이나 하고 온 모양이었다. 저만 이렇게 죽어나고 있다니. 세상 불공평했다.

"어디 다녀오는 길이야?"

여전히 시선은 천장에 둔 채 힘없이 물었다.

"아침 운동. 여기 피트니스가 괜찮거든. 호야, 배고프지."

"그럼 배부르겠어?"

나직하게 콧노래까지 흥얼거리던 연석은 찰나의 불길함을 느꼈다. 천천히 뒤를 돌아 누워 있는 호수에게 다가갔다.

"호야, 기분 안 좋아?"

호수는 대답하지 않았다. 왠지 치사했고 속 좁은 사람이 되는 것 같아 말하지 않기로 했다.

"배고파서 화났어?"

"아니."

"그럼 왜 그래?"

"그걸 몰라서 물어?"

모르니까 물어보지. 아는데 물어보나?

연석은 차마 할 수 없는 말을 삼키며 침대에 걸터앉았다.

호수 곁에 얌전하게 자리한 연석은 순진무구한 얼굴이었다. 그걸 몰라 묻냐는 질문에 대한 답은 그 표정만으로도 충분했다. 연석답지 않게 착한 눈빛을 굴릴수록 호수는 내가 지금 뭘 하고 있나, 현실을 자각할 뿐이었다.

그는 똑똑하고 분석적인 남자였지만, 예전부터 이상하게 이호수에게만 숨겨진 소년미를 드러내곤 했다. 교양 체육 시간에 생리통 때문에 짜증내다 기숙사로 돌아간 호수가 아프다는 사실에 고뇌하며 눈물짓던 소년이었다. 그 후 해성에게 놀림을 받으면서도 생리통에 관한 의학 논문까지 섭렵한 남자였다. 호수가 머리를 짚으며 한숨을 쉬자 연석의 마음은 더 무거워졌다.

"호야, 내가 지금 곰곰이 생각하고 있거든. 잠시만 기다려 줘."

생각한다고 깨달을 리 없어 보였다. 참다못해 몸을 일으키는 호수의 입에서 노인 같은 신음이 새어 나왔다. 연석이 서둘러 호수를 부축하며 걱정스럽게 탄식했다.

"아팠구나."

"어. 아픈데 혼자라서 기분이 별로였어. 내가 작작 좀 하라고 했잖아."

연석은 면목 없어 목덜미만 쓸었다. 호수의 해쓱한 얼굴을 보니 자신의 주책맞은 체력이 원망스러웠다. 그러던 연석에게 죄 사함의 기회가 왔다. 룸에 경쾌한 벨소리가 울려 퍼지자 연석은 구세주라도 맞이하듯이 환호하며 출입문으로 뛰어갔다. 양손 가득 뭔가를 들고 오더니 자랑스러운 얼굴로 그것들을 흔들어 보였다.

"그게 뭐야."

이미 화가 풀렸지만 민망해서 티도 못 내고 있던 호수가 뿌루퉁한 소리로 물었다.

"맛있는 브런치 먹기로 했잖아. 네가 못 일어나길래 나가서 내가 골라 봤어. 시간 맞춰 잘 일어났다, 호야."

그러면 그렇다고 미리 말을 해 주든가. 호수는 괜한 사람을 들볶은 미안함에 얼굴이 데워졌다.

"운동하고 온 거라면서."

"시켜 놓고 잠깐 운동하고 왔지. 요 며칠 바빠서 운동을 쉬었더니 불안해서."

도시락과 상자들이 열리자 맛있는 냄새가 공기 중에 둥둥 떠다녔다. 고소하고 달고 매콤한 냄새에 후각이 기지개를 켰다. 익숙하면서도 이국적인 맛의 향기에 위가 자극되었다. 위산이 쏟아지는지 속이 아파 배를 쓸며 인상을 찡그리는 호수를 본 연석이 사색이 되어 외쳤다.

"왜 그래? 또 어디가 안 좋아?"

"너무 배고파서 속이 아파. 맛있는 냄새 나니까 더 아파."

호수보다 더 아픈 얼굴이 되어 잔뜩 일그러진 연석이 급한 대로 따뜻한 밀크티에 빨대를 꽂아 입에 물렸다.

"빨리 마셔 봐."

"화내서 미안해. 나 미쳤나 봐. 내가 이렇게 유치한 사람이었을까?"

"괜찮아. 이것부터 먹어. 아픈 것도 몰라주고 혼자 눈뜨게 한 내가 나쁜 놈 맞아."

호수는 밀크티를 빨아 먹으며 연석을 물끄러미 바라봤다. 이 남자는 왜 이다지도 나를 사랑할까. 나를 보면 도대체 어떤 심정이길래. 문득 의문이 들었다.

"호야, 뭐부터 먹어 볼래? 샐러드, 수프, 양갈비 스테이크, 연어라팔레트 중에 골라 봐. 디저트는 나중에 보자. 디저트가 얼마나 예쁘게요."

유행어까지 흉내 내면서 저를 웃겨 주는 나의 선배님. 정말 궁금하네요. 당신은 나를 보며 무슨 생각을 하는지. 호수는 접시에 이것저것 덜어서 나르느라 바쁜 연석을 불렀다.

"오빠."

"응?"

"나한테 왜 이렇게 잘해 주는 거야?"

"……."

대답을 궁리하는 건지, 자신도 몰라서 그러는 건지 연석은 콧등을 문지르며 머뭇거렸다.

"나야말로 궁금하네."

"응?"

호수의 고개가 갸웃, 기울어졌다.

"나야말로 네가 처음부터 신기했지. 어떻게 나 같은 남자가 안중에도 없을 수 있을까?"

"아우!"

호수는 야유하며 주먹을 휘둘렀지만, 연석은 진심으로 정색했다.

"웃으라고 하는 말 아니고. 진짜 그랬어. 어떻게 그래? 처음에는 그래서 궁금했었어. 이호수가."

"난…… 아마도 당장 코앞에 닥친 일들이 급해서. 그래서 그랬던 거 같아."

"나는 조금씩 네가 좋아졌어. 이상했고 궁금했고 그러더니 조금 귀엽고 예뻐 보이더라."

연석이 가져다준 파스타를 먹던 호수는 정말 귀여운 척하며 생긋 웃어 보였다. 연석은 그런 그녀의 머리를 짓궂게 흩트려 놨다.

"그런데 결정적으로. 어느 날 문득, 너한테 굉장히 잘해 주고 싶다는 생각이 들었어. 너만 보면 막 가슴이…… 잘해 주고 싶어서 미칠 것 같아서. 꽉 막히는 기분이었어."

"정말 이상한 마음이군요."

듣자니 너무 쑥스러워진 호수는 우스갯소리를 하는 척 에둘렀다.

"사랑해서 그런 거겠지."

"고마워. 그런데 아직도 잘 이해는 안 가."

연석은 너그럽게 고개를 끄덕였다. 이해를 바라고 한 말도 아니었다. 알아주지 않아도 여전히 호수를 사랑할 테니 상관없었다.

"그런데 몸이 많이 안 좋아?"

"응. 구타당한 것 같아. 안 하던 운동하고 다음 날 몸 아픈 거 있잖아."

"증상이 근육통인데. 심각한 운동 부족이야. 다음부턴 좀…… 참아 가면서 할게. 육 년 숙성된 정력이 봉인 해제돼서 그만."

호수가 집어 던진 빵 조각을 연석은 가뿐하게 낚아채 입에 넣었다. 얄미운 운동신경 같으니.

"제발 그래 줘. 나는 오빠 같은 운동 중독자가 아니야. 내 몸은 뼈와 지방으로만 만들어졌다고."

연석이 끔찍하다는 듯 눈매를 구기고 호수를 쳐다봤다. 그래도 요즘은 운동을 좀 하는 줄 알았더니 전혀 아닌 모양이었다. 저를 한심하게 생각한다고 느낀 호수가 도도하게 뇌까렸다.

"근처에서 파스슥 소리 난다. 애정이 짜게 식는 소린가 봐?"

연석은 눈을 크게 뜨고 결백을 주장하며 손을 내저었다.

"아니. 걱정돼서 그러지. 나만 무병장수할 수는 없잖아."

"같이 운동하자고 하기만 해 봐라!"

호수는 포크를 치켜세우며 으름장을 놓았다. 그동안 많이 먹을 일이 없어 날씬한 편이었기에 운동을 더 등한시하고 있긴 했다. 연석이 얼마나 운동을 중요하게 생각하고 엄청나게 해 대는 줄 잘 안다. 하더라도 각자 해야지 절대로 같이하고 싶지 않았다. 하지만, 저 남자는 뭐든 함께, 세트로 움직이자고 할 게 뻔했다. 고로 아예 안 하는 것이 정답이었다.

"먹고 좀 쉬었다가 야외 수영장 가자."

"뭐라고? 오빠 여기 혹시 철인 3종 경기 같은 거 열려? 겸사겸사 출전하러 온 거야?"

연석은 경악하며 몸을 들썩이는 호수를 급히 진정시켰다.

"아니. 루프탑에 야외 수영장하고 자쿠지가 있어. 자쿠지에서 온수로 마사지 좀 하자. 그럼 좀 나을 거야. 저녁에라도 놀러 다녀야지. 야시장 구경도 하고 이치란 라멘도 먹어 보고 싶다고 했잖아."

차분한 설명에 호수는 안정을 찾고 고개를 끄덕였다.

"난 또…… 깜짝 놀랐네."

"그리고 늦은 오후에 만날 사람이 있어."

"누군데?"

"전에 여기 크리스티 사무소에 있을 때 같이 일하던 동료야."

"꽤 친했구나."

"뭐…… 대충."

연석은 심드렁한 대답을 남기고 호수가 남긴 것들을 깨끗하게 먹어 치우기 시작했다.

* * *

이제 막 데이 세일이 끝난 경매장은 소란스러웠다. 비교적 낮은 가격대의 작품을 선보이는 데이 세일이지만 그 수준까지 낮다고는 할 수 없었다. 흥미롭게 눈을 빛내는 호수를 들여다보며 연석은 기특하다는 듯 웃었다.

"보니까 어때?"

"확실히 규모가 느껴져. 우리 회사도 이만큼 성장해야 할 텐데. 그치?"

"그렇게 키울 거잖아. 영특한 우리 이호수가."

크리스티 경매장을 상징하는 붉은 색의 벽과 오브제들을 보며 호수는 가슴이 뛰었다. 예술을 상업의 가치로 환산하는 세계에서 확실한 Brand ship을 갖는 위치가 새삼 부러웠다. 혹자는 숭고한 예술 정신을 돈으로 판가름한다고 깎아내리지만, 호수의 생각은 달랐다. 예술품의 가격은 대중의 사랑과 관심을 가장 쉽게 보여 주는 지표이고 그것은 예술적 창작 의욕에 좋은 영향을 끼친다. 물론 그 과정이 백 퍼센트 순수할 수는 없다는 것에도 동의한다. 어느 곳에나 빛과 어둠이 있는 것을 인정할 뿐이었고 최대한 양지에 속하도록 노력하는 것에 최선을 다하고 싶었다.

프리뷰 전시장으로 옮겨 한창 작품을 감상하던 연석이 누군가를 발견하고는 반갑게 손을 흔들었다.

「메이!」

연석을 따라 시선을 옮긴 곳에는 매력적인 동양 여자가 다가오고 있었다. 약간 까무잡잡한 피부가 섹시해 보였고 굉장히 세련된 느낌이 들었다.

「진, 오랜만이야.」

메이라 불리는 여자는 연석을 가볍게 포옹을 하며 맞이했다. 몇 마디 안부를 주고받던 메이는 연석의 곁에 선 호수를 호기심 어린 눈으로 쳐다봤다.

「진, 소개해 줘야지.」

호수는 메이의 목에 걸려 있는 크리스티의 사원증을 확인한 후 앞으로 나섰다.

「안녕하세요. 저는 이호수입니다. 한국 옥션 소속입니다.」

「메이 추라고 해요. 진하고는 이곳에서 일 년 정도 함께 일했어요. 진이 떠날 때 여자들이 홍콩 섬 앞바다에 뿌린 눈물이 대단했죠.」

메이의 농담에 호수도 가볍게 웃었지만, 연석은 심기 불편한 얼굴이었다.

「그런 불필요한 농담 하지 마. 호수는 내 약혼녀야.」

「드디어 네 메마른 입술을 달래 줄 주인을 만난 거야? 호수, 진이 아직도 립밤을 열심히 바르나요? 다들 키스를 너무 안 해서 입술이 마르는 거라고 놀렸거든요.」

「그건 오래된 습관인걸요.」

호수가 대수롭지 않게 답하자 메이는 왠지 의미심장하게 웃었다.

「메이, 이제 정말 그만해. 오늘은 겸사겸사 찾아온 거 알잖아. 우선 콕스 쪽 분위기는 어때?」

「콕스사(社)야 갑 중의 갑이니까. 내가 이렇다 저렇다 장담할 수 없다는 거 알잖아. 그나마 진에게 다행인 건, 콕스가 한국 화가들한테 좀 우호적이라는 거지.」

가을 메이저 경매를 위해 한국 옥션이 공을 들이는 콕스는 영국의 유명한 화상(畵商)이자 콜렉터였다. 아시아에서 콕스 컬렉션을 전시하는 일 자체도 큰 화제가 될 테지만, 연석은 겨우 그 정도에 만족할 수 없었다. 아시아 최초로 그의 컬렉션을 가을 경매에 올리고 싶었다. 이번 콕스사(社)와 있을 미팅에 대비해 메이에게 대외비를 캐내는 중이었다.

한창 대화를 주고받던 중, 호수는 연신 자신을 훑는 메이의 시선이 불편해지기 시작했다. 그러더니 호수의 손가락에 낀 반지를 보고 까닭 모를 웃음을 짓기까지 했다. 내색할 수 없었지만, 호수는 이 만남이 껄끄러웠다.

* * *

겨우 30분이 주어진 콕스 측과의 미팅은 예상보다 훨씬 순조롭지 않았다. 콧대 높은 명성을 자랑하는 컬렉터이자 화상(畵商)은 이제 막 아시아에서 자리 잡은 한국 옥션이 우스워 보이는 모양이었다. 무엇보다 한국 미술 시장에 대한 확신은커녕 흥미조차 없어 보였다. 자신들의 명성에 맞지 않는 무대에 작품을 맡기는 것에 회의적인 태도가 느껴졌다.

「이미 자리 잡혀 판이 커진 곳보다는 미래의 성장과 시장성을 봐 주시죠. 항상 새로운 것을 발굴하고 성장하는 데 가치를 두는 콕스와 손잡고 싶습니다. 한국 미술 시장의 새로운 전환점이 되는 커다란 발자취를 남기게 될 겁니다.」

호수가 몇 날 며칠 밤새워 준비한 자료는 무용지물이 되다시피 했다. 성의 없는 손가락으로 한 장 두 장 넘어가던 페이지는 멈춘 지 오래였다. 연석의 패기 넘치는 브리핑도 그들의 마음을 움직이기에 역부족이었다. 상대는 처음부터 마음을 닫고 나온 참이었다.

「그건 아버지가 젊었을 때 얘기고요. 솔직히 이제는, 굳이 그런 에너지를 낭비할 필요가 있을까 하는 중입니다.」

콕스의 양아들이자 현재 콕스사의 아시아 담당인 에릭은 시종일관 거만했다. 주어진 시간 30분이 끝나가고 있었다. 에릭의 옆에 앉은 비서가 뭔가 사인을 주자 잠시 고민한 후 입을 열었다.

「미스터 진, 콕스 컬렉션 전시는 긍정적으로 추진해 보죠. 하지만 위탁에는 큰 기대 걸지 않는 게 마음 편할 겁니다.」

연석은 아쉬움을 감추고 품위를 갖춰 만남을 마무리 지었다. 첫술에 배부를 리 없다는 걸 알면서도 속이 쓰렸다.

「감사합니다. 한국 옥션은 콕스 컬렉션이 추구하는 숭고한 예술적 가치와 진취적 정신을 살려 최고의 전시를 기획하겠습니다.」

일어나 작별 악수를 하던 호수는 에릭의 손을 붙든 채 준비했던 인사를 건넸다.

「감사합니다, 에릭 씨. 3년 전 런던에서 에릭 씨가 주관했던 〈블루 아시아 컬렉션〉에 깊은 감명을 받은 적이 있어요.」

기억을 더듬느라 가늘어졌던 에릭의 눈이 반가움으로 커졌다. 상당한 애착을 갖고 진행했던 컬렉션 전(展)이었지만, 흥행이 좋지 않아 아쉬웠던 추억이었다.

「런던 프리즈 아트페어 때를 말하는 건가요?」

「네. 아시아 그림의 대세가 일본에서 중국으로 넘어간 지 오래죠. 미술 시장도 어쩔 수 없이 시류를 따라야 돈이 되는데 에릭 씨의 컬렉션은 한국 화가들의 자생적 힘을 알아보신 것 같았어요. 아, 물론 제가 한국인이라 더 그렇게 느꼈겠지만요. 하여튼 저는 그때 에릭 씨가 콕스의 안목을 가장 많이 닮은 사람이구나 했었어요.」

에릭은 유쾌하게 웃으며 고개를 끄덕였다. 연석의 옆에서 내내 입을 다물고 있던 여자는 영리해 보였지만, 너무 어려 보여 마음속에서 제쳐 놓은 터였다. 그런데 대화를 나눠 보니 대놓고 솔직하면서도 그것이 세련된 매너로 다가오는 독특한 매력이 있었다.

「아부인 걸 알겠는데 기분은 좋네요. 사실…… 한국 미술에 관심을 갖게 된 건 다 '리' 덕분이죠.」

「리? 이정운을 말씀하시는 겁니까?」

연석이 다시 대화에 끼어들었다. 콕스 회장이 아끼는 몇몇 그림 중에 이정운의 작품이 여럿이었다. 영국 왕세자가 몇 년에 걸쳐서 구매를 요청하는 데도 양보하지 않아 화제가 된 컬렉션으로 유명했다.

「그래요. 이정운……. 역시 발음이 힘들어.」

내내 뻣뻣했던 에릭의 태도는 막상 회의가 끝나고 난 후에 호의적으로 바뀌어 있었다. 흐름의 타이밍이 안타까울 정도로 에릭은 몹시 풀어져 보였다.

「리는 아주 좋은 사람이었어요. 아버지의 아틀리에에서 후원받는 작가 중에 가장 멀쩡했고 사랑이 많았죠. 아이를 보러 돌아간 한국에서 그렇게 될 줄 알았으면 우리 모두 그를 돌려보내지 않았을 겁니다.」

「이정운을 직접 보셨군요.」

「그럼요. 나는 그때 어렸지만, 그는 나를 어른의 인격으로 대했어요. 그림에 대해 이것저것 알려 준 것도 많았고 형제들 몰래 아버지에 대한 정보도 물어다 줬죠. 아마도 내가 안쓰러웠나 봅니다. 자기 아이가 생각나서 그랬는지도.」

적통이 아니라는 이유로 어려서부터 알게 모르게 무시당해 온 에릭은 깊은 열등감 같은 것이 있었다. 현재 에릭은 자신이 맡은 아시아 시장에 대해 시큰둥한 상태였다. 아무리 열심히 해도 콕스의 눈에 들지 않으니 도무지 흥이 나지 않았다. 잠시 아련한 표정을 짓던 에릭은 비서의 재촉에 정신을 차렸는지 멋쩍게 웃었다.

「이런, 쓸데없는 말이 길었군요. 좋은 만남이었습니다. 나중에 기회 되면 콕스 아틀리에로 한번 초대하죠.」

에릭이 나가고 나자 호수는 무너지듯 소파에 주저앉았다. 티는 내지 않았지만, 여간 긴장한 것이 아니었다. 비록 콕스의 직계 혈통에 밀려 아시아 담당이라는 한직에 있지만, 에릭 역시 미술계의 거물이었다. 경매 회사에 들어온 지 겨우 7개월을 넘긴 자신이 그를 만난다는 것 자체가 영광이었다. 옆에 연석이 함께하지 않았다면 벌벌 떨다 지나갔을 시간이었다.

"수고했어, 호수야. 힘들었지?"

연석은 어젯밤을 온전히 지새우고 겨우 커피 한 잔만 마시고 이 자리에 나온 호수가 안쓰러웠다. 욕심 많은 호수는 자료에 들어갈 단어 하나도 고르고 골라 작성했고 콕스와 에릭에 대해 그들 자신보다 더 많이 아는 게 아닐까 싶을 정도로 파악해 놓은 상황이었다. 연석은 눈 밑이 푹 꺼진 호수의 어깨를 토닥이며 격려했다.

"우리 아주 망한 건 아니지?"

"그럼. 전시회만으로도 큰일 해낸 거야. 사실 경매에 콕스 시리즈를 유치하겠다는 건 내 욕심이었지. 그래도 마지막 분위기가 좋았잖아. 다음을 기약할 수 있겠어. 저 사람, 거만하긴 해도 흰소리는 안 해. 양아들이지만 콕스의 신용과 감각을 제일 많이 닮긴 했어. 아쉬울 거야. 친자식이 아니라 능력을 인정 못 받으니."

"후…… 다행이다. 나중에 반드시 콕스 컬렉션 유치할 거야."

"그래야지. 이호수 사원이 있어서 너무 든든하다."

"두고 봐. 나중에 래리 가고시안이 울고 갈 갤러리를 만드는 게 내 꿈이야."

연석은 영민하게 반짝이는 호수의 눈을 보고 내심 놀랐다. 이 정도로 열정적일 줄은 생각 못 한 바였다. 원래 미술품 보는 것을 좋아하는 것은 알았지만, 원대한 꿈까지 키우고 있었을 줄이야. 호수가 아니라 태평양이었군. 연석은 테이블을 정리하는 호수를 물끄러미 보며 웃음을 멈추지 못했다.

"왜 그렇게 바보같이 웃고 있어? 빨리 돌아가서 좀 쉬자. 갑자기 너무 졸려."

"예쁘고 기특해서. 새록새록 멋있다, 이호수."

호수는 어깨를 우쭐거리며 도도하게 말했다.

"나한테 잘해라. 나중에 엄청난 거물 되어 있을 테니까."

"네네. 그럼요. 일개 실장이 무슨 힘이 있겠습니까."

연석은 호수를 도와 테이블을 정리한 후 자리에서 일어났다.

"호야, 나는 여기서 메이 좀 만날 일이 있어. 많이 피곤하면 먼저 호텔로 가 있을래?"

"나, 그 여자 싫어."

"……?"

대놓고 인상을 찌푸리며 싫은 티를 내는 호수를 보며 연석은 영문을 모르겠단 표정을 지었다.

"그 사람, 느낌이 별로야."

섹시하고 자신만만한 여자가 연석과 가볍게 포옹하며 인사 나누는 장면이 떠오르자 말투도 뾰족해졌다.

"이런! 호야, 지금 오빠 못 믿는 거야? 나 지금 질투 받는 건가?"

"어! 근데 표정이 왜 그래? 왜 그렇게 신이 났어?"

"호야가 질투하니까 그냥 너무 좋다."

호수의 앙칼진 시선을 받으면서도 연석은 헤벌쭉 벌어진 입을 다물지 못하고 마냥 좋아했다.

"으유! 남의 속도 모르고. 그럼 한 시간 내로 와야 해. 나는 가서 씻고 좀 잘래. 홍콩 날씨 진짜 별로야. 끈끈이야."

그가 메이에게 관심 없는 것을 아는데 괜한 트집을 잡는 유치한 여자 친구가 되고 싶지 않았다. 호수는 마음이 넓은 척했지만, 괜히 치미는 짜증을 숨길 수 없어 날씨 탓을 하며 투덜거렸다.

* * *

가볍게 민소매 티셔츠만 걸친 호수는 연석이 사다 놓은 빵을 오물거리며 생각에 잠겼다. 가방을 뒤져 에릭에게 받은 명함을 한참 들여다보며 고민했다.

"사고 한번 쳐 볼까? 진연석 실장님 까무러치는 것 좀 보고 싶긴 한데?"

명함에 있는 메일 주소는 당연히 업무용이라 언제 답을 받을지 확신할 수 없었다. 호수는 급히 랩톱을 펼쳤다. 입에 빵을 물고 한 자 한 자 신경 써 가며 정성스러운 메일을 쓰기 시작했다.

룸에 돌아온 연석은 침대에 잠든 호수를 보며 실소를 터트렸다. 고집과 깡으로 버티더니 이렇게 장렬히 쓰러지는구나 싶었다. 연석은 급히 핸드폰 카메라로 호수의 귀여운 순간을 담았다. 먹던 모닝빵을 손에 꼭 붙들고 잠든 화장기 없는 얼굴이 유난히 더 아기 같아 보였다.

연석은 침대에 올라가 두 팔 사이에 잠든 호수를 가두고 내려다보았다. 이렇게 보니 학교 다닐 때와 별반 달라진 것 같지 않았다. 세월은 저 혼자 다 맞이한 것 같은 억울함이 느껴질 정도로 호수는 동안이었다. 연석은 우유 냄새가 날 것 같은 하얀 볼에 입을 맞추며 쿵쿵 숨을 들이마셨다. 따뜻하고 포근한 호수의 체향을 맡자 녹신하게 지쳤던 몸이 힘을 얻는 것 같았다.

"호야, 오빠 왔다."

잠이 깬 호수는 눈은 그대로 감은 채 두 팔을 벌려 연석의 목을 끌어안았다.

"옷 입고 자네?"

연석은 호수의 손에 들린 빵을 집어 한입에 넣고 우물거리며 아쉬운 농담을 던졌다.

"내가 뭐 마릴린 먼로인 줄 알아?"

"먼로보다 훨씬 아름답지."

연석은 이불 속으로 파고들어 호수의 몸을 끌어안았다. 따뜻하고 여린 몸이 탄성 있는 거품처럼 부드럽게 연석의 몸을 감았다. 턱밑에 고인 호수의 동그란 머리에서 샴푸 향이 물씬 풍겼다.

"메이하고 무슨 얘기 했어?"

"……."

"응? 응? 응! 왜 아무 소리 안 해?"

연석은 턱에 입술을 대고 꿍얼거리는 호수가 너무 사랑스러워 마음이 약해지고 있었다. 오늘 밤까지 꼭꼭 숨겨 둘 비밀인데 그때까지 지킬 자신이 없었다. 손바닥에 닿은 호수의 매끄러운 살결을 쓸던 연석이 벌떡 일어나 앉으며 호수도 일으켰다.

"으앗! 뭐 하는 거야?"

연석의 전광석화 같은 동작에 당한 호수는 외마디 비명을 질렀다. 순식간에 입고 있던 민소매 셔츠를 벗겨 버리는 통에 호수는 두 팔로 가슴을 가린 채였다.

"아무래도 내가 변태인가 보다. 이게 그렇게 해 보고 싶네."

연석은 마른 입술을 혀로 핥으며 야살스럽게 웃었다. 환한 빛을 등지고 앉은 뽀송뽀송한 호수를 훑는 연석의 눈은 먹이를 앞에 둔 나른한 맹수의 그것과 같았다.

연석은 연약한 토끼처럼 놀란 눈을 말똥거리는 호수를 와락 끌어안았다. 잠자느라 부스스해진 머리를 손가락으로 풀어 주고 작은 어깨와 팔에 입을 맞췄다. 입술을 댈수록 아쉬움이 남는 것이 아이러니했다. 너무 예뻐서 그만 어깨를 아플 만큼 물어 버리고 나서야 호수의 비명에 놀라 정신을 차릴 수 있었다. 호수는 자신만 보면 정신없이 구는 연석이 우습기도 하고 좋기도 해서 그냥 웃어넘겼다.

"오빠, 미안한데 나 지금 너무 배고파. 잡아먹을 때 먹더라도 뭘 좀 먹여 주라."

하소연을 증명하듯이 때맞춰 호수의 배에서 꼬르륵 소리가 길게 울렸다. 둘은 끌어안은 상태로 몸을 들썩이며 웃었다.

"주책맞은 내 배는 지금 에로스건 플라토닉이건 사랑 따위 신경

쓰고 싶지 않은가 봐.”

“알았어. 나가서 먹을래?”

“응. 고기를 먹여다오.”

연석은 품에서 호수를 떼어 내고 입술에 베이비 키스를 여러 번 찍어 댔다. 호수를 보는 눈길에 정욕보다는 속 깊은 애정이 자리하고 있었다.

“그 전에. 내가 정말 해 보고 싶은 거 한 번만 해 보고.”

“도대체 그게 뭔데. 나를 이렇게 해 놓은 이유가 그거야?”

“응. 잠시만 이대로 있어.”

“설마, 막…… 이상한 취향 생기고 그런 건 아니지?”

호수는 농담인 듯 불안을 드러냈지만, 연석은 뭐가 그리 좋은지 의뭉스럽게 웃으며 침대를 벗어났다. 이내 금고에 넣어 두었던 비싸 보이는 가죽 상자를 들고 나왔다.

“오, 혹시 금붙이?”

시트를 뭉쳐 끌어안은 호수가 빙글빙글 웃으며 질문하자 연석은 설핏 미간을 구겼다. 보통 이럴 때는 알아도 모른 척 여우 짓을 하는 게 일반적인 반응일 텐데…… 고개가 절레절레 저어졌다. 역시 호수다웠다.

“하여간 눈치도 빠르고 무드도 없지.”

다시 침대에 걸터앉아 호수와 마주한 연석은 뿌듯한 눈을 빛내며 호수와 상자를 번갈아 쳐다봤다. 호수도 기대에 찬 얼굴로 연석과 상자를 번갈아 봤다.

“네 마음에 들어야 할 텐데. 메이가 어렵게 찾아낸 것 중에서 골라 왔어."

"메이?"

이 순간 왜 그녀의 이름이 나오는 걸까? 의아함에 호수의 고개가 기울어졌다.

"응. 메이의 집안은 청나라 때부터 유명한 보석상이야. 고(古) 귀금속 수집도 하고 판매도 하는데 안목이 뛰어나기로 유명하지."

아, 그래서 메이와 그렇게 속닥거렸구나.

호수는 잠깐이나마 연석을 오해하고 메이를 미워한 자신을 꾸짖었다.

"메이가 오빠를 좋아하는 줄 알았어."

"뭐?"

울상을 짓고 실토하는 호수를 놀란 눈으로 보던 연석은 실소를 터뜨렸다.

"호야, 메이는 아이가 넷이나 있어. 남편이 알면 날 죽일 소리야."

"정말? 미혼인 줄 알았어. 전혀 그렇게 안 보였다고."

"엉뚱하기는."

비밀의 베일이 벗겨지듯이 천천히 상자가 열렸다. 호수는 순간 아무 말도 못 하고 손으로 입을 막았다. 아름답고 섬세한 세공이 귀족적인 자태를 뽐내는 목걸이가 도도하게 자리하고 있었다. 핏빛으로 빛나는 루비와 투명한 다이아몬드가 정교하게 박힌 작은 나비 오브제가 레이스처럼 세공된 곁 장식들과 어우러진 목걸이였다.

"세상에…… 너무 예뻐. 멋있어. 함부로 걸고 못 다닐 것 같아. 목에 걸린 걸 누가 떼어 갈까 봐 무서울 정도야."

"마음에 들어?"

"굉장히!"

호수는 세차게 고개를 끄덕였다.

"18세기 폴란드 귀족이 약혼녀에게 선물한 목걸이래. 물론 둘은 금실 좋게 백년해로했다고 하더라. 사실 다른 예쁜 것이 있었는데 이 목걸이가 가진 스토리 텔링이 마음에 들었어."

"일부러 나비를 골랐어?"

"응. 메이를 엄청 들볶았어. 반드시 나비일 것, 평소에도 할 수 있을 만큼 과하지 않을 것, 내 약혼녀에게 어울려야 할 것 등등 요구 사항이 많았거든. 그래서 몇 가지 골라 놓고도 마음이 안 놓여서 너를 보여 달라고 하더라고."

"그랬구나. 어쩐지 자꾸 나를 훑어보더라고. 그것도 모르고 혼자 꽁해 있었잖아."

연석은 펜던트를 햇볕에 비춰 보며 감탄하는 호수를 만족스럽게 바라봤다. 맑게 빛나는 순전한 나신으로 붉은 보석을 들여다보는 모습이 기막히게 아름다웠다.

"걸어 줄게."

연석에게 목걸이를 넘긴 호수는 긴 머리를 그러모아 한쪽 어깨로 내려놓았다. 목덜미에 연석의 숨결이 느껴지는 이 순간이 관능적으로 느껴졌다. 붉은 나비는 호수의 빗장뼈가 만나는 곳, 옴폭 팬 곳에 우아하게 내려앉았다. 호수 위에 나비가 앉은, 그림으로 기록된 태몽과 같은 모습이었다.

"난 진짜 변태인가. 꼭 네가 이렇게 걸고 있는 모습이 보고 싶어서 죽는 줄 알았거든."

"상상한 만큼이야?"

"아니. 난 상상력이 너무 부족하다는 걸 깨달았어."

아름다워……. 한숨 같은 감탄을 쏟아 내며 연석의 입술이 호수를 찾았다. 서로의 입술을 부드럽게 베어 물고 맞물려 들어갔다. 여린 살점을 감미롭게 엮으며 만족스러운 신음을 흘렸다. 잠시 입술을 뗀 연석이 심각한 표정을 지었다.

"호야, 미안한데 이따가 스테이크 두 개 사 줄 테니까 배고픈 것 좀 보류하면 안 될까?"

"이따 밤에 야식도 시켜 주면."

"물론이지."

두어 번 입술을 머금던 연석이 충동적 결심을 내뱉었다.

"우리 내일 하루 더 머물까?"

"왜? 지금도 서울 돌아가면 업무 폭탄일 텐데. 그건 무리야."

"홍콩에 왔는데 제대로 놀아 보지도 못하고 가니까."

출발 전 세운 데이트 계획의 절반은커녕 달성률이 30퍼센트도 되지 못했다. 연석은 이대로 돌아가는 것이 아무래도 아쉽고 억울했다.

"바보야."

호수가 연석의 어깨에 두 손을 턱 올려놓았다. 가늘게 뜬 눈을 곱게 휘며 웃었다.

"홍콩은 내가 보내 주는 거야."

연석의 어깨를 밀어 침대에 눕혀 버린 호수가 잔망스럽게 웃으며 그를 덮쳤다. 호수의 아래에 깔린 연석은 몸통을 울리며 기분 좋게 웃었다.

* * *

주연은 지끈거리는 머리를 부여잡고 룸으로 들어왔다. 현란한 비트가 공간을 때리는 디제잉이 소음으로만 느껴졌다. 모처럼 만의 파티가 지루하고 의미 없이 느껴졌다. 주연은 자신을 위한 케이크를 칼로 짓이기며 넋 놓은 채였다. 이제 흥청망청 놀 나이도 지난 모양이었다. 이 나이 먹도록 제 몫으로 주어진 것이 뭔지, 허무하기만 했다. 생일이고 뭐고 혼자 호텔 방이나 잡고 조용히 쉬든가 여행이나 갈 걸 그랬다. 옆에서 삼삼오오 모여 잡담하던 친구들이 주연에게 말을 걸었다.

"주연, 너 연석 오빠 들어온 거 알아?"

"알아!"

앙칼지게 쏘아붙이는 주연의 태도에 놀란 일행들이 눈살을 찌푸리며 등을 졌다. 나이가 들어도 여전한 주연의 버르장머리는 어른들 사이에서도 말이 많았다. 어려서부터 연석과 무슨 사이라도 되는 양 떠들고 다니더니 지금껏 조용하다 못해 대놓고 거절당했다는 소문이 자자했다. 무리의 심심풀이 이슈가 된 지 오래인데도 당사자만 모르는 상황이었다.

"참, 나도 지난주에 연석이 봤잖아."

"정말? 어디서?"

구석에서 홀로 술잔을 기울이던 주연은 이어지는 연석의 소식에 자연스럽게 귀가 열렸다.

"공항에서. 출장 가는 길이라고 하는데…… 옆에 여자가 있더라고."

"정말? 연석이 첫사랑이랑 헤어지고 나서 엉망 됐다고 했잖아."

"아니더라. 멀쩡해."

"지금도 잘생겼어?"

"집안 내력 어디 가겠어. 정석이 형만 봐도 나날이 더 멋있어지잖아."

"출장이라고 했다면서. 그냥 회사 직원 아니야?"

다들 한마디씩 던지며 연석의 소식에 관심을 보였다. 워낙 대단했던 첫사랑 후기의 주인공이니 자연스러운 일이었다. 그대로 엄마를 등지다니 여간 독한 놈이 아니라는 평과 함께 거칠 것 없는 순애보를 동경하는 이들도 많았다.

"분위기가 그게 다가 아니니까 내가 이러지. 라운지에 있는 내 내 눈꼴 시리게 챙겨 주더라고. 나는 연석이가 하인으로 취직한 줄 알았다."

목격자의 과장된 증언에 모두가 웃음을 터트렸다.

"어떻게 생긴 앤데?"

갑자기 끼어든 주연을 향해 시선이 몰렸다.

"어떻게 생겼냐고. 그 여자."

"그냥 좀 예쁘장하고 단정한 느낌."

"그런 거 말고 이 멍청아! 특징이란 게 있을 거 아니야."

취했는지 흔들거리는 몸을 테이블에 지탱하면서 주연이 몰아붙이자 경멸에 찬 눈빛들이 그녀를 쏘아보았다.

"야, 여주연. 너 그 입 좀 조심해. 이 세상 너만 살아? 네 위에 사람 없어?"

개중 한 명이 발끈하고 일어나 주연을 향해 날을 세웠다.

"놔둬."

연석과 호수를 봤다고 말을 꺼냈던 쪽이 상황을 말리며 말을 이었다.

"기억나는 대로 알려 줄게. 잘 들어. 오목조목 예쁜 편이고 아담한 체형에 피부는 하얗고 좀 차가운 인상이더라. 동안인데도 귀엽진 않고……."

자연스럽게 호수가 떠오르는 외모 묘사에 주연의 얼굴이 처참하게 일그러졌다. 둘이 다시 만나는 건 아닌지 내내 불안하던 것이 확실해지고 말았다. 출장은 핑계고 밀월여행을 떠난 것이 분명해 보였다.

"무엇보다 너 같은 싸구려 인성은 아닌 것 같더라고. 연석이 옆에 있는데 상냥하게 인사하고 가는 게 좋아 보였어. 귀티나고 분위기 괜찮더라."

대놓고 자신을 깎아내리고 호수를 띄우는 소리에 화가 난 주연은 가당찮다는 듯 코웃음을 쳤다. 호수보다 수준 아래로 끌어내려지다니 도무지 현실성 없는 헛소리로 들렸다.

"귀티 좋아하네. 걔 완전 거지야. 가난뱅이라고. 진연석한테 붙어서 단물 빠는 재미로 있는 거야."

"너 같은 인성 가난뱅이보다 낫겠지. 안 그래?"

"단물을 빨려도 자기가 좋다는데 어쩌겠니? 곧 죽어도 여주연 너한테는 주기 싫은 단물인데."

주연은 친구라고 어울려 다니던 무리가 냉담하게 비꼬는 말에 상처받았다. 눈을 치뜨고 바락바락 달려들었다.

"야……! 아, 진짜 어이없네. 참, 너희들이야말로 거지였지. 내 돈으로 장소 빌리고 연 파티야. 여기 와서 공짜 술이나 얻어먹는 주제에 어디서 잘난 척이야? 별것도 없는 것들이 같이 놀아 주니까 주접 떨고 있어!"

아무리 술에 취했다고 해도 주연의 입에서 나온 말은 그냥 듣고 넘길 수준이 아니었다. 모두 내로라하는 집안의 자식들이었고 재력이나 명예로 앞서거니 뒤서거니 하는 부류들이었다. 평소 주연이 친구들을 어떻게 생각하고 있었는지 여실히 드러내는 술주정으로 받아들였다. 개선의 여지가 없는 주연을 두고 그들은 긴 말하지 않았다. 앞으로 행동으로 보여 주면 될 일에 에너지를 쏟을 필요 없었다. 하나둘씩 자리를 뜨고 난 공간에 주연 혼자 남았다. 주연은 매번 연석을 뺏어 가는 호수에게 저주를 퍼부으며 이를 앙다물었다.

* * *

창 너머 멀리 휘황하게 빛나는 홍콩 섬의 야경을 보며 연석과 호수는 하나처럼 붙어 있었다. 생각보다 레이저 쇼가 시시했다는 호수의 한마디에 연석은 오늘 쇼는 분명 기억에 남을 거라고 장담했다.

"호야, 눈을 떠야지."

호수의 목덜미와 등에 키스하던 연석은 자꾸만 감기는 눈을 허락하지 않았다. 창을 보라고, 멋진 야경을 눈에 담으라고 악마처럼 달콤하게 속삭이면서 뭉근한 움직임을 멈추지 않았다. 연석은 견디지 못한 호수가 고개를 떨구자 턱을 돌려 깊게 입을 맞추고는 다시 창을 바라보도록 했다.

"안, 안 봐도 돼. 그만……."

호수는 더운 한숨을 내쉬며 고개를 저었다. 찬란한 야경을 뽐내는 홍콩 섬의 빌딩들 위로 레이저 빔이 번쩍거렸다. 연석은 이제 곧 끝나니까 놓치지 말라고 소곤대면서 호수가 시트에 얼굴을 묻는 것도, 눈을 감는 것도, 몸을 뒤척이는 것도 허락하지 않았다. 짓궂은 애인은 기억에 남는 홍콩의 마지막 밤을 약속하더니 이런 식으로 괴롭히고 있었다.

끈적끈적하게 젖은 몸이 가파른 호흡과 함께 흔들렸다. 귓가와 뒷덜미에 연석의 거친 숨이 훅훅 끼쳐 왔다. 시트를 질끈 움켜쥔 호수의 손등 위로 연석의 커다란 손이 깍지를 끼어왔다. 마지막 순간은 어쩔 수 없이 눈이 감겨 버렸다. 호수의 저릿한 머릿속은 야경보다 화려한 불꽃으로 정신없이 번쩍거렸다. 등에 닿는 연석의 입술을 느끼며 호수는 푸시시 웃었다. 그의 말대로 굉장한 야경이었고 잊을 수 없는 쇼를 본 기분이었다.

"왜 웃어?"

"어이없어서. 오빠는 진짜 머릿속에 뭐가 있는 거야? 내 말 한마디에 금세 이럴 생각이 떠올랐어?"

연석도 뒤늦은 민망함에 너털웃음을 지었다. 가슴에 닿은 호수의 등을 바짝 당겨 안으며 땀으로 젖은 목덜미에 얼굴을 비볐다.

"당신을 항상 기쁘게 해 주려고 하다 보니 언제나 영감이 떠오른달까?"

말이나 못 하면. 호수가 팔꿈치로 연석을 쿡 찌르며 핀잔을 줬다. 예전처럼 연석은 변함없이 시도 때도 없었다. 멀쩡한 얼굴로 있을 때도 야한 생각을 하는 게 분명하다고 투덜거리는 호수의 입술을 연석이 키스로 막아 버렸다.

"너, 자꾸 그러면 야식 안 사다 준다."

스스로 생각해도 너무하다 싶었는지 연석은 도리어 뾰로통하게 삐친 표정으로 호수를 공략했다.

* * *

복사실에 들어갔던 호수는 마침 먼저 와있던 진혁과 마주쳤다.

"안녕하세요, 과장님."

"호수 씨, 오랜만이야. 출장 잘 다녀왔어? 조금 탄 것 같네."

진혁은 서글서글한 미소를 지으며 호수를 반겼다.

"네. 좀 탔어요. 틈나는 대로 돌아다녔더니."

"일은 잘됐고?"

"네. 준비한 만큼……."

호수는 진혁의 뒷모습을 보며 나직하게 한숨을 내쉬었다. 유난히 환하게 웃으며 반기는 모습을 사심 없이 받아들이지 못했다. 연석이 그를 신경 쓴다는 사실이 마음이 걸렸다. 멍하니 생각에 빠져 있던 호수의 손에서 서류가 빠져나갔다. 복사기에 서류를 넣은 진혁이 버튼에 손가락을 올린 채로 물었다.

"몇 장?"

"두 장씩요. 감사합니다."

"고마우면 커피 한잔 어때?"

거절하기 모호한 상황이라 가볍게 고개를 끄덕였다. 자판기가 요란한 소리를 내며 캔 커피를 내주었다. 호수가 꺼낸 커피를 받아 들며 진혁이 심각하게 물었다.

"그때 일은 어떻게 처리된 거야?"

사건이 벌어졌던 그날 밤의 결과를 묻는 말이었다.

"잡았어요. 동네 중국집에서 배달하는 사람이었어요. 지금은 일단…… 친구 집에서 지내고 있어요."

호수는 어쩔 수 없이 하는 거짓말이 껄끄러워 마음이 불편했다.

"호수 씨, 그날…… 내가 제안했던 거. 혹시 불쾌하지 않았을까 내내 고민했어."

그런 일을 당하고 다시 집에 돌아가야 할 호수를 걱정했던 진혁은 성급했던 처사가 아니었을까. 그 때문에 저를 불편하게 생각하는 것이 아닐까. 온갖 걱정으로 속이 시끄러웠다. 호수는 일부러 밝게 웃으며 씩씩하게 대답했다.

"아, 아니에요. 과장님도 걱정돼서 신경 써 주신 거잖아요. 배려해 주신 마음 감사하게 생각하고 있어요."

"호수 씨."

"네?"

"나를 좀 더 편하게 생각했으면 좋겠어."

호수의 머릿속에 연석의 모습이 짠, 하고 떠올랐다. 진혁이 지금 한 말이 굉장한 부담으로 다가왔다. 이 순간을 벗어나고 싶다는 생각뿐이었다.

"음…… 그럼요. 편하게 생각하고 있어요."

"그게 그런 뜻이 아니고. 혹시 오늘 퇴근 후 시간 되나?"

"아니요."

"……."

단 일 초의 고민도 없이, 너무 칼같이 떨어진 호수의 대답에 서로 놀랐다. 찰나만큼 짧은 침묵을 깨트린 호수가 어색하게 웃으며 핑계를 댔다.

"아, 그게. 출장 보고서도 써야 하고. 지금 업무가 많이 밀려서."

"그렇겠다. 내가 마음이 급해서 그만."

호수는 마음속으로 고개를 저었다. 손사래를 치며 부르짖었다. 그러지 말아 달라고, 마음 급해지지 말라고 부질없는 신신당부를 외쳤다.

"조만간 저녁 한번 같이하고 싶어서."

지금 이 순간을 어떻게 넘겨야 하나, 좋게 거절할 방법이 뭘까.

정신이 아득해지려 할 때였다. 구원의 목소리가 모호한 분위기를 파고들었다.

"호수 씨. 아까 제가 부탁한 거 어떻게 됐어요?"

찬영이 눈썹으로 물결을 그리며 호수와 진혁을 바라보고 있었다. 그의 눈썹은 지금 실장님 두고 뭐 하는 거냐고 추궁하는 모양새였다. 저 눈썹 물결이 이렇게 고마울 날이 올 줄이야. 호수는 굉장히 놀란 표정을 지으며 목청껏 대사를 읊었다.

"어머! 내 정신 좀 봐. 월간 계획안 지금 넘겨 드릴게요. 과장님, 그럼 저는 가보겠습니다."

"같이 가죠. 나도 이제 일해야지."

두 남자는 호수를 사이에 두고 엘리베이터가 오기를 기다렸다. 진혁과 찬영은 내심 서로 눈치 없다고 타박하고 있었다. 경쾌한 도착 음과 함께 문이 열렸다. 호수는 하필, 이라고 짧게 뇌까리며 인상을 찌푸렸다. 해성과 웃으며 사담을 나누던 연석의 표정이 미소에서 의문으로 그리고 불쾌함으로 다채롭게 변화했다.

찬영이 눈썹으로 진혁을 가리키자 연석의 눈썹이 사납게 치켜올라 갔다. 둘 사이의 암묵적 결속을 모르는 해성은 눈동자를 굴리며 무슨 상황인지 가늠하느라 바빴다. 두 남자의 현란한 눈썹을 손가락으로 붙들고 싶은 마음을 누르며 호수는 엘리베이터에 올랐다. 예의상 주고받는 인사말이 끝나자 기묘하고 불편한 침묵만 남았다. 층마다, 문이 열릴 때마다 사람들이 몰려 들어왔다.

"어!"

호수가 짧은소리를 외치며 뒤로 불쑥 끌려갔다. 연석이 호수의 바지 허리춤을 손가락에 걸고 뒤로 잡아끈 결과였다.

"괜찮아?"

진혁이 급히 돌아보며 묻자 호수는 생긋 웃으며 고개를 끄덕였다.

"네. 그냥 몸이 밀려서……."

연석은 호수의 옆구리를 손가락으로 찌르기도 하고 정수리에 턱을 얹어서 꾹 누르기도 하면서 괴롭혔다. 곁에 선 해성이 그만하라고 표정으로 윽박질렀지만, 먹힐 리 없었다. 기획부와 마케팅부가 있는 8층에서 문이 열렸다. 사람들은 모두 내렸지만, 호수와 연석은 남아 있었다. 닫히는 문 사이로 진혁이 왜 안 내리냐고 묻는 소리가 들렸지만 대답할 틈은 없었다.

진혁은 곁에 선 해성을 말없이 쳐다봤다. 지금 이게 이상한 상황이 아니냐고 묻는 눈치였다. 해성은 대놓고 저지르고 다니는 연석 때문에 심장이 덜렁거렸다. 이를 악문 채 생각했다. 아예, 사내 방송으로 열애 발표를 권해야겠다고.

"둘이 같이 출장을 다녀왔으니…… 아마, 대표님께 가는 것이 아닐까 싶습니다만."

그리고 깨달았다. 이 멀끔한 최 과장님이 연석의 라이벌임을. 해성은 뜬금없이 연민이 솟았다. 달걀로 바위 치는 짝사랑에 빠진 진혁을 어떻게 달래 줘야 할까, 오지랖이 발동했다.

"과장님, 우리 언제 술이나 한잔하죠. 제가 거하게 쏘겠습니다."

물론, 법인카드로.

해성은 얼떨떨하게 저를 보는 진혁에게 어서 날짜를 골라 보라며 닦달했다.

 연석에게 허리를 붙들린 그대로 다음 층에서 내린 호수는 발을 구르며 그를 떨쳐 냈다.

"회사에서 지금 뭐 하는 거야!"

 호수는 기세와 달리 속삭임에 가까운 목소리로 따졌고 연석은 짐짓 엄한 표정으로 날을 세워 물었다.

"너야말로 뭐 했어? 최진혁하고 뭐 있었어? 김찬영 눈썹이 요란하게 움직이던데."

"스파이 심어 놨어?"

"아니. 자기가 알아서 잘 고해 바치더라고."

"아무것도 아니야. 김찬영 씨가 오버한 거야."

 연석의 구겨진 미간이 풀어질 기미가 없었다. 분명 엘리베이터 문이 열렸을 때 어색한 기류를 느꼈다. 호수의 표정에 난감하다고 정확하게 쓰여 있었다.

"정말이라니까. 그냥 휴게실에서 안부 물었어. 사고 있던 날 어떻게 됐냐고 물어서 잘 처리했다고. 출장 잘 다녀왔냐고 물어서 그렇다고. 그게 다야."

"그것 봐. 최 과장이 너 좋아해."

 연석이 단정 짓는 말에 호수는 아니라고 할 수 없어 입술을 달싹거렸다. 가늘게 뜬 연석의 눈이 레이저를 쏘는 것 같이 따끔따끔했다.

"너도 느꼈지?"

 호수는 뭐라 대답해야 옳은 건지 판단할 수 없었다. 또 정신이

아득해지고 있었다. 이러다 오늘 의식을 잃고 쓰러질까 걱정될 정
도로 아침부터 난감함의 연속이었다.

"오빠, 사랑해."

그래서 아무 말이나, 연석이 좋아할 만한 거로 준비했다. 예상대
로 거짓말처럼 금세, 연석의 긴 눈매가 순하게 풀렸다. 마음이 놓
인 호수가 미소 짓자 바로 멍한 얼굴이 되어 버렸다.

"너…… 너, 그렇게 말하면 내가."

마른침을 꿀꺽 삼키는 연석의 목울대가 크게 움직였다. 주위를
둘러보더니 호수를 끌고 비상구로 통하는 문을 박차고 나갔다.

"여기서 뭐 하려고!"

연석의 속내를 파악한 호수가 빠져나가려 하자 연석이 느물거
리며 문을 막아섰다.

"나를 이렇게 들쑤셔 놓고 모르쇠 하시겠다?"

"모르지 않으니까 도망가는 거잖아. 여기 회사야. 정말 시도 때
도 없이 이러시면 안 됩니다!"

호수가 꾸짖는 소리에도 아랑곳없이 연석은 제 입술을 내밀고
허리를 숙였다. 여전히 손가락은 호수의 바지 허리춤에 단단하게
걸려 있었다. 하는 수 없이 호수가 가볍게 입을 맞추자 연석은 먹
이를 낚아채는 매처럼 날쌔게 호수를 품에 안고 그대로 입술을
삼켰다. 바르작거리는 몸을 어르며 욕심 게이지가 꽉 찰 때까지
호수의 숨결과 타액까지 모두 삼키고 나서야 풀어 주었다. 가쁜
숨을 몰아쉬며 연석의 가슴을 밀어낸 호수는 젖은 입술을 손등
으로 문지르며 눈을 치떴다.

"정말 못살아. 이러다 들킨다고. 온종일 같이 있는데 왜 이렇게 못 참아!"

"최진혁이 내 승부심을 자극했어. 어떻게 알았지?"

"뭐를."

"내 호야가 예쁜 걸 어떻게 알았냔 말이야."

싫지 않은 듯 곱게 눈을 흘기며 웃는 호수를 보며 연석도 따라 웃었다. 하지만 마음은 여유롭게 웃지 못했다. 호수가 그럴 리 없다는 걸 잘 알지만, 누군가 탐을 낸다는 것 자체가 그를 조급하게 만들었다. 장가들고 싶은 마음이 용솟음치는 순간이었다.

* * *

늦은 시각, 한국 옥션을 빠져나오는 호수의 뒤로 입사 동기의 목소리가 들렸다.

"호수 씨! 왜 그쪽으로 가요?"

가끔 퇴근 시간이 겹치면 같이 버스를 타던 신애가 의아한 얼굴로 묻고 있었다. 호수는 뜻밖에 맞닥뜨린 상황 앞에서 말문이 막혀 더듬거렸다.

"어…… 저, 그게."

"혹시 이사했어요? 안 좋은 일 있었다고 하더니."

"네! 이사했어요. 저는 이제 저쪽으로 다녀요."

"아쉽다. 혼자 가면 심심한데."

신애와 간단한 근황을 주고받은 후 헤어진 호수는 가슴을 쓸어

내리며 걸음을 재촉했다. 연석의 집이 회사에서 가까워도 너무 가까워 문제였다. 산책 삼아 도보로 걷기에 딱 좋은 거리. 평범한 출퇴근 거리라면 최상의 조건이지만, 현재로서는 아니었다.

퇴근 후나 휴일에도 함부로 돌아다닐 수 없었고 근처 마트에서 함께 장을 볼 수도 없었다. 지금만 하더라도 같이 출퇴근할 수 없어 시간 차를 두고 있었다. 그렇다고 이사를 할 수도 없는 것이 지금 집이 무척 마음에 들었다. 거실의 반을 차지하는 전면 창을 통해 한눈에 보이는 정동을 너무 좋아하는 호수를 위해 연석이 창 앞에 책상과 의자를 마련해 줄 정도였다. 조만간 어떤 방향으로든 결정을 내려야 하는 것이 아닐까 고민하다 보니 벌써 집이었다.

"나 왔어요."

문을 열고 들어간 호수는 대번에 몸을 휘감는 한기에 솜털이 일제히 일어서는 기분이었다. 에어컨을 얼마나 세게 틀어 놨는지 집 안은 냉동 창고만큼이나 차가운 냉기로 싸늘하게 식어 있었다.

"오빠!"

거실 창 앞 책상에 앉은 연석은 상의도 입지 않은 채 책상에 앉아 뭔가에 열중하고 있었다.

"왔어? 잠깐만. 메일 하나만 더 확인하고."

책상 위에 놓인 젖은 수건과 연석의 상태를 보니 짐작이 갔다. 벌써 시작된 더위를 못 견딘 연석은 샤워를 마치자마자 에어컨을 빵빵하게 가동해 놓고 저 상태로 일에 빠져든 거였다. 호수가 다가가 연석의 어깨에 손을 얹자 꽁꽁 언 것처럼 차갑게 식은 피부가 느껴졌다. 에어컨 바람에 머리도 말랐는지 물기 한 방울 남아 있지 않았다.

"이러다 감기 걸리면 어쩌려고……. 책상 위치도 바꿔야겠어. 에어컨 바로 밑이라 나는 추울 것 같아."

"그래? 알았어. 옮겨 줄게."

연석이 하던 일을 마치고 랩톱을 종료하는 동안 호수는 에어컨 온도를 적정하게 맞춰 놓았다.

"호야, 이리 와. 보고 싶었어. 아, 따뜻하다, 이호수."

연석은 곁에 선 호수의 허리를 끌어당겨 자신의 무릎 위에 앉혔다. 일에 열중했을 때는 몰랐는데 호수의 체온이 따뜻하게 느껴지는 것이 저도 모르게 추웠던 모양이었다.

"겨우 한 시간인데?"

"그래도."

말 타면 종 세우고 싶다더니. 지금 연석의 심리가 딱 그 짝이었다. 호수와 다시 만나고 한 공간에서 먹고 자는 기적 같은 행운을 차지했으면서도 손잡고 출퇴근 못 하는 아쉬움이 너무 크게 느껴졌다.

"나오는 데 신애 씨가 왜 그쪽으로 가냐고 물어서 식겁했지 뭐야. 갑자기 물으니까 머리가 멍해서 버벅거렸어."

"그래서 뭐라고 했어?"

"그냥 이사했다고 했어. 다른 데서 버스 탄다고. 미리 대답할 말을 생각해 놔야겠어."

호수는 연석의 목을 끌어안고 그의 차가운 어깨와 등을 손으로 가만히 쓸어내렸다. 연석은 맨살에 닿는 호수의 따뜻함에 취해 기분 좋게 끄덕거리며 중얼거렸다.

"호야……."

"응?"

"우리 언제 결혼해?"

잠시 움찔했던 호수는 어이없다는 듯 헛웃음을 터트렸다. 다시 만난 시간은 물론 서로의 마음을 재확인한 지 얼마나 됐다고 벌써. 예전에는 무엇이든 호수의 속도에 맞춰 주던 연석이 아니었다. 왜 이렇게 조바심을 내는지…… 나이가 들어서 그런가 싶었다.

"어머, 선배님. 정말 너무하시는 거 아니에요?"

"그치? 나 너무 욕심쟁이지?"

"어. 심하잖아. 우리 다시 만나기로 한 지 한 달이 뭐야. 보름도 안 됐어."

"내가…… 너를 너무 오래 기다려서 그래. 네가 언제 다시 나타날까. 어디에서 뭘 하길래 아무리 찾아도 나오질 않을까. 이러다 영영 다시는 못 만나는 게 아닐까. 너는 모르겠지만, 나는 매일이 지옥이었어."

연석의 품에 안겨 탄탄한 어깨에 턱을 괴고 있던 호수의 눈이 느릿하게 깜빡였다.

그 정도였구나.

문득 미안한 마음이 사무쳤다. 솔직히 호수는 하루하루 살아 내는 것만도 벅찼기에 가끔 연석을 그리워했을 뿐이었다. 생각이 나면 머리에서 밀어내고 기억에서 떨쳐 내기 바쁜…… 그런 존재가 연석이었다.

"바보야, 나를 잊어버리지 그랬어."

"무슨 소리야. 잊을까 봐, 내가 얼마나 조심스럽게 살았는데. 기억이 닳을까 봐 무서워 본 적 없지?"

할 말이 없었다. 감히 그에게 사랑한다는 말을 하는 것이 가당키나 할까 싶을 정도로 제 마음이 가볍게 느껴졌다.

"미안해."

"괜찮아. 네가 나만큼 힘들까 봐, 그것도 걱정했어."

호수는 울컥 치미는 눈물을 그대로 떨어트렸다. 이 남자가 가진 사랑의 깊이는 도대체 얼마 만큼일까. 그의 사랑을 너무 우습게 알아서 예전의 나는 그를 그렇게 쉽게 떠나 버렸구나. 과거에 그를 함부로 떠난 것이 얼마나 잔인한 실수였는지 깨달았다.

"이제는…… 오빠가 하자는 대로 다 할게."

그렇게라도 잘못을 만회할 수 있다면.

"진짜? 근데 왜 울고 그래."

코를 훌쩍이는 소리를 듣고 놀란 연석이 급히 품에서 호수를 떼어 냈다. 웃는 얼굴에 젖은 눈은 또 왜 이렇게 예쁜지. 눈물을 닦아 주다 참지 못하고 또 폭 싸안아 버렸다.

"그냥 눈물이 났어. 내가 헛똑똑이라는 생각이 들고."

"그럼 다음 주에 결혼하고 우리도 가을에 아이 가질까?"

호수를 웃겨 보려고, 기분을 달래 보려고 연석은 우스갯소리를 했다.

"그래."

"……?"

"그러고 싶으면 그러자고."

너무 쉽게 떨어진 승낙에 연석의 가슴이 덜컹 내려앉았다. 매사 이성적이고 생각이 많은 호수는 계획을 세워야 하고 마음에 걸리는 것이 없어야 움직이는 성향이었다. 아무리 연석을 사랑한다지만, 농담조차도 빈말하지 않는 호수답지 않아 믿을 수 없었다. 이렇게 고분고분한 것이 오히려 더 무섭게 느껴질 정도였다.

"이건 너무 파격이잖아. 갑자기 호락호락하게 나오니까 더 무섭잖아. 혹시 오는 길에 술 마셨니?"

"아니야!"

술김이 아니라고? 연석은 고개를 갸우뚱 흔들었다. 그렇지 않고서야 이렇게 쉽게 허락할 아이가 아닌데.

"근데…… 오빠 부모님."

"그건 걱정하지 마."

"걱정하는 게 아니고."

호수는 대번에 딱딱하게 굳어 버리는 연석의 얼굴과 목소리가 마음에 걸렸다. 저 때문에 이 지경이 됐는데 모른 척, 무책임하게 지낼 수 없었다. 사고 치고 나 몰라라 하는 철없을 때도 아니고 한 번은 정리하고 넘어가야 할 산이었다.

"결혼하려면 한 번은 겪어야 하잖아."

호수는 여전히 침묵하고 외면하려는 연석의 얼굴을 두 손으로 감싸고 눈을 맞추었다. 저를 지켜 주고 싶어서 망설이는 것을 잘 알기에 고맙고 그래서 더 미안했다.

"결과가 어떻게 되든 이제 바보같이 물러서지 않을 거야. 그러니까 어른들께 말씀드리자. 다시 만났고 결혼하고 싶다고."

"호야…… 나는 네가 상처받는 게 싫다. 두려워."

호수를 안은 연석의 팔에 강한 힘이 들어갔다. 마치 호수가 다시 사라질 것을 두려워하는 것처럼 그의 포옹에서 절박함이 느껴졌다. 연석을 안심시키기 위해서 그리고 확신을 주기 위해서 호수는 그의 등을 토닥이며 목소리에 힘을 실었다.

"나는 괜찮아. 그리고 그때도 어머님이 나쁘게 하지 않으셨다니까. 정말이야. 그냥 내가 지레 겁먹고 떠났던 거야. 내가 바보 같았던 거야."

"근데……."

한참을 호수의 손길을 만끽하던 연석이 나직하게 물었다.

"진짜 우리 결혼하는 거야?"

"그럼. 안 하려고 했어?"

"꿈인가 싶어서. 나 좀 세게 때려 봐."

호수는 피식 웃으며 연석의 두 볼을 꼬집듯이 붙잡았다.

"이리 와. 입술로 때려 줄게."

"매우 세게 쳐라!"

마주 안은 채 한참을 숨넘어가게 웃던 두 사람의 입술이 감미롭게 겹쳐졌다.

Chapter 8

우린 헤어진 적 없어

깊은 밤, 잠에 취한 호수는 잠자리 주변을 더듬어 핸드폰을 찾았다. 졸린 눈을 간신히 뜨고는 사내 메일 수신함을 확인했다. 읽지 않은 몇 통의 메일 속에 기다리는 소식은 아직이었다. 호수는 실망스러운 한숨을 내쉬며 핸드폰을 종료했다. 내일은 콕스 측에 공식적으로 공문을 보내 볼까 생각하며 다시 잠을 청했다.

"호야……."

연석이 매트리스를 툭툭 더듬는 소리가 들렸다. 자다가도 호수의 몸이 제 살에 붙어 있지 않으면 저렇게 찾아다녔다.

"응."

대답과 동시에 호수의 몸은 연석에게 채여 끌려갔다. 스푼처럼 몸을 포개고 나자 연석은 안심했다는 듯 한숨을 내쉬었다.

"오빠?"

"응……."

연석의 목소리가 유난히 무겁게 들렸다.

"몸이 너무 뜨거워."

"너?"

"아니. 오빠 몸."

"더워서 그래……."

아무리 몸에 열이 많다지만, 이건 아닌 것 같았다. 천천히 몸을 일으킨 호수는 연석의 이마와 목 주변을 손으로 짚었다. 후끈한 열기가 느껴졌다. 이건 분명 열이었다. 샤워 후 에어컨 바람을 그렇게 쐬더니 감기에 걸린 모양이었다.

"오빠, 감기 걸린 것 같은데."

"너?"

놀랐는지 연석의 목소리가 높게 튀어나왔다.

"아니. 나 말고 오빠가."

"알았어."

호수가 아프지 않다는 소리에 연석은 안심하고 다시 잠이 들었다. 뭐 이런 사람이 다 있나, 혀를 차며 호수는 침실 밖으로 나갔다. 주방에 있는 구급약 상자에는 진통제만 있고 해열제는 없었다. 저대로 두면 열이 더 오를 텐데. 입술을 질끈 씹으며 창밖을 내다봤다. 인적 없이 가로등만 밝은 밤길이 새삼 무서웠다.

"후, 그래도 다녀와야지."

호수는 급한 대로 물수건을 만들어 연석의 이마에 올려 두었다. 와중에도 호수가 곁에 있으면 자꾸만 끌어안으려 하는 연석을 떼어 놓고 밖으로 나왔다.

* * *

편의점에서 파는 어린이용 해열제를 사 들고 집으로 뛰어 들어왔다.

"오빠, 일어나."

"왜."

"약 먹고 자."

"약? 왜?"

"지금 열난다니까?"

호수는 괜찮다고 하며 거부하는 연석을 간신히 일으켜 앉혔다. 시럽을 들이대자 질색하며 소리쳤다.

"이게 뭐야? 지금 이걸 나보고 먹으라고? 나 안 아파!"

이상하게 연석은 예전에도 감기에 걸리는 것을 자존심 상해했다. 누구나 걸리는 감기인데도 바이러스에 굴복한 자신을 믿을 수 없다는 쓸데없는 오기 같은 것을 부렸다.

"아픈 거 맞아! 벌써 목소리도 이상해. 어서 먹어!"

"자다 일어나서 그러지."

"오빠 때문에 무서운 것도 참고 밖에 나가서 사 왔는데 이럴 거야?"

"나갔다 왔어? 이 밤에?"

은근 겁이 많은 데다 얼마 전 안 좋은 일도 당할 뻔한 호수가 나갔다 왔다는 소리에 연석의 고집이 꺾였다. 호수가 주는 대로 시럽을 꿀꺽 삼켜 주었다.

"이제 다시 자. 수건 갈아 줄게."

자리에 누운 연석은 대야에 수건을 헹구는 호수를 물끄러미 쳐다보았다.

"호야······."

"왜."

"너 꼭 엄마 같다."

연석은 제 이마에 물수건을 얹어 주는 호수에게 어서 누우라며 팔베개를 해 보였다. 둘은 서로를 안은 채 각자의 생각에 빠져 있었다.

연석은 지난 시간, 아플 때도 혼자 견뎠을 호수를 떠올리며 속상해했고, 호수는 아플 때도 자신 때문에 가족과 떨어져 있어야 했던 연석에게 미안해했다. 그래서 절대 떨어지지 않고 언제나 함께해야겠다고 똑같은 결심을 했다.

* * *

"아침부터 왜 이렇게 저기압이세요?"

정석은 두통이라도 앓는 사람처럼 미간을 구기고 앉은 나희에게 녹차를 건네며 물었다. 대답 없이 조용히 차를 음미하던 나희는 짜증스럽게 혀를 찼다.

"귀찮아 죽겠네. 아주 성가셔."

"도대체 뭔데 그래요."

"어제 혼담이 들어왔어. 한남동 미미 여사 통해서."

"누구요? 저요?"

"아니. 연석이."

"……?"

정석은 자신에게 들어온 혼담이 아니라니 일단 안심했지만, 의문이 들었다. 이 바닥에 진규영 회장네 둘째 아들 소식이 덜 퍼졌을 리 없을 터였다. 여자에 미쳐서 부모까지 등진 놈에게 혼담 끊긴 지 오래인 상황인데 뜻밖의 소식이었다.

"귀찮아. 인경이네서 포기를 안 하네. 너희도 주연이 별로지만 나도 썩…… 들리는 소문도 날이 갈수록 안 좋기도 하고."

이리저리 찌르고 떠봐도 넘어오지 않으니 아예 대놓고 정식 혼담을 넣은 모양이었다. 나희는 어림없다는 듯 체머리를 흔들었다.

"사주단자 같은 건가? 좀 웃기네. 그렇게 거절을 했는데. 연석이가 뭐 그리 탐난다고."

"내 생각에는 주연이 고집을 부모들이 못 꺾은 거지. 딸한테 보여 주기 식, 뭐 그런 그거 같아. 봐라, 우리는 이렇게까지 했는데 안 된다. 그런 거 있잖니."

정석은 과장되게 진저리를 치며 혐오를 드러냈다. 어려서부터 예쁜 외모에 좋은 집안을 타고난 조건을 영악하게 써먹을 줄 아는 주연에게 정이 가지 않았다. 거절에 익숙하지 않고, 받아들일 줄도 모르는 성정이 피곤해서 되도록 피했는데 하필 연석에게 꽂힌 것도 못마땅했다.

"아버지는 뭐라고 하세요."

"연석이 자극 말라 하시지. 그건 나도 마찬가지고. 지금 이 상태에서 걔 건드리면…… 족보까지 파낼 놈인데."

나희는 더 이상 긁어 부스럼을 만들고 싶지 않았다. 무엇보다 주연을 아들의 짝으로 붙여 주고 싶은 마음이 전혀 없었다. 겨우 여주연 같은 몹쓸 아이를 짝으로 들이려고 오늘의 이 사달을 일으킨 것은 아니니까.

* * *

"여기다 두면 어떨까?"

호수는 시리얼을 씹으며 천천히 고개를 끄덕였다. 연석은 거실 소파와 마주하는 벽 선반에 액자를 올려 두고 만족스럽게 웃었다.

"위치상 변색 위험이 제일 적어. 오래된 그림인데 크랙(crack) 하나 없이 잘 보관했네. 역시 꼼꼼한 우리 호야."

그림을 보는 호수의 가슴이 새삼 뭉클했다. 적당한 빛이 드는 곳에 제대로 자리 잡은 아빠의 그림이 이제야 제자리를 찾은 것 같았다. 화사하고 따뜻한 그림의 분위기가 한층 두드러져 보였다.

"침실에 두니까 눈치가 보여서 말이지."

그러고 보니 그림을 옮겨 놓은 연석의 표정이 한결 홀가분해 보였다. 기분 좋게 그림을 감상하던 호수가 물었다.

"응? 그게 무슨 소리야?"

"장인어른이 지켜보시는 것 같아서. 마음 놓고 너를 안을 수가 없잖아."

"뭐야! 이유가 그거였어?"

발끈하는 호수를 향해 어깨를 으쓱해 보인 연석이 말을 이었다.

"겨우라니? 며칠이었지만, 내가 얼마나 위축됐었는데. 저 도둑놈이! 라고 못마땅해 하시는 것 같아서."

위축된 남자가 그렇게 열정적일 수가……. 그럼 오늘부터 위축되지 않을 저 남자는 얼마나…….

순간 얼굴이 달아오른 호수는 괜히 생수를 들이켜며 다른 생각을 해 보려고 노력했다.

"호야, 오늘 백화점 측하고 있을 미팅에 너도 들어와야 할 것 같은데."

다행히 호수의 상태를 눈치채지 못한 연석이 낮에 있을 업체 미팅에 관해 말을 꺼냈다.

"그건 좀. 엄연히 허 대리님이 주도하는 행사인데 내가 들어가면 가만히 있겠어?"

"주도는 무슨. 자기가 결재 올린 내용도 숙지 못한 사람이야. 아무래도 불안해서 그래."

"그럼 상황 봐서 박 과장님하고 의논해 볼게. 그리고 이따가 점심시간에 꼭 병원에 들러."

밤새 열에 시달렸던 연석은 한결 가벼워진 몸 상태를 인정해 주지 않는 호수를 향해 인상을 썼다.

"겨우 감기에 무슨 병원이야."

"나한테 옮기려고 그러는 거야?"

호수에게 옮길 수 있다는 사실에 생각이 미치자 연석은 마지못해 고개를 끄덕였다.

"알았어. 참, 그리고 오늘 저녁은 늦겠어. 형 좀 만나려고."

"아…… 그, 진정석 씨."

호수는 아득한 인기 스타이자 연석의 형인 사람을 뭐라고 불러야 할지 갑자기 어색하게 느껴졌다. 연석은 더듬거리며 이름을 말하는 호수를 보며 피식 웃었다. 조만간 자리를 만들어 형에게 호수를 꼭 보여 주고 싶은 생각이 들었다.

"형도 이번 백화점 콜라보 자선 경매에 섭외하려고."

"오! 그거 좋다. 실속 있는 인맥이네. 진정……석 씨가 요즘은 공식 행사도 거의 안 나타나잖아."

"괜히 비싼 척 신비로운 척, 수 쓰는 거야."

연석은 고개를 털며 은근히 정석을 비꼬았다. 도대체 여자들은 형의 어떤 면을 보고 난리를 치는지 알 수 없었다. '로맨티시스트의 정석'이라는 별명만 들으면 몸이 배배 꼬였다.

"근데 윤시윤은 섭외 안 해? 난 윤시윤이 더 좋은데. 하긴 요새 엄청 바빠 보이긴 하더라."

"뭐? 너 혹시 윤시윤 팬이야?"

연석은 처음으로 호수의 입에서 나온 외간 남자에 대한 호평에 놀라 눈꼬리가 매섭게 솟았다.

"응? 팬? 그런가? 굳이 따지면 그렇겠다. 데뷔했을 때부터 윤시윤 나오는 건 다 본 거 같아."

"왜?"

"분위기 있잖아. 진중하고 무게감 있어서 좋아."

분위기 있는 남자, 진중함과 무게감. 연석은 처음 들어 보는 호수의 취향을 입속으로 뇌까려 봤다. 호수 앞에서 진중하고 무게 있는 남자였던가 생각을 더듬느라 머릿속이 바빠졌다. 그런 쪽으로 독보적인 매력을 어필하는 윤시윤을 떠올리자 점점 자신감이 떨어지고 있었다.

"게다가 요즘 와이프한테 하는 것 보니까 보기 좋더라. 너무 다정해. 그런 애처가일 줄 몰랐어."

"나도 다정해."

연석의 불만스러운 목소리를 알아챈 호수가 퍼뜩 정신을 차렸다. 어쩐지 풀 죽어 보이는 연석을 보며 웃음을 터트렸다.

"그럼. 우리 오빠가 세상에서 제일 다정하고 멋있어."

호수는 급히 자리에서 일어나 연석의 목을 끌어안고 볼과 입술에 사랑스러워 죽겠다는 듯이 입을 맞추었다. 감기라서 안 된다고 하면서도 연석은 유혹에 쉽게 꺾여 호수의 베이비 키스에 호응해 버렸다.

"이제 그만. 나 먼저 출근할게. 실장님은 십 분 후에 나오세요."

"이호수 사원, 우리 그냥 공개 연애할까?"

"조금 더 있다가."

호수는 서운해 하는 연석을 달랜 후 먼저 출근길에 나섰다.

* * *

점심시간이 되어 간신히 연석을 설득해 병원에 보내고 들어오던 호수는 술렁이는 휴게실의 잡담에 귀가 솔깃했다.

"그렇게 예뻐요?"

"응. 웬만한 연예인보다 더 예쁘더라. 돈 냄새도 풀풀 나. 실장님은 그런 급하고 사귀는가 봐."

연석을 두고 시끄러운 상황이 발생한 것 같았다.

"진짜 여자 친구래요?"

"나는 몰라. 그렇다고 다들 수군대니까 나도 그런가 보다 하는 거지."

궁금증을 견디지 못한 호수가 휴게실로 들어가며 사람들과 가볍게 인사를 나눴다.

"무슨 얘기 중이었어요?"

호수가 아무렇지 않은 척, 떠보듯이 질문하자 입사 동기 신애가 중요한 정보라도 되는 양 속닥거렸다.

"아까 호수 씨네 부서에 엄청 예쁜 여자가 실장님 보러 왔다고 하면서 찾아왔다네. 다들 여자 친구가 아닐까 추측 중이야."

"여자 친구 맞다니까. 대표한테까지 가서 인사하고 내려갔다잖아. 이건 비서실 피셜이야."

실장님 여자 친구는 나인데. 호수는 불쾌한 마음을 애써 숨기며 사무실로 향했다. 도대체 어떤 여자가 왔길래 이렇게 난리인지. 연석을 철석같이 믿는 마음과 별개로 이상한 패배감이 들었다. 골똘히 생각에 빠져 걷던 호수는 제 앞을 막아선 사람과 부딪힐 뻔했다.

"죄송합…… 주연?"

호수는 자신을 향한 주연의 비틀린 입매와 앙칼진 눈빛에 놀라 입을 다물었다. 그 여자가 여주연이었구나. 순간적으로 안도감이 들었다.

"너…… 아직도, 질긴 기집애."

마치 바람난 정부를 잡으러 온 듯한 주연의 말투에 호수는 비릿한 코웃음을 쳤다. 그 기세에 불쾌해진 주연이 일부러 호수의 어깨를 아프도록 밀치며 지나쳤다.

"나가서 얘기하자. 연석 오빠 얼굴도 있는데 여기서 추하게 다툴 수는 없잖아."

"여주연, 그거 내가 할 소리야."

호수는 득의양양하게 저를 이끌고 나가려고 하는 주연을 앞서 더 당당하게 걸어 나갔다. 연석이 평소에 하듯이 턱을 들고 허리를 펴고 걸음에 힘을 실었다.

* * *

회사에서 조금 떨어진 공원으로 가서야 둘은 걸음을 멈추고 서로 마주했다.

"이호수. 너 정말 대단하다. 연석 오빠 따라서 회사까지 입사했니?"

"아니. 내가 입사 선배야."

"뭐?"

"내가 6개월 선배라고."

예상치 못한 사실에 주연은 잠시 혼란스러워졌다. 그럼 연석이 따라왔다는 소리인가? 그렇지만 한국 옥션은 윤나희의 동생이 운영하는 회사였다. 뭐가 어떻게 된 것인지. 하여튼 누가 먼저 입사를 했건 둘이 같은 공간에 있다는 것이 중요했다.

"너 아직도 그 꽃뱀 기질 못 버리고 오빠 옆에 붙어서 단물 빼먹는구나?"

"뭐?"

"옛날에도 그랬잖아. 진연석이 사 주는 옷, 신발, 액세서리 다 받아먹고. 아르바이트 갈 때도 기사 부리듯 하고 나중에는 연석 오빠가 사는 집까지 기어들어 갔잖아."

아주 틀린 말이 아니었기에 호수는 잠자코 들어 주었다. 그때의 호수는 그랬었고, 그 때문에 항상 위축되어 있었다. 그 사실을 잘 아는 주연이 일부러 상처를 들추고 할퀸다는 것을 눈치챘다.

"거지 본성 못 버리고…… 여전히 불결하다, 이호수."

"주연아, 너는 그 입이 문제야."

"뭐래?"

주연은 시큰둥하게 받아쳤지만, 내심 당황스러웠다. 자신의 날

선 비아냥거림에도 표정 하나 변하지 않고 목소리의 흔들림조차 없는 호수가 대단하면서도 두려웠다.

"그래. 나는 돈이 없어서 거지 같았지. 그런데 너는 그 입이 거지야. 심지어 생각도 가난해. 연석 오빠가 좋았으면 네 문제점을 파악해서 다시 잘해 보지 그랬어. 6년이나 시간이 있었는데 도대체 뭐 했니?"

"그동안 연석 오빠도 여기 없었잖아!"

"소리치지 마. 싼 티 나. 너 싼 티 나는 거 싫어한다면서."

호수는 부드럽게 미소 띤 얼굴로 주연에게 조곤조곤 따졌다.

"그리고 왜 나한테 이러는 거니? 난 분명 진연석을 떠났고, 다시 만나자고 매달린 것도 오빠야. 나한테 이럴 게 아니고 남자를 공략해야지. 따져도 남자한테 따져야지. 왜 내 마음 몰라주냐고 따져야 할 주소는 내가 아니고 진연석이야."

"너…… 잘난 척 그만해."

분을 못 이겨 숨을 쌕쌕 토해 내던 주연은 눈가에 눈물이 차오르고 있었다.

"잘난 척 아니야. 나는 사실만 말하는 거고, 너한테 이렇게 시달릴 이유 없어. 지금 당장 진연석 불러? 여기로 오라고 해? 기회 줄게. 그럼 되잖아."

주연은 할 말이 없었다. 연석이 이곳으로 온들 달라지기는커녕 상황은 더 나빠질 것이 불을 보듯 뻔했다. 호수가 제 분수를 알고 물러나 주길 바라는 마음으로 따졌던 건데 상황이 여의치 않았다. 얼마나 연석의 애정에 확신이 있으면 저토록 뻔뻔할까. 주연은 끓어오르는 화에 잠식되어 온몸에 경련이 이는 것 같았다.

"여주연, 정신 차려. 말끝마다 나한테 거지라고 하는데. 지금 구걸하는 게 누구인지 잘 생각해 봐."

주연은 끝까지 언성 한번 높이지 않고 제 할 말을 하고 차갑게 돌아서는 호수가 죽이고 싶을 만큼 미웠다. 도대체 뭐가 저리 잘나고 당당한지. 예전부터 그런 호수가 부러우면서도 꺾어 버리고 싶었다. 그때 제대로 지근지근 밟아서 짓이겼어야 했는데. 주연은 여전히 연석보다는 호수에게 화살을 돌리며 위안 삼았다.

* * *

"오 마이 갓!"

주문한 음료를 기다리며 동료들과 톡 메시지를 주고받던 미원이 호들갑을 떨었다. 얼굴 잘난 진연석 실장의 여자 친구로 추정되는 인물이 왔었다는 풍문을 막 전해 들은 터였다. 그 좋은 구경을 놓치다니 아쉬웠다. 그따위로 싸가지 없고 잘생긴 남자는 도대체 어떤 여자가 취향일까 가끔 궁금했었다.

겉치레에 치중하는 미원은 연석이 징글징글하게 싫으면서도 관심을 끊을 수 없었다. 대놓고 일 못 한다고, 양심 챙기라고 면박 주는 연석 때문에 회사에만 가면 어깨가 무겁고 기를 펼 수 없었다. 그래도 배우 진정석만큼 잘생긴 얼굴에 시원하게 뻗은 기럭지와 한 번쯤 기대 보고 싶은 넓은 어깨를 보면 억울한 마음이 단번에 가시기도 했다.

"누군지 몰라도 좋겠네. 그 좋은 몸 실컷 끌어안아 볼 것 아니야."

입술을 삐죽이며 막 나온 망고 셰이크를 빨아먹던 미원은 출입문을 밀고 들어오는 늘씬한 미녀에게 시선을 뺏겼다. 진연석 실장만큼이나 풍기는 냉기가 대단한 여자는 가히 얼음 미녀라고 불러도 될 만큼 예뻤다. 미원은 절대 자연산일 수 없다고 확신하며 지척에 선 주연의 차림새를 체크하기 시작했다. 몸에 걸친 가방, 구두, 원피스 등등이 온통 셀린느, 지미 추, 미우미우 따위의 고가 브랜드였다. SS 시즌 런웨이에서 봤던 신상들로 휘감다니 너무 부러워 한숨이 튀어나왔다. 커다랗게 쌍꺼풀진 눈은 자연산 같은데 코는 확신이 들지 않았다. 한껏 부푼 가슴은 어색한 것이 뽕이 틀림없었다.

어쨌든 등급이 남다른 여자가 확실했다. 어디서나 눈에 띌 미모와 화려함은 딱 미원의 취향이었고 부러워서 배가 아플 지경이었다.

"뭘 봐요."

주연은 무시하고 싶어도 너무 대놓고 훑어보는 미원이 짜증스러웠다. 안 그래도 이호수한테 당한 속이 마그마처럼 끓어 넘쳐 미치기 일보 직전이라 더 신경이 곤두섰다.

"아니…… 그쪽이 좀 스타일리시해서요. 그 가방 어디서 구했어요? 국내에서 구하기 힘든 모델인데."

주연은 주문했던 아이스 아메리카노에 빨대를 꽂으며 경멸에 찬 어조로 뇌까렸다.

"짜증 나. 거지 같은 것들이."

"뭐라고요? 지금 뭐라고 했어요?"

용케 알아들었지만, 미원은 혹시 잘못 들은 것이 아닐까, 제 귀를 의심하며 주연에게 재차 물었다.

"거, 지!"

주연이 립스틱이 단정하게 발린 입술을 얄밉게 비틀며 한 글자씩 힘주어 알려 주었다. 미원은 황당함에 질려 잠시 사고가 마비돼 버렸다. 아무 말도 못 하고 눈만 멀뚱거릴 수밖에 없었다.

"당신이 뭔데 나를 평가해? 꼬락서니하고는, 어디서 짝퉁이나 구해서 걸치고 다니는 주제에."

"짝퉁? 야, 나는 안 하면 안 했지 가짜는 안 걸쳐! 너야말로 뭔데 나를 평가해?"

"웃기네. 얼굴부터가 가짠데 어디서 거짓말이야?"

기가 막히도록 자연스럽게 자리 잡혀 아무도 못 알아보는 눈과 코를 손으로 매만지는 미원의 손이 가늘게 떨렸다. 한참 어려 보이는 계집애의 도발에 맞서 제대로 한 방 먹일 만한 공격이 없을까, 생각이 바빠졌다.

"너…… 어린것이 벌써 그렇게 돈으로 처바른 걸 보니까 '나가요'구나? 요 건너 북창동에서 일하니?"

그냥 무시하고 나가려던 주연의 걸음이 멈췄다. 호수 탓에 팽팽하게 당겨져 있던 분노의 활시위가 그대로 미원을 겨냥했다.

"싸구려 거지 같은 것들은 꼭, 제 수준에서 판단하지."

주연은 들고 있던 음료를 그대로 천천히 들어 올려 미원의 머리

위에 쏟아부었다. 갈색의 차가운 액체와 얼음들이 미원의 머리카락과 얼굴을 적시며 흘러내렸다.

"야! 이 미친년아!"

황망함에 부들거리던 미원도 들고 있던 망고 셰이크의 뚜껑을 열었다. 그대로 주연의 원피스 앞섶을 열고 들이붓자 앙칼진 비명이 터져 나왔다. 즉시 두 여자의 난투극이 벌어졌다. 미원은 주연의 기다란 머리채를 감아쥐고 흔들었고, 주연은 들고 있던 가방을 휘두르며 대들었다. 뛰어나와 말리던 카페 직원들도 주연에게 뺨을 맞고 욕을 먹었다. 두 사람의 추태는 주변 관중들의 핸드폰에 생생한 영상으로 기록되었다.

* * *

병원에 다녀온 연석은 멀찍이 걸어가고 있는 호수를 향해 성큼성큼 큰 걸음으로 다가갔다. 최대한 티 나지 않게 곁을 지나며 약봉투를 흔들어 보였다. 잘 다녀왔다는 증거를 보이면 희미한 미소라도 지어 줄 것이라 기대했던 연석은 매섭게 흘겨보는 호수의 눈빛에 흠칫 놀랐다. 영문도 모른 채 냉기를 뿌리며 가 버리는 호수의 뒷모습만 망연히 지켜보았다. 들킬 만한 잘못을 저지른 적이 있었나 아무리 기억을 더듬어 봐도 짐작 가는 바가 없었다.

"아니, 갑자기 왜 저래"

멀거니 서서 고개를 갸우뚱거리는 연석의 곁에 해성이 섰다.

"실장아, 나도 듣기만 한 건데. 어떤 여자가 너를 찾아왔었단다."

"여자? 여자라고?"

그게 누구냐고 묻는 연석의 눈빛을 향해 해성도 어깨를 으쓱해 보일 뿐이었다.

"혹시 우리 엄마 왔었나?"

그럴듯한 추측이었지만, 해성은 고개를 저어 보였다.

"젊고 화려하고 엄청 예쁜 여자가 너를 만나러 왔다가 대표님까지 보고 갔단다. 누구겠니?"

"그러게. 누굴까."

"여주연 같지 않아? 걔도 직장이 이 근처라면서."

"아. 젠장. 확실해?"

"나는 그런 것 같다."

혹시나 하는 마음에 물었지만, 생김새와 정황이 여주연이 맞는 것 같았다. 그래서 호수가 저러는가. 연석은 잠시 들었던 억울한 마음을 뒤로 물리고 호수를 걱정하기 시작했다. 혹시 마주치지 않았을까. 그 여우 같은 것이 호수에게 헛소리로 상처라도 주지 않았을까. 마음이 어지러웠다.

* * *

미팅 시간보다 훨씬 당겨 소회의실에 들어온 진혁은 준비된 자료를 자리마다 올려 두고 있는 호수와 마주쳤다.

"호수 씨가 수고하게 생겼네."

"수고는요. 그냥 허 대리님 옆에서 주워들은 덕이죠."

호수는 갑자기 시비에 휘말려 경찰서에 갔다는 미원을 대신하게 됐다. 해성은 차라리 잘됐다며 호수가 이번 자선 경매를 맡으라고 일임해 버렸다. 그는 일이 주인을 찾아간 격이라며 오히려 안도했다.

"허 대리는 도대체 어떻게 된 거야? 꽤 시끄럽던데. 업체 미팅 앞두고 조심 좀 하지."

"그러게요. 허 대리님이 요즘 일진이 사납네요. 다리 다친 지도 얼마 안 됐는데요."

진혁은 한 자리 건너 앉은 호수를 찬찬히 살펴보았다. 단아하고 야무진 옆모습이 은은히 예뻐 보였다. 알수록, 볼수록 참 괜찮은 사람인데 조금 더 천천히 마음을 드러냈어야 했나.

꽤 스스럼없던 관계라고 생각했는데 얼마 전부터 부쩍 서먹해진 것이 마음에 걸리는 요즘이었다. 진혁은 주머니에 넣어 두었던 딸기 크림 맛 막대사탕을 넌지시 호수에게 밀어 두었다.

"이거……, 좋아하잖아."

"아…… 고맙습니다. 잘 먹을게요."

사탕을 준 것이 오히려 독이 되어 조금 전보다 분위기가 더 어색해져 버렸다. 전에는 가볍게 웃으며 주고받던 대화가 너무 어렵게 느껴졌다. 진혁이 무슨 말이라도 더해 볼까 고민하며 헛기침을 하는 사이 회의실 문이 열렸다.

"일찍들 자리했네요?"

연석보다 앞서 들어오던 해성이 웃으며 인사를 건넸다. 진혁과 호수는 자리에서 일어나 연석에게 인사를 했다. 하필 왜 둘이 같이 있는지. 연석의 곱지 않은 시선이 진혁을 스쳤다.

"네. 제가 미처 준비하지 못한 일이라 미리 좀 살펴보려고요."

"이호수 씨."

연석이 무심한 목소리로 호수를 불렀다.

"네?"

"내 옆으로 옮겨요. PPT 하려면 내 옆에 있는 게 편하니까."

연석의 말에 머뭇거리던 호수가 일어나 자리를 정리했다. 해성은 내심 연석을 비웃었다. 어쩌면 저렇게 흑심을 아무렇지도 않게 공적으로 포장하는지 혀를 내두를 뻔뻔함이었다.

"허 대리님은 어떻게 된 거예요?"

"지금 찬영 씨가 데리러 갔으니까 곧 오겠지. 여자들 싸움이 얼마나 대단했길래."

해성은 고개를 절레절레 저으며 혀를 찼다. 찬영에게 들은 바로는 두 여자의 몰골이 말이 아니고, 상대방이 카페 직원에게 손을 대고 욕을 한 탓에 갑질 논란으로 기자까지 와 있는 상황이라고 했다. 일이 점점 커지고 소란스러워지니 미원은 이러다 회사의 명예를 실추했다고 징계를 받을지도 모를 일이었다.

연석은 슬쩍 곁에 앉은 호수의 안색을 살폈다. 아까 그렇게 토라진 듯 화를 낸 모습이 내내 마음에 걸렸다. 펜으로 호수가 보고 있는 프린트 위에 작게 끄적거렸다.

'호야, 미안해. 그게 뭐든지 무조건.'

호수는 눈을 들어 연석을 쳐다봤다. 뭘 알고서 사과를 하는지. 주연과 있던 일 때문에 괜히 연석이 밉고 짜증이 났다. 아무 잘못

도 없고 영문도 모르는 사람에게 화를 내면 안 된다는 걸 잘 알
면서도 마음이 멋대로 성질을 부렸다. 호수는 눈을 내리깐 채 싸
늘한 척 외면했다.

나, 왜 이렇게 못되게 굴고 있지?

호수는 자신의 비뚤어진 마음에 당황했다. 연석이 저를 두고 절
절매는 것을 보며 이상한 희열 같은 것을 느끼는 얄미운 자신이
어처구니없었다.

"호수 씨, 지난번 일 때문에 이사했다던데."

갑자기 진혁이 묻는 말에 놀란 호수는 퍼뜩 고개를 들었다.

"네? 아, 네. 어떻게 아셨어요?"

"신애 씨가 그러더라고. 어디로 옮겼어?"

"그냥…… 근처예요."

주고받는 대화를 듣던 연석이 고개를 비스듬히 기울여 진혁을
바라봤다. 사적인 것에 관심 두는 진혁이 마음에 들지 않았다. 호
수의 자리에 놓인 막대 사탕이 눈에 들어왔다. 지하 전시장에서
호수에게 사탕을 주던 진혁의 모습이 뇌리를 스치자 속이 끓어
넘치기 시작했다.

해성은 유난히 불량스러워 보이는 연석의 몸짓에 저것이 지금
폭발 직전이구나 눈치챘다. 듣기에 따라 흘려들을 수도 있지만,
해성에게도 진혁의 남다른 관심이 느껴졌다.

"그런데 호수 씨, 여기 이 항목에 보면……."

진혁이 자료의 페이지를 넘기며 지적하자 호수도 제 것을 살
폈다.

"어디요?"

"여기."

호수가 헤매자 진혁이 호수가 갖고 있던 자료를 불쑥 잡아당겼다. 연석의 메시지가 쓰여 있는 한 귀퉁이가 눈에 띈 호수는 급히 종이를 잡아당기다 손을 베었다.

"아!"

"괜찮아?"

진혁이 들고 있던 펜과 서류를 내팽개치고 호수의 손을 잡았다. 연석의 미간에 굵은 주름이 서는 것을 본 순간 해성은 일촉즉발의 어떤 것을 느꼈다.

"괜찮아요. 그냥 종이에 벤 건데요. 뭘."

"밴드라도 붙여야 하지 않을까?"

순간 연석의 손이 호수의 팔목을 붙들어 진혁에게서 뺏어 왔다. 텅 빈 손을 한 채 진혁은 놀란 눈을 치떴다. 연석이 종이에 베인 호수의 손가락을 힘주어 꾹 누르자 옅게 피가 배어 나왔다. 호수는 베인 것보다 연석이 짓누르는 힘이 주는 통증이 아파 약한 신음을 터트렸다.

"아……!"

"이런, 피가 나네."

연석은 붉은 방울이 스민 호수의 손가락을 그대로 입속에 넣었다. 깜짝 놀란 호수가 숨을 들이켜는 소리를 들으며 연석은 아이가 어미의 젖을 빨듯 세차게 호수의 손가락을 빨았다. 연석은 자신을 생경하게 바라보는 진혁의 눈을 똑바로 응시한 채 입꼬리를 비릿하게 끌어 올렸다. 해성은 저 또라이 자식이라고 작게 중얼거리며 진혁을 안쓰럽게 쳐다봤다.

미팅 후 소회의실을 빠져나온 호수는 발갛게 달아오른 얼굴을 두드리며 뛰듯이 걸었다. 뒤에서 연석이 따르는 소리가 들렸지만, 멈추지도 늦추지도 않았다.

미쳤어, 정말 미쳤어!

입이 무거운 사람이니 소문은 안 나겠지만, 앞으로 진혁의 얼굴을 어떻게 보라고 그런 식으로 사고를 치는지. 연석의 돌발 행동을 떠올리자 아직도 머리가 아찔했다. 연석과 자신을 보던 진혁의 경악에 찬 시선이 불쑥불쑥 재생되었다. 생각할수록 민망했다.

"호야."

나직이 부르는 소리에 잠깐 멈춘 호수는 뒤를 돌아 찌릿한 눈빛을 쏘아붙였다. 그러나 연석의 표정은 개선장군처럼 당당하기만 했다. 대책 없는 연석이 얄미워 대답도 없이 가던 길을 재촉했다. 정신없이 걷던 호수는 눈 깜짝할 사이에 번쩍 들려 어디론가 끌려갔다. 블랙홀에 빠져든 것처럼 연석에 의해 비상구로 옮겨진 호수는 그의 팔에 갇혀 바둥거렸다.

"가만히 좀 있어."

호수를 내려놓은 연석은 싱글싱글 웃기만 했다.

"오빠, 아니 실장님 미쳤어?"

"그 말투 뭐야. 실장님한테 누가 그렇게 말해."

호수는 쿡쿡대며 웃는 연석의 옆구리를 힘껏 꼬집었다. 억울하게도 옆구리마저 근육질인 몸이라 제대로 꼬집지도 못하고 약만 더 올랐다.

"과장님 앞에서 그게 무슨 짓이야. 아주, 사내를 돌면서 외치고 다녀."

"……."

장난하듯 실실 웃기만 하던 연석의 표정이 차분하게 가라앉았다. 그러더니 뭔가 생각난 듯 부드럽게 미소 지었다.

"뭐야. 그 표정은."

"정말 그러고 싶은데. 허락한 거지?"

"아우! 실장니임!"

"호야…… 곤란하게 해서 미안한데. 난 후회 안 한다."

연석은 자신에게 주먹질하던 호수의 손을 붙들어 손가락을 하나씩 펼쳤다. 회의 전 자신이 빨았던, 종이에 베인 손가락을 꼼꼼히 살피며 진심을 담아 제 심정을 털어놨다.

"최 과장이 널 보는…… 의미 있는 눈빛이 싫었어. 감히 네 손을 붙들고 있는데 내가 눈이 안 돌아가? 네가 누구 건데."

"오빠 꺼."

뜻밖에 애교스러운 호수의 대답이었다. 묵직하게 가라앉아 있던 연석의 얼굴이 희열로 들떴다.

"내가 누구 소속인지 확실히 알고 있어. 제발 앞으로는 그런 즉흥적인 행동 하지 말아 줘."

다른 건 몰라도 그것만은 장담할 수 없었다. 호수에 관한 일이라면 점점 더 통제 불능이 되어 가는 것 같았다. 그래도 호수의 불안을 달래기 위해 연석은 흔쾌히 고개를 끄덕였다.

"어쨌든 최 과장님은 많이 놀랐겠다. 해성 오빠 표정도 볼만하던데"

"그놈들 걱정하는 거야?"

"예쁘게도 말한다."

연석은 반어법으로 저를 탓하며 나가려는 호수를 붙들었다. 내내 신경 쓰였던 것을 확인해야 했다.

"혹시 아까 여주연 봤어?"

"응."

"허! 진짜였네."

"걔랑 한판 붙었어."

호수는 팔짱을 끼고 가늘게 눈을 뜬 채 허공 어딘가를 노려보았다. 그 심상치 않은 기세를 조심스럽게 살피며 연석은 몹쓸 상상에 빠져들었다. 오늘은 아마조네스의 날인가. 왜 이렇게 여자들이 호전적으로 구는지. 연석은 호수와 주연이 공평하게 서로의 뺨을 치는 모습을 상상하며 움찔했다.

"허 대리님처럼 말고 그냥 말로 다퉜어. 진연석 불러서 삼자대면하자고 하니까 아무 말도 못 하더라고."

"삼자대면? 뭘?"

"자꾸 내가 오빠를 저한테서 채 간 것처럼 굴길래. 오빠 불러 줄테니까 직접 고백하라고 했어."

"오!"

연석은 호수가 밀리지 않았다는 사실에 안도하며 한편으로는 감탄했다. 하긴 예전에도 그랬다. 환경 탓에 주눅이 든 상황에서도 제 할 말은 했던 호수였다.

"걔도 참…… 안됐어. 도대체 언제부터 오빠를 좋아한 거야?"

평생일걸? 연석은 내심 생각하며 암담한 한숨을 쉬었다. 호수의 말대로 인간적으로 안쓰럽다 쳐도 아닌 건 아닌 거였다. 혼자만의 세계에 빠져 자신이 피해자인 양 호수를 몰아붙였을 걸 생각하니 없던 정이 더 떨어졌다.

"호야, 이제 신경 끄자. 앞으로는 너 혼자 상대하지 말고 네 말대로 나를 불러. 내가 주인공인데 왜 나를 두고 결정하고 그래."

"그러니까."

시계를 보며 서둘러 비상구를 나서려던 호수는 다시 연석에게 붙들렸다.

"아까부터 왜 자꾸 그냥 나가려고 하지?"

"엄연히 근무시간이에요. 일해야지요, 실장님."

"이렇게 인적 없이 으슥한 곳에 왔는데. 아무 생각도 안 들어?"

연석은 어이없어하며 피식 웃는 호수의 허리를 끌어안고 입술을 내렸다. 호수는 두 손으로 연석의 볼을 감싸며 그를 맞이했다. 질투에 휩싸였던 마음이 풀어지지 않았는지 연석의 입맞춤은 제법 집요했다. 보듬어 안았던 호수의 몸을 구속하듯 옥죄고 숨조차 내쉴 틈 없이 탐식했다.

호수는 가끔 그가 너무 불안해한다고 느꼈다. 홀연히 사라졌던 지난 기억 때문일까. 오히려 예전보다 더 많이 사랑하는데도 연석은 만족하지 못하는 것 같았다. 호수는 그런 남자의 마음을 헤아리며 연석만큼 강한 힘으로 그의 목을 꼬옥 끌어안았다.

* * *

　해성은 옥상에 부는 상쾌한 바람이 진혁의 막힌 속을 달래 주
길 바랐다. 옆에서 말없이 담배만 피우고 있는 진혁을 지켜보고
있지만, 도대체 어떤 기분일지 짐작도 가지 않았다. 단순히 귀로
사실 내가 이호수의 남자 친구요, 라고 듣는 게 낫지. 아무리 생
각해도 진연석은 미친놈이다. 뜬금없이 손가락을 빨다니. 기억에
남을 만한, 치명적인 영역 표시이긴 했다. 연이어 피우던 담배를
끈 진혁이 드디어 입을 열었다.

　"혹시 두 사람, 대학 때부터입니까?"

　"음…… 중간에 꽤 오랫동안 헤어졌었죠. 진 실장이 여기로 오면
서 다시 시작된 거고요. 두 사람, 인연이 맞아요. 서로 여기서 만
날 줄 몰랐으니까요."

　"헤어졌던 사람들이 다시 만났다……. 그렇네요. 인연인가 봅
니다."

　진혁은 자신을 시선으로 압박하며 호수에 대한 소유욕을 드러
내던 연석을 떠올렸다. 양보? 그런 것은 생각도 해 보지 않았을
집착이 엿보였다. 자신이 가졌던 '호감'이라는 감정 따위가 보잘
것없게 느껴졌다.

　"그런데 진 실장은 생각이 달라요. 아예 헤어진 적이 없다고 하
더라고요. 자기는 호수를 보낸 적이 없다고. 그렇게 마냥 기다렸
어요."

　"보기와 달리 순정파네요."

"이호수에게는 오직 이진혁이에요."

"네?"

진혁의 의아해하는 얼굴을 보며 해성은 빙긋이 웃었다. 우리 같은 평범한 놈들은 어쩔 수 없어요, 라는 의미를 담아서.

"진 실장은 단순하게 사랑합니다. 호수가 좋아하겠지. 호수가 싫어하겠지. 이 두 가지만 생각하는 놈이에요. 최 과장님, 그렇게 할 수 있어요? 저도 사랑하는 사람과 결혼했지만, 솔직히 자신 없어요."

해성의 말을 듣고 난 진혁은 아쉬운 미련을 차곡차곡 접어야 한다는 결론을 내렸다. 호수를 두고 저 정도면 괜찮다, 참 좋은 사람 같다, 차차 알아 가며 미래를 걸어 볼까, 겨우 그 정도 감정이었다는 것을 깨달았다. 한 여자에게 집중하고 모든 것을 걸기에 자신은 겁이 많았다. 현실이라는 테두리 안에서 자신의 영역을 공고히 하는 것에 더 관심이 많았다. 연석이 다시 보였다. 내심 운 좋게 자리 하나 꿰차고 들어온 철없는 금수저가 아닐까 얕보고 있었다. 그런 귀공자가 일생을 걸고 열정적으로 사랑할 만큼 순수하다는 것도 신기했고, 무모한 용기도 부러웠다.

"이거 참. 아깝다 어쩌다 말도 못 하겠네요. 게임이 안 되네요."

진혁은 가슴을 쓸며 인상을 찡그렸다. 연석만큼은 아니었어도 호수가 입사할 때부터 이어 왔던 감정을 한순간에 끊어 버리는 것이 아프기는 했다.

"다행입니다. 호수 씨는…… 행복하겠어요."

"그럼요."

진연석이 어떤 마음으로 호수를 붙잡고 있는데. 해성은 두 사람의 행복한 장래를 조금도 의심하지 않았다.

* * *

익선동 골목을 느긋하게 걷던 연석은 자신도 모르게 호수를 생각하고 있었다. 예스럽고 올망졸망한 것을 좋아하는 호수를 꼭 데려와야겠다고 다짐하며 야트막한 돌담을 두른 마당으로 발을 들였다.

종업원의 안내를 받아 들어간 방에는 정석이 미리 와서 앉아있었다. 은은한 가야금 소리를 배경으로 앉아있는 사람답지 않게 불만스러운 표정이었다.

"어서 와라. 이 시간에 남자 둘이서 전통차를 마셔야겠어?"

"내가 감기라서 그래."

그래서 술 마시면 호야한테 혼나. 연석은 나머지 말을 삼키고 쌍화탕을 주문했다.

"여름에 웬 감기야? 혼자 지내더니 몸 관리도 안 하는 거냐?"

"아니야. 덥다고 에어컨을 생각 없이 틀어 놨더니 바로 감기가 오네."

한심하다는 듯 혀를 차며 동생의 얼굴을 살피는 정석의 눈초리가 꼼꼼했다. 생각보다 안색이 환하고 편안해 보여 안심이었다.

"엄마는."

뜨거운 쌍화탕을 한 모금 삼킨 연석의 입에서 나온 단어에 정석이 놀란 눈을 했다.

"잘 계셔?"

독하디독한 놈 소리가 절로 나오게 안부 한 번 묻지 않은 6년이었다. 나희도 대단한 것이 속으로는 걱정하면서도 겉으로 앓는 소리 한번 내뱉지 않았다. 외양과 성격이 완벽하게 닮은 모자다웠다.

"엄마야 뭐. 특별히 달라진 것 없이 잘 계신다만. 솔직히 속이 말이 아니시지. 그래서 내가 집에 들어갔잖냐."

"고마워. 확실히 장남은 장남이야. 형 덕에 내가 개차반이어도 마음이 놓인다니까."

"미친놈."

연석에게 모진 말을 하면서도 정석의 표정은 조금 전보다 편안해졌다. 실없는 소리 지껄인다 싶으면서도 이제 철이 조금 드는가 싶은 기대가 싹텄기 때문이었다.

"실은, 호야를 다시 만났어."

"뭐?"

아니, 이게 무슨 소리야!

정석은 생각지도 못한 핵폭탄급 뉴스에 들고 있던 찻잔을 엎을 뻔했다.

"아니, 잠깐! 길에서 우연히 마주쳤다, 그런 거 아니고?"

"어. 제대로. 그렇게 됐어. 길게 묻지 마. 우리 호야 닮아."

너무 놀란 정석은 비위 상하는 연석의 말을 따지고 자시고 할 정신이 없었다. 6년간 정체되어 있던 동생의 삶이 새로운 국면에 접어든, 엄청난 변화의 바람이 느껴졌다.

"그래서 어쩔 건데."

"장가가야지. 한 번도 수정된 적 없는 내 목표였는데."

정석은 당연한 걸 물은 입이 아파 왔다. 아닌가? 속이 쓰린 건가. 최근 저를 뺀 주변의 모든 인간이 짝을 이루고 있었다. 친구인 서후와 에반도 아끼는 후배인 시윤도 이제는 동생 놈까지. 갑자기 사무치는 고독감이 들었다.

"그래. 부럽다."

"형은 그 애기 엄마? 어떻게 됐어?"

"이 자식이 그게 언제 적 얘긴데. 그 사람, 벌써 작년에 서후하고 결혼했다."

"그럴 줄 알았어. 후발 주자인 것도 불리한데 자그마치 상대가 서후 형이야. 어이구, 형은 참 복도 없어."

여유로운 표정으로 비아냥대는 연석을 노려보던 정석이 주먹을 치켜들며 을러댔다.

"임자 있다고 지금 형을 약 올리냐!"

"아니야. 임자 있다고 쉬운 거 아니잖아. 형도 잘 알면서."

"이참에 집에 들르자."

"……."

"너 지금, 호수 씨 생각해서 엄마하고 회복하려고 하는 거 아니야?"

염치없는 속을 들킨 연석이 머쓱하게 웃었다. 정석은 속이 탈대로 탔을 나희와 연석을 위해 발 벗고 나설 각오를 했다.

"불효자식 새끼, 내친김에 오늘 나하고 들어가. 나도 주말부터 해외 촬영이야. 나 있을 때 들르는 게 너한테도 유리해. 호수 씨 얘기는 천천히 하고."

잠시 고민하던 연석은 가볍게 고개를 끄덕였다.

열 차단을 위해 컵라면 뚜껑에 접시를 올려놓은 순간 전화벨이 울렸다. 연석의 이름을 확인한 호수는 영상통화도 아니면서 라면부터 안 보이게 밀어 두었다.

"여보세요."

―호야, 뭐 하고 있었어?

"밥 먹으려고."

―뭐 먹을 건데?

"뭐. 그냥 밥이지."

호수의 말에서 뭔가 낌새를 느꼈는지 연석이 잠시 침묵했다.

―대충 때우지 말고. 차려 먹기 귀찮으면 배달, 아니야 배달은 위험해! 근처에 괜찮은 도시락집도 있고.

"아아, 네네네! 왜 이렇게 잔소리야. 영감님 같아."

호수는 나무젓가락을 비비며 보이지 않는 연석을 향해 날름 혀를 내밀었다.

―알았어. 그리고 미안한데 오늘 못 들어갈 것 같아.

"뭐! 왜? 무슨 일 생겼어?"

―아니, 오늘 본가에 들러 보려고.

무겁게 가라앉는 연석의 목소리에서 긴장감이 묻어났다. 듣는 호수도 일말의 책임감을 느꼈다.

"그래요. 그럼 내일 바로 회사로 출근하겠네."

―그렇겠지. 잘 자고. 내일 보자.

호수는 깊은 심호흡을 한 후 연석에게 전화가 오면 꼭 하려고 했던 말을 쏟아 냈다. 말을 해야겠다는 결심만으로도 벌써 얼굴이 새빨개져 있었다.

"응. 사, 사랑해."

―…….

"여보세요? 어라, 끊겼나?"

―아니. 갑자기 그런 말을 하니까 놀라서. 지금 바로 너한테 갈 뻔했잖아.

기분이 좋아 입꼬리를 씰룩이고 있을 연석이 눈에 훤했다. 당장 티가 안 나더라도 호수는 요즘 그를 위해 좀 더 적극적으로 표현하려고 노력했다. 말투도 나긋하게 예쁜 말은 자주. 그렇게 스스로를 독려하고 있었다. 전화를 끊고 라면을 앞으로 끌어당기던 호수는 먹고 난 라면 용기를 어떻게 숨겨야 하나 잔머리를 굴렸다.

* * *

현관에 서서 큰아들을 반기던 나희는 놀란 눈을 깜빡거리기만 했다. 정석을 뒤따라 들어온 연석이 꾸벅 인사를 해도 멍한 얼굴인 채였다.

"엄마, 저 왔어요."

연석의 말에 간신히 정신을 차린 나희가 천천히 고개를 끄덕이며 얼떨떨하게 입을 열었다.

"그래. 저녁은 먹었어?"

정석이 일부러 수선을 떨며 분위기를 돋우려 노력했다.

"아니요. 밖에서 만나서 차만 마시고 왔어요. 아이고, 어머니 배고파요. 저녁에 뭐 맛있는 거 했어요?"

"먹을 거야 항상 넘치지. 엄마 하는 일이 그건데."

"불효자, 뭐 하냐? 어서 들어오지 않고?"

정석은 차마 신을 벗지 못하고 서 있는 동생을 집 안으로 끌어당겼다.

"그럼 씻고 내려와라. 연석이는 네 방에 가면 전부 그대로 있다."

"네."

마치 매일 보던 것처럼 나희는 여상한 태도로 작은아들을 맞이했다. 정석이 나희에게 슬쩍 윙크를 남기고 제 방으로 올라가고 나자 어색한 기류 속에 모자만 남았다. 나희는 멀거니 앞에 선 연석을 찬찬히 살펴보았다. 다행히 살도 빠지지 않고 건강해 보여 안심이었다. 연석이 머리를 긁적이며 먼저 입을 열었다.

"엄마, 죄송해요."

"알면 됐다. 밥이나 먹어, 이 자식아."

나희는 아들의 듬직한 등짝을 찰싹 치고는 주방으로 들어왔다. 김치 냉장고를 뒤져 재워 놓았던 갈비와 연석이 좋아하는 밑반찬들을 꺼내며 설핏 미소 지었다. 건강하게 돌아왔으니 됐다고, 더는 욕심 부리지 말아야 한다고 중얼거리며 속이 뻥 뚫리도록 긴 한숨을 내쉬었다.

* * *

호수는 연석이 사다 놓은 캔 맥주를 홀짝거리며 벌써 세 차례나 메일을 정독하고 있었다. 기다리고 기다리던 콕스 측의 답신이 온 기념으로 나름의 축배를 즐기는 중이었다. 아직 반도 못 마셨는데 얼굴이 불타오르고 있었다. 멀쩡한 정신을 육체가 따르지 못하는 것에 불평하며 호수는 신중하게 답장을 써 내려갔다.

"먼저 귀사가 요청하신 대로 공신력 있는 미술품 감정 업체에 작품을 의뢰하겠습니다. 개인 메일이 아닌 정식 공문으로 다시……."

발신 버튼을 누르고 난 호수는 맥주 캔을 들고 이정운의 그림을 향해 치얼스를 외쳤다. 많은 이들이 세상에 존재하는지도 몰랐을 미술품이 빛을 보는 것을 축하했다. 어떤 식으로 마케팅을 해서 올해 미술계 최고의 이슈가 되도록 해야 할까. 연석이 알면 얼마나 놀랄까. 즐거운 상상이 머릿속을 가득 메웠다.

"아빠……."

호수는 원망했고 사랑하는 이름을 조용히 읊조려 봤다. 기억에도 없는, 이제는 공식적 자료로 만날 수 있는 사람. 하지만 국내에서 작품 활동을 거의 하지 않아서인지 정운의 삶과 사랑에 대해서 알려진 바가 거의 없었다.

"도대체 누구를 만나 사랑을 했어요? 나한테 좀 알려 줘요."

호수는 아려 오는 코를 급히 문지르며 떨어지려는 눈물을 삼켰다. 나는 이제 행복하다. 너무 행복하다. 나직이 속삭일수록 연석이 보고 싶었다. 겨우 하룻밤도 혼자 지내지 못하는 바보가 되어 버렸나 보다. 옆으로 누워 두 손을 모아 머리를 받치고 있던 호수의 눈이 스르르 풀렸다. 술기운이 핑 도는 것을 느끼며 잠에 **빠졌다.**

* * *

동이 트기 전 이른 새벽, 발소리를 죽이며 집에 들어온 연석은 거실 소파에 잠든 호수를 보고 얼굴을 찌푸렸다. 이불도 덮지 않고 세상 불쌍한 새우처럼 웅크린 모습에 괜스레 마음이 짠했다.

"내가 이럴 줄 알았어."

테이블 위에 나희가 들려 보낸 보자기 꾸러미를 올려놓은 후 잠든 얼굴을 보기 위해 가까이 다가갔다. 그러다 발끝에 차인 맥주 캔을 보고 한 번 더 미간을 구겼다.

"얼씨구! 혼술까지."

아무래도 호수 혼자 있는 것이 마음에 걸렸다. 마침 마땅히 입을 만한 슈트가 없다는 핑계도 있고 해서 서둘러 돌아온 참이었다.

자는 것도 예쁘기도 하지. 연석은 빙그레 미소 지으며 소파 아래에 주저앉았다. 호야, 내가 세상에서 제일 싫은 것 중 하나는…… 네가 혼자 있는 거야.

지금까지 지긋지긋하도록 외로웠을 아이. 야무진 척 단단한 껍질로 몸을 감싸고 누군가 두드릴 때마다 더듬이를 감췄을 연약한 호수. 그래서 마음이 아리는 사람. 호수 앞에 오도카니 앉은 연석은 눈으로 쓰다듬으며 새록새록 솟는 애정을 느꼈다. 자신도 가끔 이렇게까지? 라는 생각이 들 정도로 이 여자를 사랑한다. 참으로 사랑한다.

"호야, 나 왔어."

연석이 긴 머리를 쓸어 넘기며 귓가에 속삭이자 호수의 눈꺼풀이 달팽이 걸음처럼 느릿하게 열렸다.

"진연석이다. 엄청 일찍 왔다."

늘어지게 하품하며 기지개를 켜던 호수는 길게 늘였던 팔을 그대로 연석의 목에 걸었다. 그의 목덜미에 볼을 비비며 체향을 깊이 들이마셨다.

"오빠, 보고 싶었어."

목덜미를 간지럽히는 목소리에 연석의 광대가 기분 좋게 당겨졌다. 기특하게도 요즘 들어 간지러운 말을 서슴없이 해 주는 호수가 견딜 수 없이 사랑스러웠다. 보답으로 애정을 듬뿍 담아 바짝 당겨 안았다.

"그럴 줄 알고 일찍 왔지."

"고마워. 그럴 줄 알아줘서. 예전의 진연석은 눈치도 더럽게 없었는데."

"그때는 연애가 처음이라 매우 서툴렀고."

"푸흡! 그러시구나."

호수는 낄낄대며 웃느라 온몸을 들썩거렸다.

"지금은 나름대로 두 번째라 그때보다 나을걸?"

"아아. 두 번째시군요. 그런데 나은지는 잘 모르겠네요."

"그러고 보니 나 조금 억울하다. 나는 평생 너 하나잖아. 이 얼굴에, 이 피지컬 가지고 웬 말이냐."

호수는 억울한 척하며 울상 짓는 연석의 얼굴을 가만히 쓰다듬으며 미소 지었다. 그러고 보니 대찬 재채기 한 방에 콧물이 튄 인연이 오늘날까지 연석을 붙들고 있는 셈이었다. 공부 잘하는 것 빼고는 존재감이랄 것도 없던 호수가 캠퍼스 최고의 대어, 진연석을 낚은 거였다.

"그러네. 나는 거지 같았어도 다른 연애가 있었지. 짝사랑도 했고. 아, 이호수! 알찬 삶이었다."

"뭐? 짝사랑? 네가 짝사랑을 했어? 누구를? 내가 아는 놈이야?"

난생처음 듣는 정보에 놀란 연석이 파르르 떨며 고함을 쳤다. 이 중요한 정보는 해성에게도 듣지 못한 사실이었다. 펄펄 뛰는 연석과 달리 호수는 태연하게 짝사랑 상대를 털어놨다.

"응. 오빠하고 같은 학번. 세훈 오빠."

"세훈? 조세훈! 총학생회장 조세훈?"

"응."

"왜? 도대체 그놈이 어디가 좋아서? 권력에 눈이 먼 거야?"

얼굴, 키, 덩치, 머리, 운동신경…… 어느 것 하나 부러울 것 없고 기억마저 희미해진 동기의 모습이 갑자기 선명하게 떠올랐다.

"나한테 잘해 줘서. 좀 오래 좋아했어. 해성 오빠도 아는데. 그 것 때문에 나를 종종 놀렸거든."

"사귀지 그랬어? 그리고 그 자식은 아무한테나 친절했어. 네가 헛다리 짚은 거야."

연석이 불퉁하게 내뱉는 소리를 들으며 호수는 유쾌하게 웃었다. 겨우 그런 거에 삐친 건지, 그런 척하는 건지 몰라도 덩치가 산만 한 남자의 토라짐이 너무 귀엽게 느껴졌다.

"그러려고도 했었는데 그냥 포기했어."

"왜?"

"아니이…… 그놈의 투쟁인지 뭔지 한다고 자꾸 단식하더라고. 그럼 같이 맛있는 거 먹으러 다닐 수가 없잖아."

포기한 이유가 겨우 먹는 거라니. 연석은 진정한 사랑이 아니었구나, 안심하면서도 삐친 마음이 쉬이 진정되지 않았다. 그런 속을 알아챈 건지 호수는 애교 가득한 목소리로 연석이 듣기 좋은 소리를 했다.

"그런데 진연석하고는 안 먹어도 상관없어."

"이제 와서 무슨 사탕발림을 하려고 이러실까?"

"오빠랑 있으면 너무 좋아서, 가슴이 벅차서 먹을 수가 없거든."

더 화난 척을 해야 하는데. 벌써 풀어진 것을 눈치채면 안 되는데. 어쩔 수 없이 입이 벌어지고 말았다. 이런 착한 말을 호수에게 듣다니 새벽부터 횡재한 기분이었다.

"이 여우, 이 예쁜 여우!"

연석은 간지럼에 약한 호수의 옆구리와 겨드랑이를 쿡쿡 찌르며 괴롭혔다. 팔딱거리며 숨이 넘어가게 웃는 호수를 끌어안고 얼굴이며 목덜미에 사정없이 입맞춤을 퍼부었다.

"그만, 그만! 간지럽단 말이야!"

"순전히 바람둥이였어, 이호수. 냉정한 고양이가 부뚜막에 올라갈 기회만 노렸군, 노렸어."

연석은 호수의 빗장뼈에 입술을 묻으며 잠옷의 단추를 하나하나 해제하고 있었다. 뒤늦게 눈치챈 호수가 연석의 손을 붙들고 흘겨보았다.

"그런데 왜 자꾸 단추를 풀어? 조금 있으면 일어나서 출근 준비해야 해."

"그래, 알아. 그 안에 다 해결할 수 있어."

"거짓말하지 마! 그리고 피곤하니까 되도록 주말에 사랑하기로 했잖아."

그런 약속을 하긴 했었다. 하지만 그때도 아침에 하도 도망 다니기에 스치고 지나가듯 둘러댄 거라 딱히 지켜야 한다는 의지도 없었다.

"아…… 그랬지. 그럼. 주말에 할 횟수에서 한 번만 가불하자."

"뭐라고? 주말에 몇 번이나 하려고 했는데!"

"그건 나도 모르지. 그건 그때의 진연석만 아는 거야."

"그게 뭐야! 이 사기꾼아!"

호수는 저를 안아 일으키는 연석의 어깨와 등을 팡팡 두드렸다. 적극적인 항의에도 불구하고 연석은 가뿐하게 호수를 안아 들고 침실로 향했다.

주말 몫으로 주어진 행복 중에 소량을 당겨쓴 연석은 흡족하게 웃으며 땀으로 젖은 호수를 끌어안았다. 동그란 어깨와 목에 들러붙은 머리카락을 떼어 내고 열이 식지 않은 볼에 입을 맞추자 호수의 입술에서 단내가 풍겼다. 손발 끝으로 진이 다 빠져나갔는지 호수는 꼼짝도 할 수 없어 맥없이 중얼거렸다.

"나 오늘 회사에서 졸아도 혼내지 말기."

"아예 내 방으로 와서 자도 됨."

피식 웃는 호수가 기운 없는 것이 느껴지긴 했다.

"너 어제 저녁으로 뭐 먹었어? 유난히 힘이 없는 게 수상하다?"

아! 컵라면 용기.

호수의 이마가 찡그려졌다. 연석이 당연히 회사로 곧장 출근할 거라 예상하고 미처 치우지 못했다. 출근길에 들고 나가 재활용으로 처리하려고 했는데. 둘러대 봤자, 바로 걸릴 것이라 바른대로 이실직고했다.

"컵라면. 그런데 큰 거로 먹었어."

찰싹! 호수의 엉덩이를 때리는 소리가 찰지게 울렸다.

"아야, 아포……."

"어제 나한테 거짓말했네. 밥 먹고 있다고 했잖아."

호수는 아이를 혼내는 듯 엄한 목소리를 내는 연석을 향해 돌아누우며 항변했다.

"끼니 때우면 다 밥이지. 꼭 쌀로 지어야 밥인가?"

"대충 먹는 거 싫어. 엄마가 반찬 싸 주셨어. 혹시 내가 없더라도 반찬 챙겨서 먹어. 알았지?"

"어…… 근데 죄스러워서 못 먹을 것 같아. 나 때문에……."

"쉿! 너 때문이 아니고 나하고 엄마, 둘 사이의 문제야. 남김없이 맛있게 먹으면 기뻐하시니까 마음 가볍게 먹자."

"알았어."

마음 한구석에 부채감을 지닌 호수를 위해서라도 빨리 이 상황을 정리해야 할 필요가 있었다. 게다가 매일 보는 정석은 나희가 여전하다고 했지만, 자신이 보기에 확실히 예전만 못했다. 작은아들이 속을 썩여서 그런지 윤나희 여사 특유의 철없는 생기 같은 것이 느껴지지 않았다. 생각에 빠져 있는 사이 호수는 출근 준비를 해야 한다며 꼼지락거렸다. 연석은 조금 전 때려 준 엉덩이가 괜히 미안한 척 손으로 쓸며 호수의 귓가에 음흉하게 속삭였다.

"엉덩이를 내가 너무 세게 때린 거 같은데."

"응. 진짜 아팠어. 하지만 이 나쁜 손은 당장 치워 줘. 이제 정말 일어나야 해."

호수는 엉덩이 주변을 배회하는 커다란 손을 붙들어 이로 깨물어 버렸다.

"아야! 하나도 안 아파! 주말이었으면 좋겠다. 그러면 남아 있는 횟수 다 써도 되는데."

"실장님."

호수가 갑자기 정색하며 부르는 소리에 연석은 빙그레 웃으며 대꾸했다.

"응? 갑자기 왜 그렇게 불러? 태초의 이브가 품에 안겨 부르니까 너무 섹시하잖아. 이러다 정말 지각하겠어."

"아니. 장난하지 말고. 오늘 내가 스트레이트로 기안을 하나 올릴 거야. 기대해."

"뭔데 그래?"

"비밀이고 비공식이야. 아직 여러 절차가 남았지만, 어그러지더라도 뭐, 여전히 놀라운 소식이긴 하겠다."

호수는 웃고 있었지만, 자신만만한 포부가 느껴지는 표정이었다. 까만 눈동자가 영리한 빛을 내며 연석을 향하고 있었다.

* * *

"사모님, 전화 왔는데요. 한남동 미미 여사님이에요."

아침 식사를 차리던 나희는 도우미의 말에 짜증을 감추지 못하고 인상을 구겼다. 분명 주연을 아들의 짝으로 생각하지 않는다고 못을 박았건만 왜 이렇게 귀찮게 구는지. 헛기침으로 목청을 가다듬고 일부러 더 고상하게 전화를 받았다.

"미미 여사, 나예요. 내가 이미 말했잖아요."

―아유, 윤 여사님. 제가 너무 죄송해서 아침인데도 실례를 무릅쓰고 이렇게 전화를 넣었어요.

나희의 말이 채 끝나기도 전에 미미 여사의 호들갑스러운 사과가 쏟아졌다.

"네? 그게 무슨……."

―어머나! 아직 소식을 모르시나 보네. 어제 인터넷이 아주 난리가 났어요. 제가 다리 놓으려고 했던 여 사장님 댁 여식 말이에요.

"주연이요?"

―네. 세상에 다 큰 처자가 행실이…….

미미 여사가 전하는 소식을 들으면서도 나희는 도대체 이게 무슨 소리인가 제대로 인지하지 못했다. 주연이 맞았다는 건지, 때렸다는 건지. 고소했네, 당했네. 정신 사나운 소식이었다. 나희는 입으로 대답하면서도 꿈을 꾸는 건가 싶었다.

 ―윤 여사님, 저도 정말 몰랐어요. 여 사장님 댁에서 하도 간곡하게 부탁을 하시니 혼담을 넣었던 거라…… 그러니까 오해하지 마시고요. 정말, 정말 제가 경솔했습니다.

 아침부터 대찬 소식을 듣고 난 나희는 혹시 헛소문이 아닐까, 오히려 주연네를 걱정했다. 결혼 적령기의 아가씨가 이런 구설에 휘말렸으니 큰일이구나 싶었다. 그렇다고 섣불리 본인에게 확인할 수도 없고. 마침 규영이 주방으로 들어오다 심란한 고민에 빠져 있는 나희를 보고 걱정스럽게 물었다.

 "여보, 왜 그래? 어디 안 좋아요?"

 "아니…… 내가 방금 너무 희한한 소리를 들어서요. 글쎄 주연이가 사람을 팼다는데. 그게 인터넷에 막 떠돈다고."

 "뭐? 무슨 그런 희한한 헛소문이 있어?"

 "그렇죠? 그럴 리가 없겠죠? 하여튼 주연이네한테 이걸 알려야 하나 고민이에요."

 "혹시 모르니까 넌지시 알려요. 모르고 있다가 이상한 소문 다 퍼지면 수습하기도 힘들 테니."

 규영의 조언을 듣고 난 나희는 고개를 주억거리면서도 뒤가 찜찜했다. 설마 그런 비상식적이고 무식한 일을 저질렀을까, 의심하면서도 아니 땐 굴뚝에서 연기가 날까 싶기도 했다.

* * *

　호수는 작성을 마친 기안서를 한 번 더 꼼꼼히 확인한 후 깊은 심호흡을 했다. 비공식적 기안이기에 연석만 볼 수 있는, 그에게 주는 깜짝 선물이었다. 결재 전송 버튼을 클릭하고 바로 연석에게 사내 메시지를 보냈다.

　ー실장님, 지금 올린 결재, 바로 검토 바랍니다.

　두 손을 기도하듯 모으고 모니터를 주시했다. 검토 중이라는 표시가 떴다. 읽고 있겠구나. 가슴이 쿵쾅쿵쾅 널을 뛰었다. 짧고 굵은 메시지가 담긴 서류, 읽는데 2분도 채 걸리지 않을 시간인데도 멈춘 듯 길게 느껴졌다.

　"왜 이렇게 한참 읽어?"

　말이 끝나기가 무섭게 실장실 문이 열리고 스프링이 튀듯 연석이 뛰쳐나왔다.

　"호!"

　연석의 거침없는 외침에 호수와 해성의 얼굴이 해쓱하게 질렸다. 나머지 사람들의 의문 가득한 시선 역시 연석을 향했다.

　"아니, 이호수 씨, 잠깐 저 좀 보죠."

　애써 태연한 척 호수를 찾는 연석의 조바심이 느껴졌다. 굉장히 놀라고 들뜬 기운이 멀리서도 읽혔다. 차분한 걸음으로 다가오는 호수를 기다리다 지친 연석이 참지 못하고 호수를 끌고 들어갔다. 실장실 문이 과격한 소리를 내고 닫힘과 동시에 사람들의 시선이 해성에게로 옮겨졌다. 실장에게서 이상 징후가 포착됐는데 친구인 당신은 뭔가 알고 있지 않으냐 묻는 눈들이었다.

"비, 비상인가?"

해성은 겨우 생각해 낸 변명을 내뱉은 후 성실에게 온 메시지를 확인했다. 속사정을 모르는 해성은 그저 아침부터 불붙은 연석의 주책이라고 넘겨짚었다.

"이 사람들아, 그렇게 못 참겠으면 빨리 공개해서 광명이나 찾아라."

중얼거리며 성실이 보낸 메시지를 확인하던 해성의 동공이 실시간으로 확장되기 시작했다.

연석은 제 앞에서 싱긋이 웃고 있는 호수의 입이 열리길 기다렸다. 포기한 상태였던 콕스 측의 가을 경매 참여가 성사될지도 모른다는 소식보다 다른 것이 더 궁금했다.

"호야, 이게 무슨 소리야? 나 놀리는 거 아니지?"

"무슨 말씀이세요? 버젓이 에릭에게 받은 이메일 사본까지 첨부했는데요."

연석의 입에서 감탄사 같은 한숨이 터져 나왔다. 호수가 애지중지하던 아버지의 유작이, 지금 거실에 모셔 놓은 그 독특한 나비 그림이 고(故) 이정운의 그림이라니. 호수가 이정운의 딸이라니.

"우리 호야, 부자구나."

뜬금없는 연석의 첫마디에 호수는 웃음을 터트렸다. 놀라서 바보같이 얼어 버린 얼굴을 가만히 쓰다듬으며 입술에 가벼운 키스를 남겼다. 왕자의 키스를 받은 공주처럼 연석은 퍼뜩 정신을 차렸다.

"왜 말을 안 했어?"

"처음에 만나자마자 사실 우리 아빠가 이정운이야. 그럴 수는 없잖아."

"아니…… 그래도."

호수는 서운해하는 연석의 손을 붙들고 조곤조곤 설명을 시작했다.

"오빠가 콕스 얘기를 했을 때 바로 자료 조사를 했어. 그러다 깨달은 게 어쩌면 내가 가진 유일한 재산이 히든카드가 될 수도 있겠다 싶더라고. 나도 오빠를 놀래주고 싶었어. 그러니까 서운해도 나 미워하지 마."

"와…… 진짜."

"아직 확정된 건 아니잖아. 축배는 나중에. 에릭이 원하는 대로 일단 그가 지정한 기관에 감정을 의뢰해야 해. 그리고 개인 이호수가 아닌, 한국 옥션을 대표해서 일을 진행할 거고. 가을 경매 시장은 내가 화려하게 장식할 거야."

욕심이 아닌 야망으로 빛나는 눈동자를 보며 연석은 한 번 더 감탄했다. 애써 감정을 가라앉히며 조용히 말하고 있지만, 호수가 이 일을 꼭 성사시키고 말겠구나 하는 예감이 강하게 들었다.

"멋지다, 호야. 내가 이러니 너한테 반했지."

연석은 유난히 따뜻한 색감과 부드러운 터치를 자랑하던 그림을 떠올려 봤다.

"어쩐지 화풍이 예사롭지 않다고 느꼈어. 그런데 우리가 익히 아는 이정운 선생의 기법이 아니라서 짐작도 못 했네."

"딸의 태몽이라서 일부러 유아적으로 그렸는지도 몰라. 꼭 동화에 들어갈 삽화 같기도 하고."

"호야, 내가 열심히 도울게. 이호수가 꼭 성공할 수 있도록."

연석은 그림 속 나비의 화려한 날개와 힘찬 날갯짓을 생각하며 다짐했다. 호수가 그렇게 아름답고 화려하게 날기를 바라며 그렸을 정운의 마음이 느껴졌다.

"어머, 그건 부하 직원인 제가 드려야 할 말씀인 것 같은데요."

"뭐가 됐든. 모든 공은 이호수 사원의 몫입니다."

"그럼 실장님은 뭘 원하시죠?"

"당신의 키스."

즉시 호수는 연석의 목에 팔을 두르고 발끝을 세웠다. 달콤한 안식 같은 키스로 축배를 대신했다. 한창 부드럽게 엉켜 들며 호흡을 나누는데 정중한 노크 소리가 들렸다. 급히 몸을 떨어트리고 매무새를 다듬고 나자 슬그머니 문이 열렸다. 새침하게 선 두 사람을 보는 해성의 눈에 의혹이 가득했다.

"아침부터……."

별말 하지도 않았는데 벌써 호수는 새빨갛게 변색이 됐고 연석의 눈매는 사나운 날이 섰다.

"괜히 도둑이 제 발 저리지 말고, 이것 좀 봐 봐. 나도 웬만해선 방해하지 않으려고 했는데."

"그게 뭔데."

해성은 조금 전 성실에게 전달받은 링크를 연결한 후 동영상을 실행시켰다. 화면 속에서 두 여자가 볼썽사납게 다투고 있었다.

마치 전쟁터의 백병전을 방불케 하는 치열함이었다.

"이거…… 여주연 아니에요?"

호수가 먼저 주연을 알아보았다. 자신과 다투던 날의 옷차림이라 단번에 알아볼 수 있었다.

"맞지. 여주연이지. 그리고 주연이한테 가방으로 맞고 있는 여자 봐 봐."

"허! 허 대리네?"

연석은 오늘 말도 없이 무단결근을 한 미원의 사정을 이제야 이해할 수 있었다.

"아니…… 그럼, 허 대리님하고 싸움이 난 게."

세 사람은 동시에 어이없는 표정으로 실소를 터트렸다.

* * *

연석은 랩톱을 종료하고 일어서며 피곤한 미간을 문질렀다. 마주 앉은 호수는 마치 주변에 아무도 없는 것처럼 일에 몰두하고 있었다. 딱, 대학 시절 시험 기간에 도서관에 앉은 이호수를 보는 기분이 들었다.

온갖 서류로 너저분해진 테이블을 대충 정리하고 빈 커피잔을 치우는데도 호수의 눈과 손은 모니터와 서류와 계산기만 오고 갔다. 살아온 환경의 차이 때문일까. 연석이 반 농담으로 내뱉는 말대로 운이 좋기 때문일까. 연석과 호수는 기본적으로 일을 대하는 자세가 달랐다. 굳이 열심히 하지 않아도 항상 기대 이상의 성과를 올리는 연석은 죽기 살기로 매달리는 호수가 안쓰러웠다. 남다른 열정과 성취욕을 이해하지만, 저러다 몸 상할지도 모른다는 걱정과 혹여 일이 실패로 돌아갔을 때 받는 충격을 고려하지 않을 수 없었다. 쉬엄쉬엄하라고 옆에서 충고하는 것도 한두 번이지. 건성으로 대답하며 제 고집대로 파고드는 호수를 지켜보는 연석의 속만 까맣게 탈 뿐이었다. 시계를 보니 벌써 새벽 3시. 피곤하고 배도 고팠다.

"남들은 불금이다 뭐다 불꽃 같은 주말을 보내는데 우리 호야는 집에까지 일을 싸 들고 와서 스스로를 태우고 있구나."

연석은 온수로 채워지는 욕조에 향긋한 입욕제를 풀면서 한탄 섞인 푸념을 중얼거렸다.

"호야, 이제 그만하고 자자."

목욕물을 받아 놓고 나온 연석은 긴장으로 굳은 호수의 목과 어깨를 주물러 주며 주위를 환기했다.

"응? 지금 몇 시야?"

"3시가 넘었어. 이러다 너 몸 상한다."

"알겠어. 이것만 하고."

연석은 모니터를 잠시 지켜보다가 호수의 손에서 마우스를 뺏어 버렸다. 조금만, 조금만 하다가 이 시간까지 왔는데 이제 더는 봐줄 수 없었다.

"알았어. 알았어. 이제 일어날게."

호수는 엄격하게 굳은 연석의 얼굴을 보자 더는 고집 부릴 수 없었다. 약속대로 연석은 호수가 가을 경매 프로젝트에 매진할 수 있도록 물심양면 돕고 있었다.

연석의 말을 듣는 것이 무조건 옳다는 것을 이미 체험했다. 실제로 고집부려 밤을 새우다 다음날 업무에 차질을 준 적이 있었다. 이후로 연석이 옆에서 더 철저하게 호수를 관리하고 있었다.

자욱한 김이 서린 욕실은 아늑한 라벤더 향으로 가득했다. 간간이 물방울 떨어지는 소리 사이로 야릇한 신음이 가늘게 흘러나왔다.

"아, 응…… 훗!"

"아아 흑!"

"너 진짜! 자꾸 이렇게 장난하면 혼난다!"

연석은 샴푸 거품으로 가득한 주먹으로 호수의 정수리를 콩 찧었다. 가뜩이나 인내하면서 서비스에 만전을 기하고 있는데. 남자의 염장을 질러도 유분수지. 과장된 신음을 연기하던 호수의 입술에서 익살맞은 웃음이 터져 나왔다.

"미안해. 잘못했어요."

새하얀 거품 속에 몸을 묻은 호수는 욕조 가에 머리를 기댄 채 연석의 샴푸 서비스를 받고 있었다. 처음에는 지압하는 손길이 너무 시원해서 자연스럽게 나온 신음이었는데 연석이 꼴딱 침 삼키는 소리를 듣고 나니 장난기가 발동하고 말았다.

"오빠, 고마워. 진짜 오빠는 남아일언 중천금이구나. 당신을 내조 왕으로 임명합니다."

유쾌한 호수의 칭찬에도 연석의 가라앉은 표정은 그대로였다. 오늘도 어쩔 수 없이 잔소리 일장 연설을 늘어놔야 할 것 같았다.

"호야, 네가 좋아하는 일을 오래 하고 싶으면 몸 관리가 먼저야. 건강 해치고 일도 그르치는 경우가 다반사라고."

"응. 알았어."

"언제나 잘 먹고, 잘 자는 것이 최우선이라는 걸 잊지 마. 최상위 포식자들끼리 붙는 정글에서는 다들 능력은 거기서 거기야. 결국은 체력이라고."

"네, 네. 알겠습니다."

호수는 요즘 들어 평소보다 몇 배로 신경 쓰는 연석이 부쩍 고맙고 미안했다. 저를 내려다보는 그를 향해 입술을 오므려 뽀뽀를 채근하자 기다렸다는 듯이 말랑한 입술이 내려왔다.

"월요일에 대표님께 직접 올라갈 거야?"

"그래야지. 규모가 커졌고 전폭적인 지원을 받아 내야 하니까. 삼촌이 좋아서 기절하시겠네. 너도 같이 들어가야지."

"나도?"

호수의 눈이 댕그랗게 커졌다. 마주치면 인사나 간신히 해 봤을 뿐인 대표님 앞에서 직접 브리핑을 해야 한다는 사실에 갑자기 긴장됐다.

"당연하지. 담당이 너잖아. 나는 그저 지원군일 뿐이야."

"그래도…… 계급장 건너뛰고 일개 사원이?"

"그 일개 사원이 이 프로젝트를 성사할 열쇠를 갖고 있잖아. 콕스 씨가 아버님의 그림에 애착이 강하다는 게 정말 신의 한 수다."

"나, 좀 떨린다."

"독한 이호수가 겨우 그런 거에 떨다니. 안 어울려. 어차피 나중에 가족이 될 사이잖아."

"음…… 어쩐지 그게 더 무섭게 느껴지는데."

엄연히 따지면 시어른이 된다는 건데. 그렇게 생각하니 더 껄끄럽게 느껴졌다.

"내가 있잖아."

그래. 내 곁에는 진연석이 있다. 그렇게 생각하자 용기가 생겼다. 전에는 깡과 오기로 해 왔던 것들이 연석과 함께하고부터는 힘들지 않았다. 호수는 눈을 감고 연석의 콧노래를 들었다. 머리를 헹구면서 흥얼거리는 연석의 목소리에 마음이 한결 편안해졌다.

* * *

"그러고 보니 정말 배가 많이 나와 보이긴 하네."

호수는 얇은 여름옷 덕에 도드라져 보이는 성실의 배를 신기하게 쳐다보며 감탄했다. 문득 그때 연석을 떠나지 않았다면 이미 성실과 같은 모습을 거치지 않았을까. 아쉬운 마음이 들었다.

"하, 힘들어. 임신했더니 몇 배로 더운 거 같아. 생각 없이 먹어대서 살찐 것도 있고. 확실히 여름이 힘드네."

"살 안 쪘어."

"어머. 너답지 않게 빈말을……."

성실의 지적에 호수는 흠칫 놀라 딴청을 피웠다. 안 그래도 자리에 나오기 전에 연석에게 단단히 교육을 받았다. 해성이 부탁하기를, 절대로 성실이 살쪘다고 말하면 안 된다는 거였다. 잘 먹어

야 마땅한 임산부가 살찐다는 걱정 때문에 스트레스가 심하다고
했다. 하지만 그래도 이 말은 해 줘야겠다.

"성실아, 너 예뻐."

"뭐? 내가?"

"응. 학교 다닐 때도 예뻤는데 지금 정말 예쁘다. 뽀얀 달 같고
사랑스러워."

성실은 아예 말을 안 하고 말지 빈말하지 않는 호수의 성격을
잘 알았다. 달 같다는 말이 어쩐지 마음에 걸렸지만, 예뻐 보인다
니 기분은 좋았다.

"너 보니까 조금…… 아니, 많이 부럽네."

호수는 주문하느라 해성과 함께 계산대에 서 있는 연석을 보며
혼잣말처럼 주절거렸다. 결국, 이렇게 될 것을. 먼 길을 돌아 서
로 너무 아픈 시간을 겪은 것이 억울했다. 회한이 서린 눈빛을 물
끄러미 보던 성실이 테이블 위에 놓인 호수의 손등을 토닥였다.

"호수야, 몇 배로 잘 살고 행복하면 돼. 이미 지난 일 돌이켜 후
회할 필요 없어. 앞으로 잘할 생각만 해도 바쁜 세상이다."

"네 말이 맞아. 그런데 가끔 오빠한테 미안해서."

"그건 그래. 솔직히 나도 네가 연석 오빠한테 엄청 잘해야 한다
고 생각해."

"……?"

"우리 여보도, 연석 오빠도 너한테 말하지 말랬는데."

잠시 고민하던 성실은 멀리 떨어진 두 남자를 한번 쳐다본 후 망
설이던 입을 열었다.

"너 없어졌을 때……. 어휴, 진짜 개망나니."

"뭐?"

"정말 난리도 아니었어. 연석 오빠가 어땠을지 너 상상해 본 적 있어?"

어렴풋이 생각해 본 적은 있었다. 자신만큼 아프고 힘들겠지. 막연히 안쓰럽고 미안하긴 했었다.

"그때, 상경대 1층에 있는 사물함을 연석 오빠가 주먹으로 다 부숴 놨잖아."

"그게 무슨 소리야?"

기물 파손이라니. 처음 듣는, 상상도 해 보지 못한 상황이었다.

"술을 잔뜩 마시고 주정한 거지. 울면서 자기 분을 못 이겼는지 1층에 있는 사물함을 주먹으로 두들겨서 못 쓰게 만들었어. 돈 많은 사람이라서 더 좋은 거로 교체해 놓긴 했지만."

"울었다고? 저 사람이?"

나만 울었던 게 아니었구나. 호수는 다시 만났을 때 저 좀 돌아봐 달라고 애타게 사정하던 연석을 떠올렸다. 잊어야 한다고 채찍질하며 조금씩 그리움이 옅어졌던 자신과 달리 연석은 처음 상태 그대로, 어쩌면 나날이 더한 고통 속에 살았을 거란 생각이 들었다.

"그뿐인 줄 아니? 너 찾는다고 대자보는 기본이고 학교 홈페이지 게시판까지 매일 도배해 놓고. 아, 정말 추했어. 방송국에 광고한다는 걸 해성 오빠하고 교수님이 말렸어. 너 잊어 보겠다고 외국 나가서도 하루가 멀다고 해성 오빠한테 전화해서 너 연락 없냐고 묻더라."

"나, 정말 나쁜 애구나. 멀쩡한 남자를 제대로 망쳤네."

"어. 너 나빴어. 그러니까 잘해라. 저런 남자 세상에 없다. 나는 우리 여보가 제일 좋지만, 그래도 객관적으로 따지면 진연석 손들어 줄 수 있어."

어쩌면 세상은 나에게 저 남자의 무한한 사랑을 몰아주려고 그렇게 모진 세월을 살게 했던 걸까. 진연석과 함께 있으면 특별해지는 기분이 들었다. 이호수를 향한 그의 눈빛, 목소리, 웃음과 몸짓 등등. 모든 것이 확연히 달랐다. 이호수가 진연석에게 특별하다는 것을, 모든 것을 동원해 보여 주었다. 지금도 음료와 디저트를 들고 오면서 호수를 향해 행복하게 웃어 주고 있었다. 성실은 지금 들은 얘기는 모른 척하라고 속삭인 후 빠르게 분위기를 전환했다.

"무슨 얘기를 하는데 이렇게 심각해?"

"연석 오빠, 내가 호수 정신 교육 좀 했어요."

성실이 생글생글 웃으며 딴청을 피웠다.

"응? 교육?"

"진연석한테 엄청 잘해 주라고 귀가 닳게 얘기했어요."

"재수 씨, 아주 기특해. 출산 선물 뭐 받고 싶어요? 말만 해."

"그래. 성실아, 신중하게 생각해서 정해. 제대로 선물할게."

해성과 성실은 세탁기와 유모차 중에 고민했지만, 더 비싸고 좋은 걸 고르라는 소리에 결국 결정을 다음으로 미뤘다. 고민을 접고 자몽주스를 들이켜던 성실이 갑자기 생각났다는 듯이 물었다.

"참, 여보자기야. 내가 책상에 청첩장 올려 둔 거 봤어?"

"청첩장? 못 봤는데. 누가 또 결혼하나?"

"내가 열어 봤는데. 조세훈이라던데."

"아, 세훈이. 그 자식도 드디어 가는구나."

"세훈이라고?"

세훈의 이름을 들은 연석의 목소리가 높아졌다. 호수의 짝사랑 상대. 조세훈. 연석의 고개가 자연스럽게 곁에 앉은 호수를 향했다. 질투의 불꽃이 점화된 상태를 눈치챈 호수가 어색하게 웃으며 모른 척했다.

"해성아, 호수가 세훈이 좋아했었다면서. 왜 나한테 얘기 안 했어?"

"어? 너 그거 어떻게 알았냐?"

"호야가 말해 줬어."

에헤이. 해성의 입에서 안타까운 탄식이 새어 나왔다. 그걸 왜 말했냐는 무언의 질타가 호수를 향했다. 연석의 질투심을 잘 아는 해성은 굳이 알릴 필요가 없다고 판단한 바였다. 그런데 그걸 제 입으로 이실직고하다니. 앞으로 세훈의 이름이 나올 때마다 진연석의 저런 이글이글한 눈빛을 견뎌야 할 텐데.

"조세훈이 먼저 장가를 가다니."

연석은 괜한 시기심에 음료에 들은 애꿎은 얼음만 우적우적 씹어 삼켰다.

"오빠, 그러다 배탈 나겠어. 얼음 좀 그만 먹어."

"지금 세훈이가 먼저 장가를 간다는데 너 괜찮아? 네 짝사랑이 먼저 간다는데."

또, 또. 저 쓸데없는 승부욕이 발동한 모양이었다. 그도 그럴 것이 이호수에게 장가가는 인생 최대의 목표 실현을 눈앞에 둔 연석이었다. 요즘 누가 결혼한다고 하면 유난히 예민해지곤 했었다. 그런데 하필 조세훈의 결혼 소식이라니. 호수는 이 사랑밖에 모르는 남자를 달래 줄 획기적인 뭔가가 필요하다고 판단했다.

"오빠, 지는 것 같은 기분이야?"

"내가? 내가 진다고? 말도 안 돼. 내가 겨우 조세훈한테 진다고?"

목소리가 한껏 드높아지는 것이 당신 벌써 졌네, 졌어.

희미하게 고개를 젓던 호수는 심드렁한 목소리로 폭탄선언을 했다.

"그럼 세훈 오빠 결혼식 전에 우리가 먼저 혼인신고 할까?"

그렇게 말해 놓고 호수는 태연자약하게 커피를 홀짝였다. 너무 조용하길래 돌아보니 연석의 어리숙한 얼굴이 저를 향하고 있었다.

"싫어?"

아니, 그럴 리가. 연석은 이미 해성에게 혼인신고 절차를 묻고 있었다.

Chapter 9

결국, 다시 너로구나

이미 여러 번 살펴본 세부 기획안을 덮으면서 나석은 앞에 선 두 사람을 눈여겨보았다. 조카인 연석이야 워낙 믿는 구석이 있던 놈이었다. 하지만 이 잘 쓰인 기획안이 입사 반년 차 사원의 솜씨라는 것을 솔직히 믿지 못했다. 그러나 모든 질문에 막힘없이 당차게 답하는 모습에 믿음이 갔다.

"이호수 씨."

"네."

"전에 어디서 일했나?"

"대학 졸업 후 계속 영국에서 지냈습니다. 작은 회사를 거쳐 마지막은 변호사 사무실의 비서로 채용됐지만, 하는 일은 여러 잡무였습니다."

나석은 영리한 기운을 뿜는 호수의 단정한 모습에 마음을 빼앗겼다. 기획안 첫 문장을 읽는 순간, 한국 옥션에 물건이 하나 들어온 것을 예감했다.

나도 이제 늙었나.

나석은 뜬금없이 떠오른 생각에 속으로 헛웃음을 쳤다. 두 아들놈이 결혼할 조짐조차 없다고 한숨짓던 누나를 생각하자, 이 둘을 어떻게 이어 볼 수 없을까 하는 오지랖이 발동하려 했다.

"두 사람 다 대단하네. 진 실장은 크리스티에서 근무한 경험이 있다지만, 오자마자 큰 프로젝트를 기획한 것이 고맙군. 이호수 씨는 말할 것도 없고. 회사로서 전폭적일 수밖에 없지. 열심히 해 봐!"

"감사합니다."

연석과 호수가 가볍게 고개를 숙여 인사했다.

"고마운 건 오히려 회사지. 콕스 같은 거물을 어떻게 잡았어? 미팅 잡기도 힘들어서 벌써 몇 년째 물만 먹고 있었는데."

"전부 이호수 씨 덕분입니다. 일에 대한 열정과 수완이 남다릅니다. 대표님이 주목해 보셔도 좋을 인재라고 생각합니다."

연석의 입에서 칭찬이 술술 쏟아질수록 호수의 낯빛은 붉은 물이 오르고 있었다. 순전히 사심 섞인 과한 평가로 느껴졌다.

"과, 과찬입니다."

"진 실장은 아랫사람 사랑이 남다르네. 그러다 편애한다고 원성 살 수도 있으니 조심하고."

"네!"

대표실을 나가는 두 사람을 보는 나석의 눈빛이 예리하게 빛났다. 오래 못 본 사이 연석의 성격이 많이 변한 듯싶었다. 원래 저렇게 표현이 후한 녀석이 아닌데. 나석이 급히 밖으로 나가자 비서들이 자리에서 일어났다.

"아니야. 앉아들 있어. 잠깐 확인할 게 있어서 그래."

빼꼼히 문을 열고 복도를 내다보자 연석과 호수가 나란히 걸어가는 뒷모습이 보였다. 인적 없는 복도를 걷는 두 사람에게서 별다른 점은 찾을 수 없었다. 연석이 호수를 내려다보며 기분 좋게 웃는 것도 상황이 모호했다. 어떤 색의 안경을 쓰느냐에 따라 다르게 해석될 분위기였다.

"아닌가……. 내가 너무 넘겨짚는 건가?"

나석은 아니겠지, 하며 돌아섰다. 하지만 여전히 미심쩍은 마음과 설익은 기대를 버리지 못했다. 점심시간에 맞춰 약속을 잡은 와이프가 오면 지금 자신이 느낀 것을 물어봐야겠다고 마음먹었다.

* * *

엘리베이터에 오르자마자 연석은 곁에 선 호수의 허리를 휘어잡아 제 몸에 딱 붙였다. 그놈의 CCTV 때문에 둘만 있는 공간에서도 항상 조심해야 하는 것이 불만이었다.

"이렇게 예뻐 죽겠는데 키스도 못 하네. 억울하다. 억울해."

"집에 가서 하면 되지."

"바로 내 방으로 와."

호수는 곱게 눈을 흘기며 콧방귀를 뀄다. 솔직히 해성과 찬영의 눈치가 보여 요즘은 실장실 근처에도 얼씬하지 않았다. 들어갔다가 조금만 지체하고 밖으로 나오면 해성은 괜한 헛기침을 했고, 찬영은 눈썹으로 파도타기를 해대니 이유가 없어도 부끄러웠다.

"그럼 오늘은 내 차 타고 집에 가자. 차에서 키스하게. 집까지 못 기다리겠다."

"어휴, 그래 봐야 몇 분 차이잖아."

"확, 여기서 한다."

하는 수 없이 호수는 옅은 한숨을 쉬며 고개를 끄덕였다. 더 튕겼다가는 시무룩해지거나 정말 여기서 해 버릴 것이 뻔한 남자니 이쯤에서 양보해야 했다.

"오빠, 점심때 산책이나 하자. 덕수궁에서 봐."

"OK! 연못 벤치로 샌드위치 사서 갈게."

자리에 돌아온 호수는 좋았던 기분이 단숨에 바닥으로 굴러떨어졌다. 오랜만에 출근한 미원이 허락도 없이 호수의 가방을 들고 안팎으로 꼼꼼하게 살피고 있었다.

"지금 뭐 하시는 거예요?"

웬만해서는 미원을 건드리지 않는 호수였지만, 오늘은 참을 수 없어 짜증스러운 목소리를 그대로 뱉어냈다.

"호수 씨, 지금 그거 나한테 하는 말이야?"

"네."

호수의 목소리는 덤덤했지만, 눈빛만은 호락호락하지 않았다. 미원은 이게 순전히 지난주 망신스러웠던 사건의 여파라고 생각했다. 뜻하지 않게 유튜브 스타가 된 것도 모자라 공중파 뉴스에까지 보도가 됐으니 저 새파란 신입마저 저를 얕본다고 판단했다.

"말투가 왜 그래? 버릇없이?"

"남의 가방을 왜 그렇게 뒤져 보고 계세요? 그거야말로 예의 없는 행동 아닌가요?"

미원은 신경질적인 손길로 호수의 가방을 의자 위에 내동댕이쳤다. 안에 들었던 소지품 몇 가지가 바닥에 떨어지는 모습을 보며 호수는 이를 사리물었다.

"이거 짭이지?"

"아닙니다."

"무슨 소리야? 자기 맨날 짭만 사잖아. 진통 살 여력 없다면서."

미원의 비꼬는 소리를 들으며 호수는 바닥에 떨어진 소지품을 가방에 주워 담았다.

"남자 친구가 사 줬어요."

"웃기네. 남자 친구 없다면서?"

"생겼어요. 웃기면 마음껏 웃으세요."

호수는 화난 것을 티 내느라 책상 서랍을 소리 나게 여닫고 서류철을 들어 탕탕 내려쳤다.

"이호수 씨! 지금 어디서 성질을 부리는 거야!"

"회의 들어가기 전에 자리 좀 정리한 건데요."

호수는 노트북을 챙겨 들고 자리에서 일어났다. 쌀쌀맞은 기운을 풍기며 회의실로 들어가는 호수의 모습을 지켜보던 연석이 서늘하게 웃고 있었다.

일부러 과장되게 다리를 절며 회의실로 들어오는 미원을 보며 사람들은 뭐라 안부를 물어야 할지 몰라 차라리 모른 척 외면했다. 똥이 더러워 피하는 줄도 모르고 미원은 저를 건드릴 사람이 없음에 안도했다.

"호수 씨."

찬영이 맞은편에 앉은 호수를 향해 펜을 두드리며 알은척을 했다.

"네?"

"경매사 교육받게 됐다면서요. 바쁠 텐데 괜찮겠어요?"

"그러게요. 이렇게 겹치게 될 줄 몰랐어요. 그래도 해 보는 데까지는 해 보려고요."

"하여튼 파이팅입니다. 뭐든 잘하시니 이번에도 잘되겠죠."

"고마워요."

놀고 있네.

미원은 심술 맞은 입술을 삐죽거리며 찬영과 호수를 곱지 않게 쳐다보았다. 단 며칠 사이에 부서에서 밀려난 기분이 들었다. 호수 탓인 것인 것도 아닌데 만만한 아랫사람이라 그런지 그쪽으로 심술이 솟았다. 자신이 맡았던 뉴월드 백화점 콜라보 자선 경매도 호수에게 넘어갔다. 게다가 뭘 하고 다니는 건지 실장과 둘이서만 대표실에 결재받으러 갔다 온 것도 비위가 상했다. 이 정도 이유만 해도 호수에게 화가 나는 게 당연한 거라고 자신을 합리화했다.

"호수 씨는 별로 예쁘지도 않으면서 어떻게 그런 재주를 피우나 몰라."

"네?"

"윗사람들 잘 구워삶나 봐. 아까도 실장님하고만 대표실 다녀왔다면서. 그게 능력만으로 될 일이야?"

듣기 거북한 소리에 사람들의 눈매가 일그러졌다. 찬영이 대놓고 불만스럽게 쏘아붙였다.

"허 대리님, 말씀 조심하세요. 지금 그거 호수 씨는 물론 다른 분들까지 모욕하신 겁니다."

"조용히 해! 김찬영 너도 지금 나 무시하니?"

찬영이 호수의 편을 들고 나서자 미원의 못된 심사가 그릇된 입놀림을 부추겼다.

"그리고 이호수 씨는 경매사 하기에 카리스마가 부족해. 그렇게 애송이처럼 생겨서 무슨 경매장을 장악하겠어. 간 떨려서 경매가나 외칠 수 있겠니?"

찬영은 고개를 절레절레 지으며 속으로 혀를 찼다.

"와, 여러분 개과천선이 이렇게 어렵습니다. 허 대리님, 조만간 땅을 치고 후회하실 겁니다. 두고 보세요."

"너, 진짜 조용히 안 해?"

과민하게 달아오르는 둘 사이의 언쟁을 끝내기 위해 호수가 끼어들었다. 이제 곧 윗사람들이 들어올 텐데 괜히 자신을 편들다가 찬영이 곤란해지도록 둘 수 없었다.

"찬영 씨, 그만 해요. 저는 괜찮아요."

"전부 다 일러 버려요."

"그러려고요."

찬영은 여전히 미원을 노려보며 낮은 목소리로 속닥거렸고 호수는 생긋 웃으며 고개를 끄덕였다.

'저것들이 지금 뭐라는 거야?'

미원은 도대체 무슨 소리인지 알아들을 수 없는데도 덜컥 겁이 났다. 저 둘이 뭘 믿고 저런 말을 하는지 뒤늦게 찜찜한 두려움이 엄습했다.

* * *

"아! 덥다."

벌써 만만치 않은 더위가 느껴졌다. 고궁 산책하기 가장 좋은 계절은 너무 짧게 흘러가 버렸다. 호수는 대한문에서 가까운 연못가 등나무 그늘 밑에 앉아 연석을 기다렸다. 시원한 미풍이 한바탕 지나가자 금세 땀이 식으며 기분이 상쾌해졌다. 올해는 에어컨 덕에 시원하겠다는 생각을 하던 호수는 자신의 잔망스러움에 웃음이 터졌다.

"무슨 생각을 하길래 혼자 그렇게 웃어?"

어느 틈에 왔는지 양손에 샌드위치와 음료를 든 연석이 옆에 앉으며 물었다.

"그냥. 올여름은 집이 덥지 않아서 편하겠다, 그런 생각."

"그게 뭐가 웃겨?"

"남친 덕 보는 게 어느새 자연스러워져서. 그런 내가 참…… 염치없는 것 같아서."

샌드위치 포장을 벗겨 호수에게 건네주던 연석의 미간이 좁아졌다.

"호야 너는, 가만 보면 통이 큰 것 같다가도 소심한 것도 같고. 도무지 종잡을 수가 없어. 남자 친구, 아니지 이제 곧 남편이지. 우리 집이 시원한 게 왜 거기까지 생각이 뻗쳐?"

"어머, 남편이란 말을 막 그렇게 하고 그래."

"이번 주에 혼인신고 할 건데 뭐. 미리 좀 당겨쓰면 안 되나?"

"오빠는 당겨쓰는 거 너무 좋아해."

호수는 머쓱하게 웃으며 연못에 시선을 두었다. 간간이 불안감을 보이는 연석을 달래고자 혼인신고 카드를 꺼냈지만, 연석이 기다렸다는 듯 서두르자 과연 옳은 것인가 걱정이 되었다. 아직 부모님과의 관계 회복도 완전하지 못한데 아무래도 경솔한 짓인 것 같았다. 말없이 생각에 잠긴 호수를 보며 샌드위치만 씹던 연석이 부드럽게 웃으며 고개를 주억거렸다. 가지런하게 놓인 호수의 손을 꼭 잡으며 시선을 마주했다.

"호야, 혼인신고는 결혼 후에 하자. 나는 네가 우리 집에 털끝만큼도 트집 잡히는 거 싫다."

호수는 크게 뜬 눈으로 연석을 응시했다. 자신이 먼저 그리 말

해도 펄쩍 뛰거나 시무룩 풀이 죽을 연석을 상상했던 호수는 자신의 예상이 빗나간 것에 조금 놀랐다.

"오빠, 괜……찮은 거지?"

"한참 신이 나 있는데 해성이가 충고하더라고. 호수가 흠 잡힐 일 조금도 하지 말라고."

"……?"

"솔직히 해성이가 한 말이 잘 이해는 안 가는데. 아들이 잘못해도 며느리 탓을 하더래. 자기 엄마는 안 그럴 줄 알았는데 깜짝 놀랐다고."

"정말?"

"응. 성실이를 그렇게 예뻐한다는데도 그런 일이 있었대."

"성실이는 아무 말 없었는데……."

현실적인 경험담에 호수는 안 그래도 무거웠던 마음이 더 갑갑해졌다. 저를 보며 땅이 꺼지라고 한숨 쉬던 나희의 모습이 뇌리를 스쳤다. 사랑받는 것까지는 언감생심 바라지도 않는다지만 겁이 나는 건 어쩔 수 없었다.

"내가 있잖아. 내가 다 막을 거야. 아무도 너한테 뭐라고 할 수 없어."

호수의 손이 아플 정도로 연석은 힘주어 그러잡았다. 자신만큼 이 남자도 불안하구나. 호수도 마음을 다잡았다. 저 때문에 오랜 시간 모친과 연을 끊다시피 지내온 남자에게 더 많은 것을 바라지 않을 참이었다. 모든 짐을 연석에게 떠안기고 비겁하게 뒤에 숨고 싶지 않았다.

"나도 알아. 오빠를 믿어. 고마워."

호수는 든든한 어깨에 머리를 기대었다. 내가 당신을 믿는다는 속마음을 전하고 싶었다.

평일 낮인데도 덕수궁을 찾는 관람객들이 많았다. 수많은 무리에 섞여 있던 몇몇 사람의 걸음이 우뚝 멈췄다. 연석과 호수를 알아본 윤나석 대표의 비서실 직원들이 소리 죽여 호들갑을 떨었다.

* * *

점심 산책 겸 데이트를 마치고 기분이 한결 좋아진 호수는 발걸음마저 동동 떠오르는 듯 가벼웠다. 아침에 미원에게 당한 유치한 인신공격쯤 한낱 티끌이 되어 날아간 지도 오래였다. 기획부에 들어서자마자 호수는 자신의 자리를 둘러싼 낯선 분위기에 주춤했다. 파스텔 색감의 수국 꽃바구니와 함께 책상 면적이 모자라도록 커다란 쇼핑백 몇 개가 놓여 있었다. 남자들의 어이없어하는 놀란 눈빛과 여자들의 부러움 가득한 눈빛이 호수를 향했다. 그중 가장 볼만한 표정은 호수의 바로 옆자리에 앉은 미원이었다. 시샘으로 날이 선 못난 마음이 그대로 드러난 얼굴이었다.

"어휴. 이호수 씨, 이게 다 뭡니까?"

마침 해성과 함께 들어오던 연석이 짐짓 꾸민 목소리로 다가오더니 꽃바구니에 꽂힌 카드를 집어 들었다.

"여기 카드도 있네요. 보낸 사람이…… 남, 자, 친, 구? 애인 있었어요?"

호수는 **뺀질뺀질한** 얼굴로 놀란 척하는 연석을 속으로 노려보며 날쌘 손동작으로 그의 손에 들린 카드를 **뺏어** 버렸다. 아침에 미원에게 당한 호수가 마음에 걸린 연석의 기획이 분명했다.

"내가 못 살아. 미쳤나 봐."

중얼거리며 쇼핑백을 책상 아래로 내려놓는 호수를 보는 미원의 눈매가 사나웠다. 내심 호수의 샤넬 백이 가짜라고 철석같이 믿고 있었는데 이렇게 보란 듯이 애정 어린 능력을 과시할 남자 친구가 진짜 있었다니. 미원은 책상에 앉아 관자놀이를 문지르며 난처해 하는 호수가 낯설고 아니꼬웠다. 외모 가꾸는 것에 게으르지 않다는 것은 알지만 돈을 섣불리 쓰는 사람이 아닌 것도 알고 있었다. 꼼꼼하게 가계부를 적고 돈을 써야 할 때 신중하게 고민하는 것을 본 적이 여러 번이었다. 그런 구질구질한 호수에게 굉장한 남자 친구가 생겼다는 것이 미치도록 샘이 났다.

* * *

요리 연구회 지인들과 점심 모임 중인 나희는 예상한 대로 자리가 불편하기만 했다. 다들 장성한 자녀를 둔 나이들이다 보니 오늘도 자식 자랑에 여념이 없었다.

"아니, 근데 그 집은 이제 어떡해요? 여 사장님 댁 딸 말이에요."

한바탕 자랑과 칭찬이 휩쓸고 간 자리에 아니나 다를까 주연의 이야기가 화제로 올랐다.

"그러게요. 뉴스에까지 나오고 망측하기도 하지. 요즘 갑질, 갑질 한창 예민한데 그런 추태를 부린 게 전국적으로 소문이 났으니."

"이제는 적지 않은 나이라 혼담도 거의 안 들어간다던데. 한남동 미미 여사가 아주 난처해 하더라고. 놓을 다리가 없는데 자꾸 조른다고."

"나이가 문제가 아니에요. 우리 애가 그러는데요. 주연이 걔는 친구들 사이에서 벌써 평이 안 좋아서 왕따라고 하더라고요."

주연의 얘기로 뜨겁게 달아오른 덕에 나희는 두 아들의 결혼 걱정 소리는 듣지 않게 되었다. 그래도 함께 입을 섞어 떠들 만큼 유쾌한 주제는 아니기에 자리가 가시방석이었다. 마침 오랜만에 걸려온 전화를 핑계로 빠져나갈 수 있는 여유를 얻었다. 굳이 중요한 일이 생기지 않으면 서로 연락하지 않는 나석의 안사람이었다.

"자네가 웬일이야?"

─형님! 지금 통화 괜찮으세요?

무슨 일인지 올케인 주혜의 목소리가 상기되어 있었다.

"지금 모임 중이야. 잠깐 나가서 받을게."

나희는 일행에게 양해를 구하고 자리를 빠져나왔다.

"너무 길지 않게 통화하자. 무슨 일이라도 생겼어?"

─제가 지금 애 아빠 회사에 다녀오는 길이거든요. 오늘 점심을 같이하기로 해서요.

"근데."

─연석이 말이에요. 꽤 괜찮은 아가씨 하나가 애 아빠 눈에 들

어왔다는데요.

나희는 말만 들어도 가슴이 벌렁거렸다. 연석의 고집에 호되게 덴 후 함부로 혼사를 들이밀 엄두가 안 났다. 아예 아들들 결혼은 자기들이 알아서 하겠지, 미뤄 둔 상황이었다.

"아유, 아서! 이제 겨우 마음 풀려서 집에 한 번 다녀간 애야. 나 다시는 같은 꼴 못 견뎌."

─아니. 제 말씀 좀 들어 보세요. 연석이하고 한 부서에 있는 아가씨인데 애 아빠가 보기에 둘이 뭔가 있어 보인다네요.

"……?"

─같이 세워 놓고 보는데 그렇게 잘 어울리더래요. 게다가 연석이가 그 아가씨 대하는 태도가 유난히 유하더래요.

"아랫사람이라 챙기는 거 가지고 호들갑 떠는 거 아니야?"

말은 그렇게 하면서도 마음에 싹트는 기대감을 어쩌지 못했다. 저러다 평생 여자 하나 못 잊고 냄새나는 노총각으로 추레하게 늙으면 어쩌나, 걱정이 전혀 없는 건 아니었다.

─애 아빠도 그게 헛갈린다고 나한테 묻는데. 저도 직접 못 봤으니 어떻게 알겠어요.

"하긴…… 그 시간이 얼마니. 자그마치 6년이야."

잊을 때도 됐지. 포기할 때도 됐어. 그러니 슬그머니 집에도 발걸음한 게 아니겠는가.

─형님, 우리 한번 보고 올래요? 애 아빠랑 약속 있어서 왔다고 하면서 슬쩍 들여다봐도 되잖아요.

"그건 좀 더 신중히 하자. 자라 보고 놀란 가슴 솥뚜껑 보고 놀란다고. 내가 설불리 결정 못 하겠어."

  −저도 형님 마음은 이해해요. 하여튼 좀 생각해 보세요. 저라도 확인해 볼까 싶어서 들렀는데 점심때라 전부 나가고 없더라고요.

  전화를 끊고 난 나희는 다시 자리로 돌아가지 못했다. 가슴이 흥분으로 두근거려 태연하게 사람들과 어울릴 수 없었다. 동생네가 느낀 대로라면 얼마나 다행일까. 얼마나 괜찮은 아가씨면 나석의 눈에도 좋아 보였을까. 한번 싹 튼 기대감과 궁금증은 줄어들기미 없이 무럭무럭 자라기만 했다. 그러다 문득 가슴 한구석에 묻어 둔 호수 생각이 났다.

  그 어린것의 가슴에 못을 박아 놓고 나희도 내내 후회했다. 비단, 아들이 저를 등진 것에 대한 후회만이 아니었다. 어른으로서 참으로 못 할 짓을 했다 싶었다. 부모도 없고 갈 곳도 마땅히 없는 아이가 홀연히 떠났다는 소리에 아차 실수를 깨달았다. 연석이 다른 여자를 눈에 둔 것 같다는 소리에 만감이 교차했다. 한시름 덜었다 싶은 마음 너머로 호수에게 미안한 마음도 함께였다. 어디서 뭘 하든 건강하고 행복하게 지내길 바랐다. 언제든 다시 만나면 미안하다, 잘못했다, 용서를 빌고 싶었다.

* * *

  콕스 컬렉션 전시와 가을 경매 홍보를 위한 전략 회의가 막 끝났다. 소회의실을 빠져나오면서 진혁과 호수는 마저 못한 대화를 이어 나갔다.

"가을 경매의 규모가 몇 배로 커졌네. 프리뷰부터 떠들썩할 테니 전담 TF팀을 따로 짜야 할 것 같아."

"네. 안 그래도 대표님은 시장 접근성을 생각해서 홍콩에서 할까 하셨는데 이번 기회에 한국 미술 시장의 규모가 이 정도로 커졌다, 보여 주고 싶었어요. 과장님께서 애 좀 써 주세요."

"호수 씨, 정말 대단하다. 괜히 내가 다 뿌듯하고 자랑스럽네."

"뭘요. 실장님이 주도하시는 건데요. 저는 옆에서 거들 뿐이에요."

진혁은 씁쓸하게 웃으며 고개를 끄덕였다. 둘이 되어 큰 힘을 발휘하는 것을 보니 인연이 맞는 것 같았다. 혼자일 때의 호수도 일을 잘했지만, 뭔가 위태로워 보였다. 지나치게 애쓰고 바둥거리는 모습이 안쓰러울 때가 많았다. 그래서 더 눈길이 갔는지도.

"호수 씨, 오랜만에 잠깐 커피 브레이크?"

"네. 좋아요."

호수도 언제까지 이렇게 껄끄럽게 지내고 싶지 않았다. 진혁의 마음을 눈치챈 이상 아예 제 입으로 확실하게 밝히고 이상한 분위기를 깔끔하게 정리하고 싶었다.

옥상 벤치에 앉은 두 사람은 한동안 말없이 커피만 마셨다. 오후의 뙤약볕이 제법 강한데도 더운 줄도 모르고 앉아 있었다. 손에 든 종이 잔을 빙글빙글 돌리던 호수가 먼저 입을 열었다.

"과장님, 아시죠?"

진혁은 콧잔등을 찡그리며 설핏 미소 지었다.

"그럼. 실장님이 알아들으라고 그렇게 티를 내는 데 모르면 병신이지."

"민망하네요. 그런 식으로 알리려고 한 것이 아닌데."

"그러는 호수 씨는…… 내 마음 눈치챘나?"

"아…… 네."

잘못이라도 저지른 사람처럼 고개를 푹 숙인 호수의 귀가 새빨개져 있었다. 아무 사심 없이 좋은 동료이자 상사로만 생각했던 진혁과 이런 얘기를 나눈다는 것이 생각보다 더 껄끄럽고 부끄러웠다.

진혁은 나이답지 않게 순수한 호수가 보기 좋았다. 앳돼 보이는 데 한몫하는 하얀 피부가 발갛게 달아오른 것에 빼앗겼던 눈길을 간신히 떼어 내고 말을 이었다.

"진 실장님이 그렇게 서슴없이 구는 것 보고, 뭐 저런 사람이 다 있나 했는데. 솔직히 나중에는 부럽더라고. 나라면 어떻게 했을까……. 집에 와서 혼자 욕이나 하고 말았겠지. 찌질하게."

"과장님. 왜 그런 말을……. 실장님이 요상한 게 맞아요. 그건 확실해요."

둘은 연석의 남다른 소유욕과 집착을 떠올리며 한바탕 큰 소리로 웃었다.

"자 이제, 어설펐던 감정은 정리했으니 전처럼 잘 지내보자고."

"네."

벤치에서 일어난 두 사람은 어색함을 털어 내고 전처럼 돌아가는 기념으로 악수를 했다.

"서로 각자, 행복해집시다."

"네. 과장님도 행복해지세요."

진혁은 자신과 달리 한 점의 미련도 없이 맑게 웃는 호수를 보며 아릿한 통증을 갈무리했다.

* * *

"아니, 당신 왜 그렇게 안절부절못해?"

규영은 딴생각에 빠져 저녁 내내 헛손질을 하는 나희를 수상쩍게 쳐다봤다. 무슨 할 말이 있는 사람처럼 굴었다가 혼자 고개를 저었다가. 그러다 또 한숨을 쉬었다가. 정신 사납기도 하거니와 혹시나 집안에 안 좋은 일이 생긴 건가 걱정스러웠다. 남편의 근심 어린 채근에 나희는 결심을 했다. 달싹이던 입술을 혀로 축이고 조심스럽게 말을 꺼냈다.

"여보. 오늘 낮에 올케한테 전화를 받았는데. 내가 마음이 들떠 가지고 이래요."

"무슨 일인데."

"나석이 회사에 괜찮은 아가씨가 있는데. 나석이가 보기에 연석이하고 뭐가 있는 것 같다고 하지 뭐예요."

규영은 대번에 인상을 찌푸리며 체머리를 저었다.

"어이구. 이 사람아, 그러다 또 일 그르치는 거야. 연석이 마음잡은 지 얼마나 됐다고 이리 서둘러."

"그러니까요. 그래서 나도 애써 아닐 거라고, 확실해지기 전까지 기다려 보자 하는데…… 그게 생각하고 달리 마음이 아주 널을 뛰어요."

"그래도. 좀 자중하고 있어 봐요. 정 못 견디겠으면 정석이 시켜서 떠보든지."

"그럴까요. 안 그래도 올케가 연석이 몰래 회사 가서 얼굴만 좀 훔쳐보고 오자고 하는데. 어유! 쓸데없이 나를 들쑤셔서 마음만 들뜨고!"

나지막이 한숨을 쉬는 규영도 마음이 뒤숭숭해졌다. 말로는 나희에게 조용히 있어 보라고 했지만, 그 역시 마음이 들썩이고 있었다. 허구한 날 주변 지인들의 자식 혼사에 불려 가고 더 나아가 손자, 손녀 자랑을 하는 것을 들으면 속이 쓰리고 조바심이 나기도 했다. 두 아들이 이제 모두 서른을 훌쩍 넘기니 마음이 급하기는 규영도 나희 못지않았다. 차라리 나희가 무슨 사고라도 치기 전에 연석을 불러서 직접 확인을 해 볼까 싶기도 했다.

* * *

얇은 블라우스가 땀으로 들러붙을 만큼의 시간이 되도록 연석은 호수를 놓아주지 않았다. 운전석을 버리고 아예 조수석으로 넘어와 버릴 지경이라 커다란 덩치에 가려진 호수는 보이지도 않았다.

이른 아침부터 서둘렀던 출근. 한산했던 주차장에 차량이 진입하는 소리가 잦아지기 시작했다. 호수는 에어컨 바람을 막고 있는 연석의 몸을 힘껏 밀기를 여러 차례 만에 간신히 풀려났다. 에어컨이 제대로 작동되는지 의심스러울 정도로 차 안은 후끈한 공기로 텁텁했다.

"하아…… 더워! 좀 떨어져. 이러려고 차 타야 한다고 꼬신 거지."

"아니. 그냥 대화나 좀 하려고 했었는데 그만."

겸연쩍게 웃는 연석을 노려보며 호수는 에어컨 바람의 방향을 자신에게 맞췄다. 차가운 바람이 달아오른 뺨을 빠르게 식혔다. 흐트러진 옷매무새를 정리하고 거울을 보던 호수의 미간이 찌푸려졌다. 어차피 입술은 립밤이나 바르는 게 전부라 지워져도 상관없지만, 퉁퉁 부은 것이 당장 사무실에 올라가기 민망했다.

"호야, 내일까지 못 보는데 너는 아무렇지 않아?"

거울에 비친 제 모습을 점검하던 호수는 무심하기 이를 데 없는 눈으로 연석을 돌아봤다. 금방이라도 낑낑거리며 쓰다듬어 달라 고개를 들이밀 것 같은 눈으로 저를 보는 연석 때문에 그만 웃음이 터졌다.

"하룻밤만 자면 금방 내일이잖아. 운전 조심하고, 공항에서 길 잃어버리지 말고 잘 다녀오세요."

담백한 호수의 굿바이 인사에 낙심한 연석은 불만스러운 한숨을 내쉬며 안전띠를 맸다.

"호야, 그냥 가면 어떡해."

연석은 무뚝뚝하게 뒤도 안 돌아보고 내리려는 호수를 한 번 더 붙들었다. 그 소리에 돌아보니 아침 내내 숨 쉴 틈만 간신히 허락하던 욕심 가득한 입술을 또 내밀고 있었다. 못 말려 정말. 뇌까리고는 하는 수 없다는 듯 연석에게 가볍게 입을 맞추고 내렸다.

인적 드문 임원 주차장의 가장 후미진 자리에 선 호수는 조심스럽게 주위를 살펴본 후 토끼처럼 후다닥 뛰어 엘리베이터가 있는 곳까지 단숨에 도착했다. 주차장을 빠져나가는 연석의 차 뒤꽁무니에 대고 보이지 않도록 소심하게 손을 흔들었다. 입가에 올린 미소가 채 식기도 전에 엘리베이터 문이 열리고 한 무리의 사람들과 마주쳤다.

"어. 호수 씨, 여기서 웬일이야?"

먼저 타고 있던 동료들이 대중교통을 이용하는 호수가 주차장에 있는 것을 이상하게 여기며 물었다.

"그게, 저…… 주차장에 잠깐 볼일이 있어서."

"무슨 일?"

"최 대리는 뭘 그런 걸 꼬치꼬치 알고 싶어 해? 개인사가 있었나 본데."

머릿속이 아득해진 호수는 마땅한 핑계가 떠오르지 않았다. 이른 아침부터 임원 주차장에 볼일이 뭐가 있었다고 해야 할지 모르겠다. 부족한 순발력을 탓하기만 했다. 자근자근 입술을 깨물며 난감함을 감추지 못하는 호수를 보며 사람들은 조용히 짓궂은 미소를 지었다.

* * *

아침부터 전화벨이 요란하게 울렸다. 주혜의 이름을 확인한 나희는 설핏 인상을 썼다. 아직 생각을 정리하지 못했는데, 부모인 저보다 외숙모인 주혜가 더 설레발이었다.

"그래. 나야."

ㅡ형님, 오늘 연석이 출장 갔다는데 알고 계셨어요?

바짝 조바심이 붙은 주혜의 목소리는 신이 나서 들떠 있었다.

"아니. 몰라. 어디 해외로 장기 출장이라도 갔어?"

ㅡ아니요. 1박 2일로 부산 갔다네요.

나희는 혀를 끌끌 차며 퉁명스럽게 내질렀다.

"자네 지금 나 약 올리나? 연석이가 한집 사는 것도 아닌데 겨우 1박 2일 출장 가면서 연락할 놈이야?"

통박을 들었는데도 뭐가 그리 재미있는지, 열불이 나는 나희의 속을 알면서도 주혜는 까르르 웃기만 했다.

ㅡ형님, 우리 오늘 출동해요.

"그게 무슨 소리야?"

ㅡ연석이 없을 때, 그 아가씨가 누군지 슬쩍 보고 오자고요. 제가 중매에 일가견 있는 거 아시죠? 분위기만 봐도 대충 어떤 사람인지 알아맞히잖아요. 저랑 가요.

겨우 눌러 놨던 호기심과 기대가 또 기승을 부리기 시작했다. 주혜의 말대로 없는 틈에 잠깐 얼굴만 보고 와도 될 듯싶었다. 나중에 말이 생겨도 동생네와 점심 약속이 있었다고 둘러대면 될 것이었다.

그럴까. 정말 얼굴만 살짝, 어떤 느낌인지 잠깐만 보고 올까.

마음은 벌써 외출 준비로 바빠지고 있었다.

* * *

"타이틀이 들어가는 이 부분 말이야, 톤을 좀 낮춰야 할 것 같지 않아? 붕 뜨는 경향이 있는데."

해성의 의견에 동감한다는 듯 호수가 고개를 끄덕였다.

"그러면, 로얄 블루 색감을 더 깊이 있게 해 달라고 요청해 볼게요."

"아니야, 이건 내가 디자인팀에 넘길게. 마침 갈 일이 있거든."

"네."

디자인팀에서 넘어온 경매 도록과 리스트 북 카탈로그 시안을 함께 살펴보던 해성이 싱긋 웃으며 호수를 올려다봤다.

"내일 휴가 낸 거 실장은 모르지?"

"네."

호수는 출근하자마자 충동적으로 월차를 신청했다. 아침에 아무렇지 않은 척 잘 다녀오라고 인사했지만, 호수도 그의 부재가 싫었다. 갑자기 떠오른 생각을 고민도 없이 실행에 옮겼다. 놀래 줄 생각에 벌써 피식피식 웃음이 새어 나왔다.

"진연석이 깜짝 놀라서 기절하든지, 좋아서 껌뻑 넘어가든지. 어차피 결론은 하나겠지만 두 사람, 보기는 좋다."

해성은 쑥스러워서 눈도 제대로 못 들고 자리로 돌아가는 호수를 기분 좋게 쳐다봤다. 누가 보면 첫사랑에 빠진 여고생이라고 할 만큼 서툰 모습이 예쁘기만 했다. 예전엔 그렇게 무뚝뚝하고 표현에 인색하더니. 그때의 호수는 자신이 없어 움츠러든 것이 아니었나 하는 생각에 닿자 마음 한편이 찌르르 울렸다.

디자인팀에 다시 넘겨줄 시안을 챙겨 기획부를 나서던 해성은 복도 끝에서 걸어오는 낯익은 얼굴을 보고 발이 바닥에 붙들렸다. 회사에서 보게 될 줄 몰랐던 중년 부인이 단정한 걸음으로 가까워지고 있었다.

"억! 내 눈아, 지금 이 순간 이 사건 정말이냐?"

자신이 연석의 어머니를 보고 이토록 당황할 이유는 없었다. 절친한 친구의 어머님이었고, 연석이 집을 등진 후에도 가끔 안부 전화를 넣곤 하던 사이였다. 하지만 지금은 태평하게 나희가 눈앞에 있구나, 하고 넘어갈 수 없는 상황이었다.

지척에 호수가 있었다. 연석이 관계 회복을 위해 집에 다녀온 것은 알지만, 아직 호수에 대해 털어놓지 않았다고 했다. 조금 시간을 두고 분위기를 봐서 알릴 생각이라고 했었다. 그런데 지금 여기서, 아무 준비도 없이 마주치게 생겼으니 중간에 끼인 해성의 발등만 불이 붙은 격이었다.

"어머! 해성이 아니니?"

미처 호수를 빼돌리기도 전에, 연석에게 연통을 넣기도 전에 딱 걸려 버렸다. 해성은 제 부모가 찾아와도 짓지 않을 해사한 미소를 빛내며 나희에게 뛰어갔다.

"어머니! 회사에는 어쩐 일로."

"동생하고 점심 약속이 있어서. 해성아, 인사해라. 연석이 외숙

모다.”

“아. 그러시면 대표님 사모님? 안녕하십니까?”

해성은 깍듯한 예의를 차려 허리를 숙였다.

“네. 안녕하세요. 연석이 친구인가 보네요. 반갑습니다. 어느 부서에 계세요?”

“진 실장하고 같은 기획전략실 소속입니다.”

“아, 그렇구나.”

“그런데 오늘은 진 실장이 출장 중이라 자리에 없습니다.”

“응. 상관없어요.”

주혜는 소탈하게 웃으며 해성을 지나쳐 기획부가 있는 곳으로 걸어가고 있었다. 해성은 사모님들이 일반적인 사무실에 무슨 볼일이 있을까 생각도 잠시, 저지해야 한다는 사명감에 불탔다.

“어머님, 저기는 그냥 사무실이에요. 볼 것도 없어요. 휴게실로 가실까요? 아니지 대표실로 가셔야죠?”

“형님! 이리 좀 와 보세요. 진 실장이 어떻게 일하는지 한번 보고 가세요.”

“응? 그, 그럴까아?”

앞길을 막아 보려 사투를 벌이는 해성의 속마음도 모르고 나희는 긴장한 걸음으로 기획부를 향했다. 몇 걸음만 걸으면 연석이 일한다는 곳이었다. 아들이 마음에 두었을지도 모른다는 처자가 있는 곳. 마른침이 꿀떡 넘어갔다. 전화벨 소리와 업무적 소통이 오가는 소음이 가까워지고 있었다.

“어! 어머님.”

해성이 필사적인 표정으로 나희의 앞을 가로막았다.

"왜 그러니? 해성아?"

"저…… 오늘은 그만 돌아가 주시면 안 될까요? 나중에 연석이 있을 때 오시면 그때 제가 식사 대접이라도."

나희는 확신이 들었다. 해성이 이상하게 구는 것을 눈치채 버렸다. 이곳에 정말 뭔가가 있구나. 연석이한테 정말 여자가 생겼구나.

"해성아, 너, 나 속이면 안 된다."

"네?"

"다 알고 왔어."

"아!"

해성은 사지의 기운이 쭉 빠지는 기분이었다. 벌써 다 알고 오셨다니. 부모님의 촉이란 이렇게 무서운 것이구나.

"연석이한테는 내가 나중에 말하마. 나쁜 뜻으로 온 거 아니니까 걱정하지 마라."

해성은 이미 알고 확인 차 온 나희를 더 막을 수 없었다. 게다가 나쁜 뜻으로 온 게 아니라는 말을 증명이라도 하듯, 나희의 미소는 평소처럼 우아하고 편안했다.

"그럼. 제가 불러다 드릴까요?"

"아니. 일하는 사람을 왜 건드리니. 그냥 얼굴만 살짝 보고 갈 거야."

나희의 말투와 얼굴에서 욕심이 느껴지지 않았다. 잔잔하게 웃는 모습에서 오랫동안 속을 태우게 했던 아들에 대한 회한만 느꺼졌다. 해성은 고개를 끄덕이며 길을 열었다. 벌써 기획부 입구에 비켜서서 내부를 살피는 주혜는 신붓감 후보가 누구인지 추측하느라 바빴다. 몇몇 사람이 눈에 들어왔지만, 연석과 둘이 세웠을 때 그림이 된다는 남편의 감상에 합당한 아가씨를 발견하지 못했다.

"지금 자리에 없나? 저쪽은 너무 화려하고. 일단 그림이 안 되네."

책상에 앉아서도 도도하게 턱을 쳐들고 있는 미원을 보며 주혜는 자연스럽게 미간을 좁혔다. 그 옆에 고개를 숙이고 뭔가를 들여다보고 있는 자그마한 아가씨가 왠지 궁금했다.

"왜 이렇게 적극적이야? 직원들 부담스럽게. 티 좀 내지 말자고."

나희는 목을 길게 빼고 대놓고 살피는 주혜를 말리면서도 슬쩍슬쩍 조심스럽게 시선을 두었다.

"형님, 아무리 봐도 애 아빠가 말한 아가씨는……."

"있어? 어디? 누군데?"

소리 죽여 나직이 묻는 나희의 목소리가 기대감으로 상기되었다.

"제 생각엔 저 아가씨 같은데요. 당최 고개를 안 드네."

"얼굴도 안 보고 혼자 넘겨짚기는. 하여튼 싱거워."

주혜가 짚어 주는 방향을 쳐다보는 나희 역시 말은 가볍게 해도 벌써 몸이 달았다.

"맞을 것 같아요. 뒤통수만 봐도 느낌이 와요."

"어머님, 저쪽에 있어요."

마침 가까이 다가온 해성이 친절하게도 정확히 짚어 주었다.

"저기 고개 숙이고 있는 쪽 맞죠? 화려한 여자 옆에."

"네."

해성의 대답이 떨어지기 무섭게 내내 고개 숙이고 있던 호수가 아예 일어섰다. 옆에 앉은 미원이 뭐라고 하자 신중한 표정으로 듣다가 대답을 하고는 자리를 벗어났다.

호수를 확인한 나희는 벌린 입을 다물지 못하고 선 채로 굳어 버렸다. 어떻게 호수가 이곳에 있는 것인지. 어떻게 이럴 수 있는 것인지. 머리털이 올올이 서는 오싹함을 느꼈다.

"호수……?"

입술을 벙긋거리는 나희의 놀란 눈을 발견한 해성은 뭔가 잘못됐구나 싶었다. 분명 다 알고 오셨다고 했는데 호수를 보고 왜 놀라는지 이해할 수 없었다.

"어머님, 아까는 다 알고 오셨다고……."

"호수가 여기 직원이니? 그럼 연석이하고 다시?"

되묻는 나희의 당황이 느껴졌다. 그렇다면 뭘 알고 오셨다고 한 건지. 해성의 머릿속이 엉망으로 뒤엉켰다.

"네……."

"세상에. 아이고, 이런 일이."

휘청거리는 나희를 부축하는 순간 유리문이 열리면서 호수가 나왔다. 생경한 풍경에 잠시 놀라던 호수의 눈이 더할 나위 없이 커졌다. 나희를 알아본 호수의 눈빛은 놀라움과 두려움으로 범벅이 되어 흔들렸다.

"호, 호수야."

그랬구나. 결국, 너로구나. 그 녀석한테는 너뿐이었구나.

나희가 먼저 알은체를 하자 정신이 든 호수가 프로그램이 입력된 로봇 같은 뻣뻣한 몸짓으로 고개를 숙였다.

"안, 녕하세요."

"어머나. 형님, 아는 아가씨였어요?"

더욱 잘된 것 아니냐며 주혜가 호들갑 떠는 소리를 배경으로 나희와 호수가 마주했다. 먼저 시선을 떨어뜨린 호수의 얼굴이 파리하게 질려 있었다. 다시 뵙게 되면 어떡해야 할까, 머릿속으로 시뮬레이션을 돌려 본 적이 수십, 수백 번이었는데. 그런 것들이 모두 소용없었다. 또다시 연석이 부재한 상황에서 그의 어머니를 만났다. 옛 기억이 스멀스멀 살아나 호수의 몸을 옥죄였다. 침착해지고자 하는데도 바들바들 떨리는 손이 무람없이 느껴졌다. 마주 잡아 들키지 않으려고 해 봤지만, 이제는 어깨까지 떨리고 있었다.

"호야."

연석만 부를 수 있는 이름이었다. 예전에도 저를 예뻐했던 나희의 입에서 종종 들을 수 있었던 애칭. 호수가 천천히 고개를 들었다. 나희는 더 생각할 것도 없이 떨고 있는 호수의 손을 덥석 붙들었다.

"내가 다 잘못했다."

눈물을 글썽이는 것은 나희인데 툭 하고 떨군 것은 호수였다.

묵은 체중이 내려가는 기분. 나희가 호수를 보자마자 느낀 감정은 뜻 모를 안도와 후련함이었다. 좀 더 양심을 버리고 표현하자면 통쾌함이라고 해도 좋았다. 결국, 결국 이렇게 되고 말 것을. 둘이 다시 만난 것이 그저 다행이었다. 우선 보는 눈이 없는 곳으로 자리를 옮겼다. 나희는 앞에 차분하게 앉은 호수를 보니 주책맞은 눈물이 비어져 나왔다. 손수건을 꺼내 눈가를 정리하며 첫마디를 꺼냈다.

"그래. 그동안 어떻게 지냈어? 내가 양심이 찔려서 잘 있었냐고 묻기도 미안하네."

"왜 그런 말씀을……. 저는 잘 지냈어요."

호수는 빠르게 손을 내저으며 씩씩하게 웃어 보였다. 그게 또 나희를 속상하게 했다. 지금 봐도 어리고 여린 것을. 그 모진 말을 생각 없이 내뱉은 죗값을 어떻게 갚아야 할지 아득했다. 지금껏 어려움이 없는 삶을 살았다. 나희에게 누군가의 절박함이라는 것은 추상적 개념이었다. 게다가 타인에게 관심을 두지 않는 성격이었다. 그 탓에 자신을 둘러싼 주변 외의 것에 욕심도 없고 무심한 편이었다.

당연하게 속한 상류층에서 나쁘지 않은 평판을 들으며 이 정도면 괜찮은 인성이라고 생각했다. 더하여 남편 규영이 워낙 정이 많고 바른 사람이다 보니 나희의 단점도 모나게 드러나지 않았다. 하지만 나희에게 지난 6년간은 다른 사람이 될 수밖에 없는 시간이었다. 부단히 자신을 돌아보게 되었다.

'만약에 호수가…… 정말로 가 버렸으면 아들 하나 잃는 거로 생각하세요!'

그 말을 하던 연석의 눈빛과 목소리를 하루도 잊은 적이 없었다. 아들의 극렬한 아픔이 자신에게도 느껴져 당황했었다. 연석이 단호하게 제가 한 말을 지켰을 때도 원망하지 못했다. 그만큼 아들의 아픈 진심이 닿았기 때문이었다. 그러다 허허롭게만 살았을 호수에게 마음이 쓰이기 시작했다. 부족한 것 없는 연석이 사라진 여자 친구 하나에 저 지경인데 아무것도 없는 아이에게 몽땅 뺏어 버렸다는 죄책감이 나희를 들볶았다.

"사실, 연석이가 회사에서 누구를 마음에 둔 것 같다는 소리를 듣고 내가 참지 못하고 갔던 거야."

"아⋯⋯."

호수는 나희가 작정하고 찾아온 것으로 오해했었다. 올 것이 너무 빨리 와서 잠시 공황을 겪을 만큼 무서웠다.

"많이 놀랐지? 얼굴만 살짝 보고 오려고 했는데 아는 얼굴이어서 계획이 어긋났네."

"네. 좀. 아니 솔직히 많이 놀랐어요. 회사에서 뵐 줄은 생각 못 했던 거라서."

"염치없게도. 너를 보는 순간 마음이 탁 놓이더라."

"⋯⋯."

나희는 무슨 소린가, 알아듣지 못해 갸웃하는 호수를 보며 한숨 섞인 미소를 흘렸다. 연석이 누군가를 마음에 두었다는 소리에 좋으면서도 가슴 한구석이 선득했던 이유를 이제야 깨달았다. 그렇게 못 잊어 난리를 쳐 놓고 호수를 포기한 건가 하는 씁쓸한 아쉬움이었다.

"네가 연석이 짝이라는 게 다행이구나 싶어서. 너 그렇게 보내고 나서 내가 뒤늦은 철이 들었지 뭐니. 요즘 세상에 너만 한 아이가 없더라."

"저 그렇게 괜찮은 사람 아닌데요."

"내 눈에 괜찮으면 됐지. 알 게 뭐람."

나희가 툭 하고 내뱉은 말에 호수는 소리 없이 웃었다. 꽂혔으면 직진. 역시 진연석의 어머니다웠다.

"호수야, 정말 미안하다. 나 때문에 너희 둘이 너무 고생했다."

호수는 희미하게 웃으며 시선을 내렸다. 나희는 빈말이라도 '괜찮습니다.', '아닙니다.' 하지 않는 호수가 더 편했다.

"내가 하나만 부탁하자."

호수는 차분한 눈으로 나희를 응시했다.

"너희 떨어진 지낸 동안 못다 한 만큼 잘 지내 다오. 그만큼 아니 그거보다 더 재미있게 지내. 연석이한테 잘해 달라고 해."

"오빠도…… 많이 힘들었을 거예요. 저보다 더."

"웃기지 말라 해라."

픽, 콧방귀를 낀 나희가 눈앞에 없는 연석이 괘씸하다는 듯 새치름하게 말을 이었다.

"걔는 그래도 호의호식은 다 누렸어. 지가 괴롭고 힘들어도 너만 했을까. 그리고 연석이한테 우리 만난 거 일단 숨기자."

"왜……요?"

"뭐 연석이가 나한테 그렇게 차게 군 것도 내 죗값이긴 하다만, 나도 골탕 먹이고 싶어서 그래. 앞으로 어떻게 나오나 보는 재미

150

도 있고. 그놈의 자식."

슬그머니 집에 발을 들인 것이 결국 호수 때문이었다니. 만약 호수를 다시 안 만났다면 영영 못 보고 살았을지도 몰랐을 터였다. 생각만 해도 다시 가슴이 콱 메는 기분이었다. 나희는 당분간 남들은 신경 쓰지 말라고 당부했다. 너희 내키는 대로 신나게 지내보라고. 혼자 있는 것이 힘들 텐데 아예 연석이 지내는 곳 근처에 집을 얻어 주랴, 묻는 말에 호수가 더듬거리는 것을 보고 내심 쾌재를 불렀다. 앞으로 먹을 것을 좀 더 신경 써서 조달해야겠다고 마음먹으며 호수를 들여보냈다. 혼자 생각할 겸 덕수궁길을 걸으며 나희는 연신 흘러나오는 웃음에 입꼬리가 피곤할 지경이었다.

"어디 보자, 지금이 6월이니까. 석 달이면 결혼 준비 넉넉하겠지."

나희는 세상에서 제일 예쁜 신부를 만들 기회가 주어졌음에 신이 났다. 딸이 없어 생전 그런 즐거움 따위 누릴 기회가 없을 줄 알았는데 웬 횡재냐 싶었다. 조만간 파티를 열어 호수를 초대하고 온 가족을 기함하게 할 생각에 장난스러운 웃음이 시원하게 터졌다.

* * *

연석의 출장은 해외에 반출됐던 국내 미술품을 경매를 통해 반환받는 건 때문이었다. 사업 차 부산을 방문한 위탁자 미팅과 부산 세일 프리뷰 진행을 둘러보고 내일 점심쯤 출발할 생각이었는데 상황이 여의치 않았다. 위탁자가 제시한 가격이 지나치게 높아 조율을 위한 미팅 시간과 절차가 길어졌다. 겨우 조건을 맞추고 부산 사무소에서 업무 마무리를 하는 중이었다.

책상에 올려 둔 핸드폰에서 메시지 도착을 알리는 진동이 울렸다. 연석은 힐끔 시선을 두다가 무시하고 다시 서류에 눈을 박았다. 한참 지나 무성의한 손길로 핸드폰을 집어 들고 메시지를 확인하던 연석의 한쪽 눈썹이 위로 솟았다.

[AM**카드(4576) 승인. 진*석 2,700원(일시불)…… 해변마트]

마트에서 결제된 카드는 호수에게 준 자신의 카드였다. 받기는 하겠지만, 쓸 일이 뭐가 있을까, 하며 웃던 호수가 떠올랐다. 생각에 잠긴 동안 또 다른 메시지가 들어왔다.

[AM**카드(4576) 승인. 진*석 33,000원(일시불)…… 그랑노블 부산]

놀라 벌떡 일어나는 연석의 기세에 회전의자가 한쪽 구석으로 굴러갔다. 그랑노블은 연석이 묵기 위해 예약한 호텔 내에 있는 바(Bar)였다. 이 카드가 호수의 손에 있다면 부산에서 결제될 일이 없어야 한다. 분실인가? 그래도 부산에서 사용될 일이 아니지 않은가. 연석은 배시시 웃으며 호수에게 전화를 걸었다. 두 번째 신호음이 떨어지고 호수의 목소리를 듣기도 전에 연석이 먼저 물었다. 목소리가 묵직하게 걸려 나왔다.

"언제 왔어?"

확신하고 물었지만, 호수가 무슨 소리냐고 되물을까 봐 내심 조마조마했다. 구두코로 툭툭 바닥을 두드리며 짧은 몇 초를 견몄다.

"언제 올 거야?"

무뚝뚝한 호수의 대답이 세상 달콤하게 연석의 고막을 감았다. 연석은 두 눈을 질끈 감고 주먹을 불끈 움켜쥐었다.

"지금 갈게. 5분만 기다려."

연석은 벌써 보고 있던 서류를 정리하고 랩톱의 전원을 내렸다.

"5분은 무슨. 서두르지 말고 조심해서 와. 밤새우더라고 기다릴 수 있어."

"귀한 우리 호야가 그런 고생 하면 쓰나. 잠깐만 기다려. 날아갈게."

가방에 서류를 쓸어 담는 손이 두서없었다. 서두르는 통에 바닥으로 마우스와 볼펜 등이 와르르 떨어졌다. 주워 담으면서도 다리는 벌써 문 쪽으로 뻗어 있었다. 백팩을 미처 닫지도 못하고 부리나케 뛰쳐나가는 발걸음에 날개가 달렸다.

차에서 내린 연석은 키를 맡기고 냅다 로비로 뛰어들어갔다. 넓은 로비를 훑는 눈길이 이리 휙, 저리 휙 하던 찰나 옆구리를 파고드는 손이 있었다.

"나 여기 있어."

"그러네. 우리 호야가 여기 있네."

호수와 만난 연석은 벙싯 벌어진 입을 다물지도 못하고 바보 같은 목소리를 냈다. 장시간 미팅으로 굳었던 목덜미의 통증과 두통이 씻은 듯이 가셨다.

"어떻게 된 거야?"

"생각해 보니까 아침에 내가 너무……."

"삭막했지."

호수는 머쓱하게 웃으며 고개를 떨구었다. 정말 많이 좋아하는데, 엄청나게 사랑하는데 왜 이렇게 표현하기가 힘든지. 저만 보면 좋아 죽으려 하는 연석에게 미안하기만 했다.

"배 안 고파?"

"오빠, 밥은?"

둘은 동시에,

"회 먹고 싶어."

"호야, 회 먹을래?"

같은 것을 묻고 같은 것을 대답했다. 웃음을 가득 머금은 두 눈이 서로를 향했다. 당연하다는 듯 깍지를 맞물린 손에 기분 좋은 악력이 느껴졌다.

* * *

룸에 들어간 호수는 바로 창가로 뛰어가 커튼을 젖혔다.

"에게!"

호수는 실망스러운 탄식을 터트렸다.

"왜?"

"바다가 안 보여."

"밤이잖아."

까만 하늘과 하나가 되어 버린 바다는 하얀 포말만 간간이 보여 줄 뿐이었다. 창을 열자 그나마 파도 소리가 바다의 건재함을 알렸다.

"모기 들어온다. 바다는 이따가 나가서 보자."

"그래. 그러자. 아, 진짜 피곤하다."

창을 닫은 호수는 그대로 침대에 털썩 널브러져 누웠다. 눈을 감자 허기를 이기는 피로가 느껴졌다.

"뭐 타고 왔어?"

"너무 보고 싶어서 비행기 타고 빨리 왔지."

"잘했어."

연석은 한쪽 무릎을 침대 위에 올리고 선 채 호수를 내려다보았다. 아주 빤히.

"왜 그렇게 봐?"

진득하고 오랜 시선에 호수는 괜스레 쑥스러워졌다. 몸을 뒤채며 일어서려 하는데 연석이 어깨를 살며시 누르며 그대로 눕게 했다.

"왜?"

"그냥. 잠시 보고 있자. 지금 너무 예뻐서 그래. 기특하고."

"그 콩깍지 필터는 언제 벗겨질까?"

"필터 아니야. 보는 그대로야."

연석은 다리 사이에 호수를 가두고 그 위에 거리를 두고 엎드렸다. 한 손으로 종일 목을 조르고 있던 넥타이를 천천히 끄르며 나른한 눈으로 호수를 감상했다. 은밀한 듯 애틋했다. 호수는 저를 보는 연석의 희미한 미소와 애정이 담뿍 담긴 눈빛에 갇혀 버렸다.

내가 지금 사랑받고 있구나. 이 남자는 나를 너무 많이 사랑하는구나.

느껴질 수밖에 없는 감정이었다. 그렇게 아무 말 없이 한동안 서로 바라보기만 했다. 그럴 리가 없는데 너무 조용해서인지 시계 초침 소리가 들릴 것만 같았다. 묵묵히 연석을 올려다보던 호수의 눈시울이 물기로 반짝거렸다.

"호야…… 왜 그래?"

"모르겠어."

"……?"

"너무 좋아서, 울고 싶어."

호수는 그대로 연석의 넥타이를 당겨 그를 끌어안았다. 이대로 있다가는 속절없이 울음을 터트릴 것이 뻔했다. 저를 보는 연석의 마음이, 그 사랑이 절절하게 느껴져서 가슴이 뻐근했다. 평생 노력해도 이 남자만큼 사랑할 자신이 없다는 미안한 마음이 들었다.

"배고프다면서. 이러면 나 폭주하는데."

장난스럽게 말하는 연석의 목소리가 억눌려 있었다.

"오빠……."

아직 물기가 남은 호수의 목소리도 낮게 잠겨서 나왔다. 귓속을 파고드는 가녀린 목소리에 연석은 몸을 떨었다.

"이거 봐. 이 여우, 이 목소리 어쩌지?"

"나 오늘 안전한 날이야."

아주 짧은 침묵이 스친 후, 연석은 나직한 신음과 함께 호수를 끌어안았다.

* * *

사각사각, 바스락. 옷감과 침대 시트가 비벼지는 소리가 연이어 졌다. 입술을 탐하는 촉촉한 소리 사이로 달아오른 숨소리가 벅차게 섞여들었다. 가끔 속삭거리는 대화도 함께였다.

침대 아래에는 팔이 뒤집혀 벗겨진 재킷이 연석의 급한 욕망을 보여 주고 있었다. 그 옆에는 호수의 짧은 반바지와 가벼운 반소매 티셔츠도 아무렇게 내팽개쳐져 뒹굴었다. 폭주할 것 같다고 하더니 시작부터 연석은 끝장을 볼 기세로 호수를 몰아붙였다. 그러면서도 연석은 입맞춤 사이사이 호수의 눈을 응시하며 결 좋은 머리카락을 쓰다듬거나, 자신이 선물한 반지와 목걸이에 입을 맞추었다.

연석의 뜨거운 욕구와 따스한 애정은 호수의 몸과 마음을 흐물흐물하게 녹여 버렸다. 살결 위에 강하게 흡착하는 입술이 내는 소리를 들으며 호수는 내심 걱정했다. 여름인데, 여름인데……. 온몸에 울긋불긋 남겨질 피 몰린 자국이 눈에 선했다. 그런데도 말리지 못했다. 드러나는 욕망보다 훨씬 깊어 어디까지인지 알 수 없는 연석의 사랑을 모조리 받아들이고 싶었다. 깊고 진한 전희의 시간은 길고 달고 뜨겁고 아득했다.

"이제. 아, 안아 줘."

가득 채우고 싶은 강렬한 욕구를 충족하고 싶어 호수는 애끓는 목소리로 애원했다. 연석은 끈적끈적하게 젖은 입가를 손등으로 훔치며 몸을 일으켰다. 씨익, 웃으며 호수의 몸을 바짝 당겨 끌어안았다. 깊이깊이, 욕심을 숨기지 않고 강하게 안아 버렸다.

두 사람의 입에서 동시에 만족스러운 한숨이 터져 나왔다. 흐트러진 긴 머리카락 사이로 몽롱하게 흔들리는 호수는 끝내주게 야해 보였다. 강하게 안을 때마다 참지 못하고 날카롭게 신음하는 붉은 입술이 연석을 더욱 채찍질했다.

몸이 부서질 것 같았다. 세포마다 저릿한 전류가 흐르는가 싶더니 농밀하게 응축되어 배 속 어딘가에서 뜨겁게 이글거렸다. 이대로 몸이 터질 것만 같아 두려웠다. 눈을 떠도 아무것도 보이지 않았다. 호수는 거칠게 쏟아지는 연석의 호흡을 따라 손을 내젓다가 그를 와락 끌어안았다. 동시에 연석도 잠시 움직임을 멈추었다. 숨소리마저 끊겼다. 다음 순간 안도와 같은 호흡이 터지며 둘의 몸이 부드럽게 내려앉았다. 호수는 야릇한 포만감 같은 것을 느꼈다. 연석의 높은 콧날이 가느다란 목덜미를 부드럽게 지분거렸다. 가물거리는 잠결 속에서 사랑한다는 속삭임이 끊임없이 들렸다. 호야, 자면 안 돼. 마지막으로 들은 소리는 그게 다였다.

* * *

호수는 욕심스럽게 바짝 끌어당기는 포옹을 느끼며 눈을 떴다. 긴 팔과 다리가 저를 꽁꽁 묶은 채였다.

"나, 잔 거야?"

"아주 잠깐. 기절한 줄 알고 놀랐잖아."

어쩌면 그랬을지도 모를 일이다. 한순간, 체내에 있는 모든 에너지가 폭발한 것 같기도 했다. 연석은 고개를 들고 저를 보는 호수의 눈두덩을 비롯한 온 얼굴에 잔 키스를 뿌렸다.

"그만. 그만해. 왜 이래."

"미칠 듯이 좋아서. 이렇게라도 하면 진정될까 싶어서."

그러더니 말끝에 호수의 입속에 혀를 깊숙이 밀어 넣고 혼이 쏙 빠질 정도로 진한 키스를 했다. 올가미처럼 갇힌 몸과 점령당한 입술이 답답해진 호수가 신경질적으로 도리질을 한 후에야 풀려날 수 있었다.

"숨 막히잖아!"

"나도 이런 내가 미친놈 같다."

"알기는 해?"

잔뜩 찌푸린 얼굴로 호수가 힐난하는데도 연석은 태평했다.

"가끔 너를 보고 있으면 너무 좋아서 막 씹어 먹고 싶을 때가 있어."

"윽! 뭐야. 식인종도 아니고."

"귀여운 걸 보면 깨물어 주고 싶다든가 꼬집어 버리고 싶다든가 하잖아. 예전에는 뭐 그런 미친 짓이 다 있어, 했거든. 그런데 이제 알겠어. 정말 너를 자근자근 씹어서 삼켜 버리고 싶어."

"뉴스에 나겠네."

호수를 안고 하하 웃는 연석의 가슴통이 그윽하게 울렸다.

"그런데, 그렇게 삼켜 버리면 눈에 안 보이잖아. 그래서 못 잡아먹어."

"내가 지금 이 소리를 좋아해야 하는 거야. 무서워해야 하는 거야?"

"그러게 말이야. 그냥 네 남편 될 놈은 미친놈이구나 생각해. 그만큼 널 사랑하는구나. 즐겨."

"여전히 고백인지 협박인지 알 수 없네."

퉁명스럽게 답했지만, 기분은 좋았다. 감정을 주체 못 할 만큼의 사랑을 받는다는 것. 받는 처지에서도 가끔 벅찰 지경이니 퍼 주는 사람은 오죽할까 싶었다.

"오빠, 나도 오빠를 많이 사랑해."

연석은 대답 대신 호수의 몸을 한 번 더 힘주어 끌어안았다.

"그런데 솔직히 오빠를 못 따라잡겠어."

"당연하지."

"너무 미안해."

"갑자기 웬 고해성사지?"

"아무리 생각해도 나는 우리 헤어져 있는 동안……."

"헤어진 적 없어."

내내 다정하고 나긋했던 연석의 목소리가 차게 내려앉았다. 떨어져 있던 긴 시간, 연석은 헤어졌었다는 말을 극도로 싫어했다. 자신은 한 번도 그런 마음으로 너를 기다린 적이 없다고 했다.

"그래. 못 본 동안…… 오빠를 잊으려고만 했지 다시 볼 생각은 안 했거든."

"무서운 여자."

"그게 너무 미안해."

"나는 너무 사랑해."

진짜 못 말린다, 이 남자. 조금도 서운한 기색 없이 여전하기만 한 연석이 신기했다. 호수는 넓은 가슴에 볼을 대고 그의 가슴 뛰는 소리에 귀 기울였다. 여생을 이 남자만 따라가면서 그의 사랑을 흉내라도 내야겠다고 생각했다.

"그런데 오빠."

"응."

"나 언제 시집가?"

호수의 목에 걸린 나비 목걸이를 만지작거리던 연석의 손이 일순간 멈췄다. 한 번도 호수가 적극적으로 꺼내지 않았던 결혼 얘기였다. 연석의 눈이 순하게 껌뻑이기만 하자 호수가 키들키들 웃으며 그의 턱에 입을 대고 종알거렸다.

"결혼 언제 할 거냐고 묻잖아. 왜 말이 없어? 마음이 바뀌었나? 나 그럼 다른 남자한테 시집……."

허튼소리 하는 호수의 입을 짧은 키스로 막은 연석이 목이 멘 듯 급한 소리로 되물었다.

"언제 올 건데."

약 올리듯 웃는 호수의 모습에 연석의 마음만 괜히 술렁였다.

"응? 언제 오고 싶어? 네가 정하는 날짜가 내가 장가드는 날이야. 말만 해."

"하루라도 빨리."

"알았어. 그래. 알았어."

"사실 지금이랑 크게 달라지지 않겠지만. 완전한 소속감을 느끼고 싶어. 내가 완전히 진연석의 것이라는 기분 말이야."

듣기만 해도 좋은지 연석은 손으로 얼굴을 쓸며 푸시시 웃기만 했다. 자신이 호수를 더 많이 사랑하는 것에 불만은 없지만, 가끔 불안하기는 했다. 지금도 저렇게 미지근한데 어느 날 아, 귀찮아, 하면서 외면하는 상상을 할 만큼 호수의 마음에 확신이 없긴 했었다. 그런 호수에게서 완벽하게 너의 것이 되고 싶다는 소리를 들었다. 엄청난 사랑 고백이었다. 연석은 이번 주말에 당장 본가에 가야겠다고 결심했다.

* * *

출근하자마자 호수와 연석을 대표실로 호출한 나석은 용무가 끝났는데도 둘을 세워 놓고 빙글빙글 웃기만 했다. 앙큼하고 귀엽기까지 한 녀석들. 아무리 봐도 조카는 복덩이를 낚은 것 같았다.

어젯밤 콕스 측에서 급히 연락을 해 왔다. 아직 감정 결과가 나온 것도 아닌데 조만간 한국 옥션을 방문하고 싶다는 요청이었다. 건강이 좋지 않아 장거리를 움직이지 않는 콕스 본인이 직접 방문하고 싶다는 의사를 전했다. 미술 시장의 큰 이슈가 아닐 수 없었다. 두 사람을 부둥부둥 안아 주고 싶은데, 당분간 모른 척하라는 나희의 신신당부 때문에 입이 근질근질했다. 그런 내막을 모르는 연석은 아무리 기분이 좋아도 그렇지 세워 놓고 웃기만 하

는 삼촌이 마음에 들지 않아 불만 가득한 얼굴이었다. 한편 호수
는 혹시 대표님까지 둘의 관계를 알아 버린 것이 아닐까 부끄러운
마음에 시선을 제대로 두지 못했다.

"이호수 씨."

"네."

"내가 사적으로 진 실장의 외삼촌인 건 알죠? 둘이 대학 동문이
라 아는 사이라고 들었어요. 그래서 그냥 편하게 말하고 싶은데."

"네. 괜찮습니다."

"내가 이호수 씨한테 좋은 사람 하나 소개해 주고 싶어."

"네?"

갑작스러운 제안에 놀란 호수는 자신도 모르게 연석을 쳐다보
았다. 빨리 어떻게 좀 해 보라는 무언의 간절함이 담긴 눈빛이었
다. 연석은 그런 호수의 눈이 아니어도 이미 머리꼭지가 열리기
직전이었다.

"대표님. 아니, 삼촌! 갑자기 왜. 이호수한테……. 지금 중매,
왜? 호야, 아니 이호수야. 너 선 볼 거야?"

"실장님, 좀 진정하세요."

연석의 횡설수설한 꼴을 보며 호수는 뭐라고 답해야 할지 몰라
잠시 머리를 굴렸다.

"혹시 이호수 씨 독신주의 그런 건가? 결혼할 계획이 아예 없
어?"

호수는 저에게 답을 채근하는 나석을 물끄러미 보며 느릿하게
입을 열었다.

"있긴 한데요."

나석은 책상을 탁 내려치며 신이 난 목소리로 말을 이었다. 그 결혼 계획이 뭔지 잘 알면서도 연석을 놀리는 재미에 흥이 올랐다.

"있다잖냐. 지금 나이가 딱 좋아. 선봐서 괜찮으면 연애 좀 하다가 바로 결혼하는 거지. 진짜 괜찮은 놈이야. 이호수 씨, 나 한번 믿고 만나 보지 그래."

"아니, 삼촌. 제 말씀 좀 들어 보세요."

"어허! 네가 뭔데 나서는 거냐? 당사자는 이호수 씨인데. 네가 뭐 보호자라도 돼?"

연석은 그렇다고, 내가 이호수 보호자라고 바락바락 소리치고 싶은 것을 애써 참느라 목까지 시뻘겋게 달아올랐다.

"약혼자가 있습니다."

호수의 담담한 대답이 튀어나왔다.

"……!"

"그래? 아쉽군. 역시 임자가 있었구먼."

"네. 결혼할 사람 있습니다. 다른 좋은 분께 소개해 주세요."

연석은 생긋 웃으며 정확하게 못을 박는 호수가 대견했다. 게다가 '약혼자'라는, 저를 지칭하는 말에 연석의 광대가 하늘 높은 줄 모르고 솟았다. 호수의 입에서 나온 약혼자라는 말을 연신 중얼거리며 흐뭇하게 웃었다.

"있구나, 이호수 씨. 약혼자…… 심지어 약혼자가 있었어."

나석은 대책 없는 팔불출을 보며 어이없는 코웃음을 쳤다.

잘생기긴 했구나. 강연에 몰두한 연석을 보던 호수는 어느 순간부터 내용이 귀에 들어오지 않았다. 대학 시절, 경영학과 발표 수업의 꽃으로 통하던 남자는 여전했다. 발표 실력 좋은 것은 두말할 나위 없었고 유난한 슈트 핏은 많은 학우의 아이 캔디(Eye Candy)이기도 했다. 분명 덩치가 큰 편인데도 장신과 더불어 비율이 좋아서인지 날씬하면서도 탄탄해 보이는 정도였다.

한번 샛길로 빠져든 호수의 딴생각은 점점 영역을 확장하고 있었다. 처음은 막연히 보기 좋다는 생각으로 시작했다. 그러더니 점점 세부적인 것들이 떠올라 호수의 머릿속을 점령했다. 걷어붙인 소매 아래로 힘줄이 불거진 팔뚝과 길고 마디진 손가락, 움직일 때마다 팽팽하게 당겨지는 셔츠 아래의 단단한 근육들, 가까이 가면 맡을 수 있을 익숙한 향수 냄새, 콧날로 귓불과 목을 비비는 느낌, 낮게 웃는 소리, 키스할 때 아랫입술 물기 좋아하는 습관. 어어. 그만. 그만하자.

점점 은밀한 진도로 빠져나가는 망상을 뿌리치기 위해 호수는 제머리를 흔들었다. 그러다 연석과 눈이 마주쳤다. 그는 강의 중에도 드문드문 제일 뒷줄 구석에 앉은 호수에게 눈길을 주었다. 사람들이 눈치채지 못한다고 생각하나? 연석은 최대한 희미한 미소를 지었지만, 청중들은 그 감칠나는 표정에 마음을 빼앗기고 있었다.

"아이러니하게도 미술품의 가치는 작품성보다는 희소성으로 결정됩니다. 세계 미술 시장의 트렌드를 주도하는 슈퍼 리치들은 세상에 하나뿐인 작품을 찾아서 터무니없는 가치를 매기길 즐겨 하죠."

연석이 레이저 포인터로 화면 속 이브 클랭(Yves Klein)의 작품을 짚었다. 2008년 소더비 경매에서 있었던 핸드백 전쟁(The Handbag War) 에피소드를 설명하는 것을 들으며 호수는 강의실을 빠져나왔다. 더 보고 있다가는 요망한 생각에 혼을 뺏겨 얼굴이 티 나게 달아오를 지경이었다.

지금 한국 옥션은 여름방학을 맞아 대학생을 대상으로 한 '아트 앤 옥션 아카데미'가 한창이었다. 연석이 재미 삼아 첫날 오픈 강연을 맡았던 것이 워낙 호응이 좋았다. 홍보용으로 실린 기사의 사진을 보고 벌써 다음 아카데미 신청 문의가 들어오기도 했다. 오늘은 열화와 같은 성원에 힘입은 앙코르 강연이었다. 뭘 어떻게 강의하길래 난리인가 싶어 호기심에 강의실에 들어갔던 호수는 설마 저 많은 학생들이 자신처럼 딴생각하는 것이 아닌가, 질투심 섞인 걱정이 들었다.

사무실로 돌아오자 미원이 시커멓게 죽은 얼굴로 머리를 싸매고 있었다. 평소에도 워낙 신경질적인 사람이지만, 오늘은 사뭇 분위기가 심각하고 진지했다. 호수는 괜히 말 걸었다가 이상한 트집이 잡히느니 모른 척 외면했다. 갑자기 머리를 쳐든 미원이 애간장이 타는 것 같은 한숨을 토해 냈다. 묵묵히 제 할 일에 바쁜 호수를 보다가 이상한 소리를 했다.

"호수 씨는 좋겠다."

"네? 갑자기 그게 무슨……."

오늘은 또 왜 저러나. 호수는 뜬금없는 말로 포문을 여는 미원을 경계하며 되물었다.

"매사 꼼꼼해서 그런가? 일 처리에 실수도 없고 요즘은 뭘 해
도 칭찬만 받잖아."

그러더니 벌떡 일어나서 사무실을 벗어났다. 뒷모습이 축 처진
것이 무슨 일이 있긴 한 모양이었다. 방금 칭찬을 받은 건가? 그
런 것 같기는 한데 전혀 유쾌하지 않았다.

"지금 허 대리님 딱 죽고 싶을 겁니다."

어느 틈에 옆에 온 찬영이 안쓰럽다는 듯 속닥거렸다.

"왜요? 또 무슨 일 생겼어요?"

"올해 마가 끼었는지. 아니면 정말 인과응보인지. 사건 사고가
끊이지 않네요."

" ……?"

"허 대리님이 경매팀에 있을 때부터 잘 알고 지냈던 고객이 작
품 담보 대출을 신청했대요. 그 일을 발 벗고 나서서 처리했는데
뒤늦게 위작 판명이 날 것 같아요. 그런데 고객이 연락 두절에 행
방불명이랍니다."

"어머. 어떡해요. 감정 절차도 안 밟고 대출을 진행했어요?"

"감정서가 이미 있던 작품이었고, 자체 감정에서도 진품이라고
판정을 내렸는데 작가 본인이 자기가 그린 것이 아니라고 직접 나
섰어요."

복잡한 사건이 터진 거였다. 진품으로 판정 난 작품이 위작으로
밝혀지는 일이 아주 가끔 있긴 했지만, 이런 경우는 지난한 싸움
이 되기에 십상이었다.

"골치 아프겠네요. 금액이 얼만데요?"

"3억 정도요. 금액도 문제지만, 이력에 스크래치 난 것도 그렇고 그 고객하고 모종의 관계가 있던 게 아니냐는 소리도 있어요."

"회사 책임이 전혀 없다고도 할 수 없잖아요."

"그렇긴 한데. 희생양은 필요하니까요."

엄밀히 따지면 누구의 책임이라고 정의 내리기 힘든 상황이었다. 아직 위작으로 판명 난 것도 아니고, 미원이 대출 결정에 중요한 권한을 휘두른 것도 아니었다. 그래도 최근 사내에서 입지가 좋지 않은 미원으로서는 연루됐다는 것만으로도 가시방석일 터였다. 미운 사람이어도 막상 일이 터지니 생각보다 상쾌하지 않았다. 설마 잘리기야 하겠냐는 생각을 하며 다시 하던 일에 집중했다.

사무실에 연석의 목소리가 들리기 시작했다. 직원들과 인사를 주고받는 소리에 고개를 들자 연석이 호수를 향해 손가락을 튕겼다. 어쩜 저렇게 태연하다 못해 당당한지. 실장실 호출을 알리는 제스처에 항상 눈치가 보였다. 가을에 있을 콕스 컬렉션 유치와 메이저 경매 건으로 두 사람이 바쁘다는 것은 공공연한 사실임에도 괜히 제 발 저린 격이었다.

호수는 상관도 없는 서류들을 주섬주섬 챙겨서 실장실로 들어갔다. 예상대로 문이 닫히자마자 넓은 품에 안겼다. 더운 날에도 이 따뜻한 품이 좋으니 역시 사랑인 모양이었다. 연석은 마치 호수가 신경안정제라도 되는 양 힘주어 끌어안은 채 머리칼에 입술을 묻고는 편안한 숨을 내쉬었다. 호수가 고개를 들자 이번에는 기다렸다는 듯 바로 입술을 집어삼켰다. 달달한 사탕을 아껴 먹듯 느릿하고 부드러운 입맞춤이었다.

"왜 중간에 나갔어?"

연석은 제게서 떨어져 나간 입술을 아쉬워하며 손가락으로 가만히 쓸었다.

"해야 할 일도 있고. 오빠가 어떤 모습인지 봤으니까 뭐."

"더는 볼 것도 없었다?"

호수는 부러 삐친 척하는 연석에게 곱게 눈을 흘겨 주고는 배시시 웃었다.

"그만큼 중요하게 해야 할 일이 뭐였을까? 대표님의 총애를 받는 이호수 사원."

"그런 말 하지 마십쇼. 무슨 총애야."

"점심 같이 먹을 수 있을까?"

"미안한데. 숙제가 있어서 점심은 대충 먹어야 할 것 같아."

"뭔데? 또 삼각김밥 같은 거로 때우려고 하지? 안 되는 거 알지? 컵라면도 안 돼!"

들켰네. 호수는 아쉬운 입맛을 다셨다. 참치마요 김밥에 컵라면 한 개 때리면 맛도 있고 간편한 게 딱 좋은데 왜 저렇게 질색하는지. 호수는 자신과 전혀 다른 연석의 입맛이 가끔 불만스러웠다. 그는 인스턴트에 발작을 일으키지 않는 것이 신기할 정도로 싫어했다.

"도시락 시켜 놓을 테니까 먹어. 같이 먹으면 좋겠지만, 네가 너무 신경 써서 참을게."

"고마워. 잘 먹겠습니다."

호수의 생각과 달리 연석은 인스턴트 음식을 싫어하지 않았다.

단지 호수가 아무렇게나 끼니를 때우는 것에 예민한 탓이었다. 혼자 지내면서 어떤 식생활을 즐겨 했는지 보여 주는 것들이 싫었다. 혼자서, 대충, 허기만 면하는, 생존을 위한 섭취 같은 식사가 싫었다. 호수의 집에 처음 들어갔던 날 식기 건조대에 덩그러니 있던 밥그릇과 수저 한 쌍이 아직도 가끔 떠올랐다. 좋은 것, 예쁜 것들만 먹고 건강해야 하는 것이 앞으로 남은 호수의 몫이었다.

"호야, 나는 오늘 퇴근하고 바로 본가에 가야 해."

연석의 목소리가 조금은 어둡게 느껴졌지만, 호수는 밝게 웃으며 흔쾌히 고개를 끄덕였다. 이번 본가 방문의 목적을 너무 잘 안다. 안쓰러워서 사실대로 말해 주고 싶었지만, 나희와 한 약속 때문에 어쩔 수 없었다.

"알았어. 그리고 너무 부담 갖지 마. 다 잘될 테니까."

그저 이만큼이라도 가볍게 굴어서 그를 달래 줄 수밖에.

"내일 점심쯤 시간 맞춰서 올게. 내일은 나하고 맛있는 것 먹자."

"응. 알았어. 나는 오늘 경매용 원고 써야 해. 그게 숙제야. 그걸로 다음 주에 오디션도 볼 거 같아. 오늘 밤에 메일로 보낼 테니까 한번 봐주라."

"그래. 알았어."

마치 출정을 앞둔 장수처럼 연석의 얼굴에 비장미가 흘렀다. 호수는 자꾸만 튀어나오려는 웃음을 참느라 고개를 숙였고, 그것을 오해한 연석의 마음은 더욱 무거워졌다.

* * *

본가에서 저녁 식사를 마친 연석은 제 방으로 올라와 정석에게 전화를 걸었다. 자리에 앉지 못하고 연신 방 안을 서성이는 발걸음에서 조바심이 느껴졌다.

"형, 나는 오늘 밤에 말씀드리고 싶은데."

－조금 참아. 내가 내일 아침에 도착하니까 나 있을 때 해. 아무래도 지원사격이 있어야 너도 낫지.

"그래야 할까? 형, 진짜 내일 확실히 지원할 수 있겠어?"

－그렇다니까. 아버지한테도 내가 말해 놨어. 지금 엄마만 모르는 상황이야.

"형이 보기엔 어때? 이번에는 받아들이시겠지?"

－내가 솔직히 주변에 가까운 지인들한테 상담해 봤거든. 결혼한 사람들이나 우리 부모님 세대에 속하는 분들께. 그런데 의견이 정말 딱 반반이더라.

조금이라도 낙관적인 전망을 듣고 싶었던 연석의 어깨가 처졌다. 아버지는 설득할 자신이 있었다. 그런데 나희는 마냥 낙관적이지 않았다. 그 연세 어른들의 고정된 사고를 꺾을 수 있을까. 하는 수 없었다. 어쨌든 부딪칠 것이고 세상에 자식 이기는 부모 없다는 말에 모든 것을 걸어 보기로 했다.

* * *

"안녕히 주무셨어요."

다이닝 룸으로 들어오는 연석은 한눈에도 피곤해 보였다. 먼저 자리를 차지하고 있던 정석이 한쪽 눈을 찡긋하며 제 옆으로 연석을 불러들였다.

"연석이는 얼굴이 왜 그러니?"

밤사이 뒤척이느라 잠을 설친 연석의 흰자위에 붉은 핏대가 섰다. 그런 아들이 걱정스러워 물으면서도 나희의 목소리는 유난히 맑고 경쾌했다. 규영이 오랜만에 집 안에 꾀꼬리가 들어왔다고 낯간지러운 칭찬을 하자 까르르 웃는 나희는 누가 봐도 기분이 최상이었다.

"동생아, 다행이다 오늘 엄마 기분이 최고조다."

연석은 고개를 끄덕이며 물 잔을 기울였다. 정석이 고무적 상황이라고 안심하는 것과 달리 연석은 아침부터 자신 때문에 좋았던 분위기가 어그러질지도 모른다는 불안이 있었다.

"그런데, 여보. 아침부터 왜 이렇게 진수성찬이야?"

"그러게요? 오랜만에 저 온다고 이렇게 차리신 거예요? 아니면 연석이?"

정석이 빛깔 고운 모둠전에 젓가락을 가져가며 물었다. 나희가 급히 정석의 팔을 붙들어 젓가락질을 멈추게 했다.

"손 떼라, 진정석. 아직 먹으면 안 돼."

"왜요?"

"오늘 아침은 귀한 손님이 오실 거야. 잠시 다들 기다려 주세요. 곧 온다고 하네요."

아침부터 손님이라니. 그게 누군데 이렇게 상다리가 휘어지나. 규영은 의뭉스럽게 웃는 나희에게 재차 물었다.

"그게 누군데. 이렇게 엄청나게 차렸어?"

나희는 목청을 가다듬더니 반듯한 표정으로 폭탄선언을 했다.

"제가…… 연석이 짝으로 생각하고 있는 아가씨를 초대했어요."

일순간 다이닝 룸이 쨍하고 얼어붙었다. 나희를 제외한 세 남자의 얼굴에 제각각의 뜻을 품은 어둠이 내려앉았다. 규영과 정석은 공포를 숨기지 못하고 서로를 쳐다봤다. 다시 또 전쟁의 시작인가. 눈앞이 캄캄했다. 연석은 마시던 물컵을 사나운 기세로 식탁에 내려쳤다.

"어머니!"

"왜."

저 자식은 왜 자꾸 '어머니'래.

나희는 예전과 달리 작은 아들다운 애교가 조금도 남아 있지 않은 연석을 새치름하게 흘겨봤다.

"저…… 결혼할 사람 따로 있습니다. 오늘 다 말씀드리려고 했어요."

임전무퇴. 연석의 기세가 만만치 않았다. 밤사이 다지고 다진 마음가짐을 단단하게 드러냈다.

"그래서. 내가 권하는 여자는 싫다고?"

"네! 싫습니다!"

"너. 그 말, 후회 안 할 자신 있니?"

"네."

"좋아. 그럼 집 앞까지 온 사람 아침부터 내칠 수는 없으니까 조용히 식사는 하자. 네 사람 아닌 거로 생각하마."

나희는 마침 울리는 초인종 소리를 들으며 집사에게 나가서 깍듯이 모셔 오라고 지시했다.

"진연석, 분명히 네 입으로 말했다. 엄마가 권하는 아가씨는 싫다고. 무르기 없음이야."

나희를 보는 연석의 눈에 의아함이 스쳤다. 분명 말은 매서운데 눈동자에 고인 웃음기가 장난스러웠다. 연석은 이상한 분위기를 풍기는 나희를 더욱 경계하며 결심을 굳혔다.

"그리고 왜 제 결혼을 이렇게 서두르세요? 형도 있는데 왜 굳이 저한테만 이러시냐고요."

"야! 진연석. 여기서 갑자기 왜 나를 걸고넘어져?"

발끈하는 정석을 흘깃 쳐다본 나희는 냉랭한 코웃음을 쳤다.

"쟤는 소문이 너무 많아서 어디서 선도 안 들어와. 아, 갑자기 두통이. 썩을……."

"아니, 엄마. 그거 다 그냥 스캔들이잖아요. 전부 헛소문인 거 세상 누구보다 잘 아시면서 그러세요."

"그러니까. 완전히 빛 좋은 개살구가 너라고. 지금 네 나이가 몇이니!"

갑자기 자신에게 돌려진 화살을 맞은 정석은 보이지 않는 피를 흘리며 쓰러져 가고 있었다. 실컷 편들어 주겠다고 새벽에 입국해서 이렇게 앉아 있는 것이 무슨 의미가 있는지. 형제애라는 것에 회의감이 들었다.

"그러니까 형부터 미시라고요."

"진연석, 너, 정말 그렇게 형한테 양보하고 싶어?"

연석은 안 그래도 긴 눈매를 칼날처럼 벼르고 있었다. 아무리 물어뜯어 봤자 잇자국도 안 남을 기세였다.

"그래. 알았다. 아주 갈수록 점입가경이네. 두고 보자."

바보 녀석. 나희는 고집스럽게 입을 잠근 연석을 보며 웃음을 씹어 삼켰다. 다시 한번 못을 박은 후 자리에서 일어났다.

"나가서 손님 모셔 올 테니 먹지 말고 기다려요."

총총히 밖으로 나가는 나희를 보던 정석이 퍼뜩 정신을 차리고 규영의 팔을 흔들었다.

"아버지, 엄마한테 뭐 들으신 거 없어요?"

"글쎄…… 얼마 전에 처남댁한테 괜찮은 아가씨가 하나 있다고……!"

기억을 파고들던 규영이 말을 멈췄다. 머릿속에 한 줄기 섬광 같은 예감이 스쳤다. 갑자기 떠오른 설마가 짧은 순간 확신으로 자리 잡고 있었다. 아무리 마음에 드는 아가씨가 있다고 해도 자신에게 한마디 상의 없이 저지를 나희가 아니었다. 철없는 부잣집 고명딸이긴 해도 개념이 없거나 막무가내인 사람은 아니었다. 그런데 뭘까? 정확히 짚이는 것이 없어 막막하기는 해도 불안은 이미 사라졌다.

"아무래도 낚인 것 같구나."

"네?"

"너희 엄마 말이야. 뭔가 꾸몄어. 연석이가 걸려든 거 같은데."

규영과 정석이 주고받는 말을 듣던 연석은 여전히 미간을 구긴 채 물었다.

"제가요? 뭘 낚여요?"

"윤나희 여사 말이다. 네 녀석이 집에 발길 끊는 바람에 말은 안 해도 무척 힘들게 견뎌 낸 사람이야. 그런데 이렇게 금방 신붓감을 데려온다? 아무래도 수상해."

"그러네요. 갑자기 아침부터 손님 초대라니. 뭔가 있네. 있어."

정석도 맞장구를 치며 고개를 끄덕였다. 생각해 보니 한바탕 휘몰아친 기분이 드는 것이 뭐에 홀린 것도 같았다.

"진연석, 너 회사에 사귀는 사람 있냐?"

"예?"

갑자기 떨어진 물음에 무방비였던 연석은 놀란 티를 감추지 못했다.

"누, 누가 그래요? 어디서 들으셨어요?"

마침 멀찍이 떨어진 거실에서 다소 부산스러운 소음이 들리기 시작했다.

"아침부터 서두르느라 힘들었지? 쉬는 날인데 미안해라."

"아니에요. 보내 주신 차 타고 편하게 왔어요."

순간 놀란 연석은 쥐고 있던 물컵을 놓칠 뻔했다. 귀에 익숙한 목소리가 왜 이곳에서! 절대 잘못 알아들을 리 없는, 듣기만 해도 기분이 붕붕 날아오르는 목소리가 연석의 고막을 후려치고 뇌에 경보를 울렸다.

"호, 호야다!"

"뭐?"

"이것 봐! 너 인마, 낚였어. 네 입으로 조금 전에 밥상 엎었네."

규영은 쯧쯧 혀를 찼지만, 실실 웃으며 연석의 속을 긁었다.

"정석아, 나가 보자. 호수 양이 왔나 보다. 너는 한 번도 못 봤지?"

"네? 네……. 그런데 호수라면 연석이 여자 친구."

규영은 엉거주춤 일어나 따라 나오는 정석을 보며 고개를 저었다.

"결혼 안 한다, 소리 못 들었어? 형한테 소개해 주라고 소리소리 질렀잖냐?"

"아…… 그러면 저 이번 기회에 장가드는 거네요."

아버지와 형의 만담을 듣다 못 한 연석은 혼미해지던 정신을 차리고 냅다 고함을 쳤다.

"아이! 정말. 왜 다 짜 놓고 나를 놀려요!"

"아닌데. 우리도 지금 처음 알았는데. 너 호수 씨하고 결혼 안 한다면서. 싫다면서. 엄마가 여러 번 기회 줬는데. 아니라면서!"

지도 싫으면서 가만히 있는 저를 걸고넘어진 연석이 미워 정석은 부러 야금야금 약을 올렸다. 이마까지 붉어져 어쩔 줄 몰라 하는 동생을 보니 혼자 짝사랑에 빠져 끙끙 앓던 예전 모습이 떠올랐다. 미워도 다시 한번. 아무래도 귀여운 동생 놈 놀리기는 여기서 끝내야 할 것 같았다.

"야, 일단 나가 보자. 일이 쉽게 풀리는 것 같은데 그 억울한 표정 뭐냐? 지금, 노총각 약 올리냐?"

정석의 말이 끝나기도 전에 이미 연석은 다이닝 룸을 벗어나고 있었다. 지금은 누가 뭐라고 하는 소리가 하나도 들리지 않았다.

호수가 지금 이곳에 온 것이 맞는지, 자신이 들은 목소리가 환청이 아닌지 확인하는 것이 급선무였다. 거실에 나가자 꽃다발을 들고 선 호수가 보였다. 진짜였다. 정말 호수가 자신의 집에 와 있었다. 연석은 넓고 넓은 거실 한복판을 허공을 딛는 기분으로 가로질렀다.

"여보, 우리 호수 기억나죠? 정석아, 너도 인사해라."

나희의 명랑한 목소리가 듣는 이의 기분까지 유쾌하게 했다.

"어어. 그럼 기억하지. 오랜만이에요. 잘 지냈어요?"

"안녕하셨어요."

"안녕하세요. 처음 뵙겠습니다. 연석이 형이에요."

"아……! 안녕하세요."

호수는 자신도 모르게 얼떨떨한 티를 냈다. 친형이라는 소리는 숱하게 들었지만, 막상 눈앞에 정석이 서 있자 현실 같지 않았다. 특히, 영화배우로 자리 잡은 사람이라 TV에서도 쉽게 볼 수 없어 더 까마득하게 느껴졌다.

"저희 결혼해야 한다네요. 이런 저라도 괜찮으시다면."

"네에?"

정석이 빙글 웃으며 던진 농담에 호수의 눈이 쏟아질 듯 커졌다. 결혼할 남자의 집에 첫인사를 왔는데 갑자기 그 형이 청혼 같은 것을 하니 놀라지 않을 수 없었다. 그렇게 얼어붙은 호수의 등을 토닥이며 나희가 설명을 이었다.

"응. 그런 게 있어. 연석이가 결혼하고 싶지 않다고 하네. 호수만 괜찮다면 정석이를 주고 싶은데. 그래, 알아. 못생겼지만, 그래도 애는 착해."

"어머니!"

연석은 앞뒤 자른 말로 자신을 낚더니 호수마저 정신없게 하는 나희에게 발끈했다.

"아, 엄마!"

또 다른 쪽에서는 정석이, 세상 유일하게 이 집에서만 못생겼다 평가받는 것이 억울해 벌컥 성을 냈다. 가족들이 거실로 쏟아져 나온 후, 호수는 도무지 정신을 차릴 수 없었다. 동그란 눈을 바쁘게 굴리며 이 아비규환 속에서 올바른 상황 판단을 하기 위해 애썼다.

"호야……."

조심스럽게 이름을 부르는 목소리를 향해 시선을 돌리자 경직된 연석의 얼굴이 보였다. 미리 언질도 주지 못한 것이 미안해 호수는 크게 웃지도 못하고 수줍은 인사를 건넸다.

"오빠, 안녕."

"파, 파마했어?"

첫마디라고 나온 것이 겨우. 뒤에서 규영과 정석이 웃음을 참느라 픔픔 하는 소음이 들렸다. 나지막이 나희가 욕하는 소리를 들은 것도 같았다. 호수는 새벽부터 신경 써서 손수 고데기로 말은 머리를 매만지며 뻘쭘하게 대답했다.

"아니. 고데기 했어."

"인사는 이쯤하고 어서 식사나 합시다. 분명 호수는 일찍부터 서둘렀을 테니 배고프고도 남을 시간이야."

흩어진 양 떼를 몰듯이 나희가 가족들을 다이닝 룸으로 이끌었다.

"아니. 잠깐."

연석의 불만스러운 목소리가 모두의 걸음을 붙들었다.

"그러니까 지금. 이게. 하아!"

연신 머리를 쓸어 넘기는 연석의 손짓이 거칠었다. 이렇게 작당 모의하고 자신을 속이다니. 호수와 다시 만난다는 사실을 알리고 결혼 허락을 받을 고민에 밤샌 것이 억울했다.

"어머니, 너무하시잖아요. 사람 놀리는 것도 아니고."

"놀리는 거 아니야. 나는 정말 신중하게 너희들 장래를 생각했는데. 네가 싫다고 했잖아. 호수는 이왕 왔으니 밥이나 먹고 가라."

그대로 선 상태로 나희와 연석은 대치했다. 주고받는 눈빛과 말투가 은근히 살벌했다. 중간에 끼인 호수는 무슨 일이 있었는지도 모른 채 두 사람의 눈치를 살폈다. 연석이 자신과 결혼하지 않겠다고 했다는 소리에 놀라긴 했지만, 그를 믿기에 심각하게 받아들이지는 않았다. 그저 자신 때문에 이 모자가 또 다퉜나 싶어 마음이 무거울 뿐이었다.

"호야, 너는 잠깐 나 좀 보자."

연석은 억센 힘으로 호수의 손목을 잡아챘다. 자신의 방으로 올라갈 생각인지 발걸음이 2층으로 향하고 있었다. 끌려가던 호수가 뒤를 돌아 나희에게 양해를 구했다.

"그래도 돼요?"

"어머, 진연석. 그 표정, 그 말투. 뭐야? 어디서 권위를 부려? 지금 호수 겁주는 거니?"

나희가 외치는 소리에도 연석은 대답하지 않았다. 딱딱한 발소리를 울려 가며 제 기분을 알렸다. 둘이 사라지는 모습을 본 후, 정석이 걱정스럽게 입을 열었다.

"연석이 화난 거 아니에요? 저러다 괜히 호수 씨한테 불똥 튈까 걱정인데요."

나희는 입술을 삐죽거리며 웃었다.

"쟤 화난 거 아니야. 쪽팔려서 저런다. 지가 한 말은 있고 기분은 좋은데 당장 헤벌쭉할 순 없고."

"그런가?"

규영도 확신에 찬 어조로 의견을 보탰다.

"저 녀석 화 못 낸다. 괜히 성질 잘못 부렸다가 호수가 다시 없어지면 어쩌려고? 화는커녕. 크크크큭."

갑자기 의미심장한 웃음을 터트리는 규영의 어깨를 통통 두드리며 나희도 깔깔 웃었다.

"어휴, 애들 신혼집은 방음하고 침대를 신경 써야겠어요."

"당연하지!"

부모님이 들어가시고 혼자 덩그러니 거실에 남은 정석은 사무치는 고독을 느꼈다. 나만 없어. 세상 사람 다 짝 있는데 나만 없어. 중얼거리며 2층을 올려다봤다.

끌려오다시피 연석의 방에 초대된 호수는 새삼스러운 눈길로 실내를 훑었다. 이렇게 넓은 것이 방이라니. 말이 방이지 거실과 서재까지 딸린 괜찮은 원룸이었다.

"호야."

책상에 놓인 어린 시절의 형제 사진을 보던 호수가 목소리를 따라 고개를 돌렸다. 화가 난 듯 불퉁한 표정의 연석이 자신을 뚫어지라 보고 있었다. 삐쳤구나 싶었다. 저를 쏙 빼고 나희와 짰다는 사실에 서운함을 감추지 못하는 것을 알아챘다. 호수는 자신이 지금 어떤 처세를 해야 하는지 본능적으로 깨달았다. 달랑 몇 걸음 떨어진 연석에게 걸어가 그의 허리를 두 팔로 꼭 끌어안았다. 그리고 태어나서 처음으로.

"오빠앙!"

콧소리라는 것을 내 버렸다. 장승처럼 뻗대고 있던 연석은 제대로 된 말 한마디 해 보지 못하고 그대로 녹아내렸다.

그 한마디가 뭐라고. 남자를 이토록 무력하게 만드는 것일까. 회심의 일격을 맞은 연석은 사지에서 힘이 빠져나가는 것을 느끼며 허탈하게 웃었다. 호수의 아양 섞인 '오빠앙'은 그야말로 숨은 병기였다. 애초에 화가 난 것도 아니었다. 약간 서운했던 것과 놀란 마음에 정신을 차리지 못했을 뿐. 좀 차분해질 필요를 느껴 방으로 올라온 것인데 뜻하지 않은 횡재였다. 가슴이 몰랑몰랑한 기운으로 가득 찼다. 입을 벌리면 바보 같은 웃음소리가 주책없이 흘러나올 것 같아 한동안 침묵했다.

"화 많이 났어?"

조심스럽게 살피는 목소리에 연석은 가까스로 웃음을 참으며 근엄한 척 엄포를 놓았다.

"너, 나중에 꼭 갚아 줄 거다. 내가 앙갚음은 또 확실한 남자야."

"이것 참, 매일 매일이 살얼음판이겠네."

얽매인 몸이 답답해 참다못한 호수가 품을 벗어나려 했다. 연석은 보나 마나 바보 같을 게 뻔한 표정을 들키기 싫어 놓아주지 않았다.

"나로서는 어머님 말씀을 들을 수밖에 없었어. 너무 간곡히 부탁하셔서."

"그래."

"속여서 미안해."

"아니야."

담담한 저음과 가볍게 등을 토닥이는 손길을 느끼며 호수는 안심했다. 내심 믿고 있었다. 이 사람은 절대 자신에게 화내거나 실망하지 않을 것을. 남자의 사랑에 기댄 알량하고 잔망스러운 심리라는 것을 안다. 하지만 그런 유치한 이기심을 받아 줄 사람이 곁에 있다는 것을 확인받고 싶은 마음이 컸다.

"오빠 말대로 난 점점 여우가 돼 가나 봐."

"구미호라도 나는 괜찮아."

이렇게 다 허용하고 저를 응석받이로 만든다. 마음 놓고 어리광을 부리고 버릇없게 만들어 버리는 연석의 사랑이 든든했다. 자라면서 귀가 지겹게 듣던 칭찬, 아이가 참 어른스럽네요. 그럴 수밖에 없었고 당연하게 알아서 살아가야 했다. 하지만 연석 앞에서는 어른이 됐는데도 어른스럽지 않아도 되는 것이 너무 좋았다.

"오빠, 나 진짜 배고픈데."

그제야 포옹이 풀렸다.

"그럼 식전 애피타이저로 키스 한 번만 하자."

그런 건 부탁하지 않아도 언제든 환영인데.

호수는 곧장 연석의 어깨를 붙들고 발끝을 세웠다. 진미를 맛보듯 길고 긴 키스가 이어졌다. 입술끼리 닿는 감촉이 아스라이 감미로웠다. 촉촉하고 보들보들하고 푹신한 입술을 아끼듯 천천히 머금었다. 한창 무아지경으로 몰입하던 키스를 깨우는 소음이 들렸다. 연석의 주머니에서 핸드폰이 웅웅 울렸다.

[그만하고 밥 먹으러 내려오란다. 우리 배고프다.]

정석의 문자에서 짜증이 읽혔다. 식욕을 돋워야 하는 애피타이저가 너무 황홀해 버린 탓인지 잠시 배고픔을 잊고 말았다. 주머니에서 립밤을 꺼낸 연석은 호수의 부푼 아랫입술에 꼼꼼히 발라 준 후 가볍게 끌어안았다.

"내려가자. 다들 기다리신대."

* * *

예상 밖으로 식사는 조용하게 진행되었다. 회사 일이라든가 날이 더운데 건강은 어떤지 등의 사소한 주제로 화기애애했다. 정석은 맞은편에 앉은 동생 커플을 보면서 내심 놀라고 있었다. 자신과 연석은 단둘만 있는 형제치고 나이 차이가 적지 않은 편이었다. 아버지의 가르침 덕에 형제간 위계 서열이 철저했다. 항상 어린 녀석이라고만 생각했는데 오늘의 연석은 의젓하기가 아버지를 능가할 정도였다. 결혼할 때가 되면 철이 든다더니. 왜 저 녀석이 형처럼 느껴지는 건지. 슬쩍 자존심이 상했다. 호수의 마음을 어떻게 사로잡냐고 징징거리던 때가 엊그제 같은데 혼사를 앞뒀다는 것이 이제 조금 와 닿았다.

"이것 좀 먹어."

식사하는 동안 연석은 호수가 젓가락질할 틈도 주지 않았다. 이미 좋아하는 반찬을 다 꿰고 있기에 미리 알아서 척척 놓아 주었다.

"내가 알아서 먹을게."

"응."

대답은 착실히 해 놓고 어화둥둥 끝없었다. 그런 연석의 모습을 지켜보는 규영과 나희의 얼굴에 한시름 놓았다는 속내가 훤히 드러났다. 하지만 한편으론 속도 없이 웃고 있는 정석을 보니 울컥 화가 치밀었다. 40대 미혼들이 수두룩하다더니. 큰아들도 이대로 훌쩍 40대에 돌입할 것 같아 불안했다. 도대체 어디가 모자라서 저렇게 혼자인지. 어디 가서 푸닥거리라도 알아봐야 하나 또 다른 근심이 고개를 들었다.

"사람 욕심 끝이 없어요."

나희는 깊은 한숨을 토해 내며 규영에게 푸념했다.

"응? 왜?"

"연석이하고 호수가 됐다 싶으니까 저 녀석이 걱정이네요."

"알아서 하겠지."

"제발 그리됐으면 합니다."

갑자기 가라앉는 분위기를 감지한 정석이 일부러 쾌활하게 응수했다.

"저는 신경 쓰지 말아 주십쇼. 누가 알아요? 연석이보다 먼저 갈지?"

"어이구. 연석이가 몇 년 있다 결혼식 할 줄 아니? 연석아, 9월이다."

아무도 나희의 말을 단번에 알아듣지 못했다. 모두가 '9월'을 곱씹을 때, 연석의 빠르고 흔쾌한 대답이 다이닝 룸을 울렸다.

"네! 엄마마마."

"결혼식 말이요? 너무 빠르지 않아? 그 안에 준비가 되겠어?"

"에휴, 이 양반이 뭘 모르시네. 아닌 말로. 애들은 그냥 물만 떠 놓고 결혼하라고 해도 할 겁니다."

"그럼요! 형식이 무슨 상관이에요."

연석은 뭐라고 말하려는 호수의 손을 힘주어 잡고 또다시 시원하게 답했다. 그런 연석을 흘겨보는 나희의 얼굴도 웃음으로 실룩거렸다.

"호수야, 괜찮겠니?"

"네. 저도 좋아요."

호수는 잡힌 손에 움찔움찔 들어가는 힘을 느꼈다. 그러지 않아도 좋다고 답할 텐데, 연석의 조바심이 귀여웠다.

"드레스는 작은 서방님한테 미리 말해 두었어요. 맞추든지 수입을 하든지. 그건 나중에 호수하고 결정하면 될 거고, 예물이야 원래 거래하던 데다가 최고 예쁜 거로 주문해 놓고. 참, 집은 어떡할래?"

"당분간 지금 집에서 지낼게요. 회사도 가깝고요."

"그래. 그럼 됐네. 예식장은 호텔로 할까? 아니면 하우스 웨딩으로 할까?"

"하우스 웨딩 할까요? 피로연도 야외에서 하고."

"9월이면 아직 더운데 야외 피로연 괜찮을까?"

"그럼 호텔에 자리 뚫어야겠네. 특급 호텔들은 예식이 밀려 있더라."

무슨 결혼 준비가 이렇게 매끄럽지? 호수는 핑퐁처럼 오가는 대화가 얼떨떨했다. 분명 자신이 주인공인데 딴 나라 이야기로 느껴졌다. 마치 호수의 결재만 기다려 왔던 것 같았다. 오래전부터 준비한 사람들처럼 모든 것이 물 흐르듯 일사천리였다. 그때, 묵묵히 나희가 하는 말에 맞장구만 치던 규영이 어렵사리 입을 열었다.

"흠! 근데 신부 입장할 때 말이야."

일순간 분위기가 무거워졌다.

"내가 호수 손 잡으면 안 돼? 나 그거 엄청 하고 싶었단 말이야."

규영은 조급한 기대를 숨기지 못하고 엉덩이까지 들썩이고 있었다. 반짝반짝 기대에 찬 눈으로 호수를 보는 바람에 연석이 손으로 가로막았다.

"아버지, 그런 눈으로 보면 호야가 싫어도 싫다고 말할 수 없잖아요."

"그, 그런가? 미안해요, 호수 양."

"아니에요. 제 손 잡아 주세요. 저도 그러고 싶어요. 더 든든할 것 같아요."

"진짜 괜찮아? 나는 동시 입장할까 했는데."

호수는 걱정스럽게 살피는 연석의 손등을 두드리며 미소 지었다. 자신에게 관심이 집중되고 이렇게 신이 난 분위기는 난생처음이었다. 공부를 잘한다고 해서 칭찬을 받은 적도 없고, 사춘기 시절 반항심에 며칠 집을 비웠을 때도 존재감이 없었다. 잘해 주고 싶어 하는 연석 부모님들의 마음이 절실하게 와 닿았다. 딸이 없어서 꿈도 못 꿨는데, 너무 좋다면서 옷 한 벌 맞춰야겠다고 신이 난 규영을 보며 호수도 행복하게 웃었다.

Chapter 10

나의 얄궂은 선배님

엘리베이터 문이 열리자 나란히 선 연석과 호수가 꾸민 듯 웃고 있었다. 해성은 찌릿한 시선으로 둘을 노려보며 올라탔다.

"둘이 조금 전까지 손잡고 있었지?"

"지금도 잡고 있는데."

연석은 핀잔에도 당당하게 호수의 손가락을 붙들고 흔들었다. 해성의 말대로 둘은 손가락을 꼼지락거리며 장난치던 참이었다.

"너희들 곧 들킬 분위기야. 진연석, 너 정말 조심해라. 아주 그냥 호수만 보면 실실."

"그렇게 티 나? 네가 알고 보니까 그렇게 느끼는 거겠지. 우리가 얼마나 조심하고 있다고."

"아. 네. 그러세요? 그렇게 살금살금 조심해서 호수만 호출하면 실장실이 그렇게 고요한가요? 들어가면 함흥차사야."

"야! 우리 호야가 부끄러워하잖아!"

연석은 발갛게 달아오른 호수의 볼에 손부채를 부치며 해성을 노려봤다.

"아무튼, 조심해라. 아예 다 까발리든가."

"그럴까? 호야, 어차피 결혼 날짜도 잡혔는데 그냥 오픈하자."

호수는 대답을 망설였다. 대학 때 받았던 수많은 관심과 시샘 가득했던 소문을 떠올리자 선뜻 용기가 나지 않았다.

"근데. 갑자기 뜬금없이 우리 사귀어요. 그렇게 발표해? 그것도 웃겨."

"그런가?"

마침 엘리베이터가 열리고 사람들이 몰렸다. 연석은 입을 다물었지만, 조만간 둘의 사이를 공개할 생각이 확고해졌다. 청첩장을 돌리며 폭탄을 터트릴까 얼마 후 있을 회식 자리에서 밝힐까⋯⋯. 호수의 동그란 머리를 내려다보던 연석이 몰래 짓궂은 미소를 지었다.

* * *

기획부에 감사팀이 들이닥쳤다. 출근하자마자 어디론가 호출됐던 미원의 빈자리가 낱낱이 뒤집혔다. PC가 통째로 들려 나가고 책상에 있는 모든 서류도 커다란 상자에 그대로 담겨서 나갔다. 감사팀장이 실장실에 들어가고 얼마 지나지 않아 연석이 나왔다. 얼굴에 드리운 짙은 그늘에 호수의 마음이 철렁 내려앉았다. 도대체 무슨 일인지 물을 틈이 없어 불안했다. 얼마 전 고객 대출과 관련해 문제가 있다고 하더니 생각보다 큰일이 터진 모양이었다. 연석과 직접 상관은 없는 일이라지만, 부서의 총책임자니 조사를 피할 수 없었다. 사무실을 가로지르던 연석이 슬쩍 호수를 보며 아무것도 아니라는 표시로 가볍게 웃어 보였다.

호수도 당연히 별일 아님을 알고 있었다. 사무실 전체를 휘감은 무거운 분위기에 덩달아 가라앉은 것뿐이었다. 호수도 그를 향해 작게 고개를 끄덕였다. 비뚤어진 타이가 눈에 거슬렸다. 자신의 목을 가리키며 타이를 바로 하라고 신호를 주었다. 그러자 눈이 마주친 연석이 뜬금없이 호수에게 성큼성큼 다가왔다.

"타이가 비뚤어져서요. 바로 하고 가는 게 좋을 것 같아서."

호수는 태연한 척, 사무적으로 용건을 밝혔다.

"다녀올게."

갑자기 너무 정답게 내려놓은 말투에 호수의 얼굴이 하얗게 떴다. 누군가 들었을 것이 뻔해 당황스러웠다. 그런 호수를 보고 싱긋 웃은 연석은 마치 출근하는 남편처럼 호수의 이마에 키스를 남겼다.

"내가 앙갚음은 잊지 않는 사람이라고 했잖아."

그렇게 그는 유유히 사무실을 빠져나가고 호수만 덩그러니 사무실에 남겨졌다. 등 뒤의 웅성거림이 모두 자신을 향한 목소리 같았다.

"아이 씨, 저 인간이……."

말 잘 듣고 고분고분하길래 방심하고 있었는데. 이런 폭탄을 떠안기고 나가버리다니. 호수는 푹 숙인 고개를 들지도 못하고 자리에 풀썩 주저앉았다.

'아, 어쩌면 좋아.'

잠시 그 상태에서 호흡을 고른 호수는 아무 일도 없던 것처럼 표정을 숨기고 고개를 들었다. 위풍당당할 것까지는 아니었지만, 잘못을 저지른 것도 아니니 담백해지기로 마음먹었다. 이내 휑해진 미원의 자리에 누군가 와서 앉는 것이 느껴졌다. 드디어 청문회가 시작될 모양이었다.

"호수 씨."

조심스럽게 이름을 부르는 신애의 목소리를 들으니 순간 열이 올랐다. 얼굴에 뜨끈한 열감을 느끼며 옆을 돌아보자 신애는 부담스러울 정도로 눈을 빛내고 있었다. 옳다구나, 먹잇감을 발견한 하이에나의 기쁨 같은 것이 느껴졌다.

"이제 우리도 속이 다 시원하다."

"네?"

"진작에 다 알고 있었는데 실장님 무서워서 티도 못 내고 우리끼리 얼마나 쉬쉬했다고."

덥다, 더워. 아무리 폭염이 시작됐다지만 에어컨도 빵빵하게 돌아가는 사무실이 너무 더웠다. 피부에 땀이 배는 것을 느끼며 호수는 떨떠름하게 웃었다.

"그게 무슨 말이에요?"

호수는 무의식적으로 찬영의 자리를 쳐다보며 물었다. 입이 가
벼운 사람이 아니란 건 알지만, 해성이나 진혁보다는 그쪽이 좀
더 의심스러웠다. 그러나 눈길을 받은 찬영은 자신도 모르는 일이
라는 듯 어깨를 으쓱해 보였다.

"솔직히 티가 너무 많이 났어. 실장님이 호수 씨 쳐다보는 눈이
남달라도 보통 남달랐나? 눈빛이며 목소리며 온도 차가 너무 컸
어요."

결국, 범인은 숨기지 못한 연석의 재채기였구나. 평소 인상이 부
드러운 편이 아니다 보니 숨긴다고 숨겼는데도 티가 나고 말았다.

"그럼, 언제부터 알았어요?"

"그리 오래지 않았어요. 다들 긴가민가했는데 목격자가 하나둘
나오더라고요."

킥킥거리며 웃는 신애의 눈에 부러움이 비쳤다. 처음 연석이 왔
을 때, 저런 남자는 어떨까, 여직원들끼리 은밀한 농담을 많이 주
고받았다. 그런데 등잔 밑이 어둡다고 사내 연애라니.

"한국 옥션에서 두 사람 연애하는 거 복사기 빼고 다 알 거예요.
근데 언제부터 사귀었어요?"

이제 곧 복사기도 다 아는 사실이 되겠구나.

정작 큰일은 허 대리 사건인데, 관심은 연석과 호수에게 몰려
있었다.

"그게 실은 대학 때부터."

호수는 한 번도 너와 헤어진 적이 없었다고 주장하는 연석의 뜻에 맞게 답했다.

"우와! 그럼 엄청 오래 숨긴 거다. 두 사람, 완전 프로네. 프로야. 그렇게 오래 사귀었는데 질리지도 않아요?"

이후로 몇 마디 더 질의응답을 주고받았다. 그렇게 사내 연애 청문회는 대충 마무리가 되었다. 부서원들의 장난기 섞인 축하를 받으며 호수는 쑥스러운 인사를 해야 했다.

* * *

육중함이 느껴지는 철문에 아이디카드를 대자 잠금이 해제되는 소리가 들렸다. 호수는 이중으로 된 출입문을 열고 작품 수장고로 들어갔다. 넓은 창고는 작품들로 가득해서인지 아늑하게 느껴졌다. 오늘은 어느 작품과 대화해 볼까. 잠시 서성이던 호수는 르네 마그리트의 그림 앞에 의자를 끌어왔다. 초현실적이지만 난해하지 않고 오히려 따스함이 느껴져 좋아하는 화가였다.

예전부터 가끔 연석이라는 남자가 초현실적으로 느껴지곤 했다. 그는 왜 나를 사랑할까. 혼자 자문하기도 하고 본인에게 직접 물어본 적도 여러 차례였다. 본가에 다녀오는 길에도 묻자 '이루 말할 수 없음.'이라며 꼭 안아 주었다. 그 형이상학적 대답을 들은 후 더는 궁금해하지 않기로 했다. 그냥 그 마음이 영원하기만을 바랐다.

밖에서 인기척이 느껴졌다. 곧 문이 열리고 기다리던 남자가 모습을 드러냈다. 호수를 보고 싱긋 웃는 얼굴에는 피로가 무겁게 깔려있었다. 호수는 말없이 일어나 두 팔을 벌렸다. 아담한 키에 맞춰 등을 굽힌 연석이 엉거주춤하게 호수의 품에 안겼다. 토닥토닥 자신의 등을 두드려 주는 작은 손길에 만족하는 옅은 신음 같은 것이 새어 나왔다.

"고생했어요."

"별거 아니었어."

"도대체 무슨 일이에요?"

연석은 골치 아팠던 시간을 떠올리며 관자놀이를 긁었다. 호수가 내어 준 의자에 앉으며 잠시 곤란한 표정을 지었다.

"흠…… 대외비(對外祕)인데. 내 색시니까 특별히 알려 준다."

"베갯머리 송사 그런 건가?"

"그렇지."

연석은 앞에 선 호수의 허리를 가만히 끌어당겨 자신의 무릎 위에 앉혔다. 작은 어깨 위에 턱을 괴고 잠시 생각을 고르더니 입을 열었다.

"처음에는 회사에서도 허 대리 역시 당한 거라고 판단했어. 그런데 감사팀에서 조사하다 보니까 이상한 정황이 포착된 거야."

"어떤?"

"어느 순간부터 그 위탁자가 맡긴 작품 수준보다 경매 추정가가 항상 높았어. 그때 담당이 당시 경매팀에 있던 허 대리였고."

하한선이 넉넉하게 보장됐다는 소리였다. 팔리기만 하면 최소 몇백에서 많게는 억대까지 위탁자에게 플러스알파의 이익이 돌아갔다는 거였다.

"대출 편의를 봐주기도 했고. 처음에는 이익을 나눠 갖는 단순 관계였는데, 점차 내연 관계로 발전했더군."

"아……."

항상 화려하게 치장하고 다니던 미원의 모습이 떠올랐다. 그저 집안 형편이 넉넉한 거라고만 생각했었는데.

"마지막에는 허 대리도 뒤통수를 맞으면서 대단원의 막을 내린 거지."

"그럼 이제 어떻게 되는 거야?"

잠시 말을 멈춘 연석은 짜증이 느껴지는 한숨을 쏟아 냈다.

"경찰에 신고할 수는 없어. 알다시피 경매 회사는 신용을 바탕으로 하는 서비스업이잖아. 회사에서 모든 손실을 충당하고 허 대리는 집에 가야지. 그래서 극비야."

"허 대리님한테 손실을 물을 수도 없겠구나."

"법적 처벌을 할 수 없으니까. 어쩔 수 없는 결과야."

허 대리는 회사에 막대한 손실을 주고 퇴장하게 되었다. 개인적으로 갚기 힘든 금액이라 법적 처벌을 받는다면 구속이 당연한 사건이었다. 운이 좋은 거라고 볼 수 있었지만, 이제 이 업계에서는 블랙 리스트에 올라 발을 들일 수 없게 됐다.

"오빠가 말끝마다 저 사람 치워 줄까 하더니 말이 씨가 됐나 봐."

"그래도 이런 식으로 치울 생각은 아니었지. 어울리지 않게 고비용이 들었잖아. 아, 돈 아까워. 우리 삼촌 입원하는 거 아닌지 몰라."

투덜거리던 연석이 갑자기 호수의 몸을 돌려 저를 보게 했다. 지금까지의 무거운 분위기와 어울리지 않게 해사하게 웃고 있었다.

"그래서 혼자 어떻게 수습하셨나?"

호수에게 폭탄을 안겨 주고 난 뒷얘기가 이제야 궁금해진 모양이었다. 느물거리며 웃는 얼굴에 피로는 말끔히 가시고 대신 장난기가 가득했다.

"어유! 진짜, 미워 죽겠어. 그래놓고 나가 버리면 어떡하라고!"

호수는 주먹으로 힘껏 연석의 어깨를 때려 주었다. 얼굴이 발개지도록 용을 쓰는데도 연석은 꿈쩍도 하지 않고 하하, 웃느라 난리였다.

"그만, 그만. 네 손만 아파."

솜방망이 같은 호수의 주먹을 붙든 연석은 제 손으로 비벼 주며 안쓰러워했다.

"막 벌떼처럼 몰려와서 물어봐?"

"아니. 전혀."

"정말?"

"이미 다 알고 있었대. 사내에서 복사기 빼고 다 알 거래."

연석도 예상치 못한 일이었는지 눈이 휘둥그레 커졌다.

"뭐라고?"

"오빠가 너무 티를 내서 모를 수가 없었다고 하더라."

"설마! 내가 얼마나 조심했는데."

"그러게 말이야. 우리 정말 엄청 조심스러웠는데. 다들 눈치가 백 단이지 뭐야."

"일은 안 하고 그런 것만 신경 쓰는구나. 너무 편했나 보네. 내일부터 빵이 돌려야겠다."

둘은 사랑에 빠져 부주의했던 자신들은 깨닫지 못하고 애먼 회사 사람들만 탓했다. 그러면서도 이왕 들킨 거 완전히 약 올려 주자면서 깍지 낀 손을 당당하게 흔들며 수장고를 나섰다.

* * *

해가 하늘 꼭대기에 오른 시각. 연석은 콕스 측에 답신을 보내고 자리에서 일어났다. 침실 문이 열리더니 피부 관리사가 발소리를 죽여 가며 나오는 것이 보였다.

"잠들었어요?"

"네. 너무 곤히 주무셔서 깨우질 못하겠어요."

연석은 곤란해 하는 관리사를 돌려보내 놓고 침실로 들어갔다. 커튼이 반쯤 쳐진 실내는 정오가 다 된 시간이 무색하게 아늑한 그늘이 짙어 잠들기 좋았다. 침대로 다가가자 약하게 코 고는 소리까지 들렸다. 경매사 수업에 가을 옥션 준비 그리고 결혼까지. 안 그래도 날씬한 호수는 불면 날아갈 지경으로 마르고 있었다. 시간이 빠듯하고 잠이 부족한 호수는 신부 관리도 숍에 가지 못하고 집으로 불러들여 해결했다. 오늘도 낮에 예물을 보러 가야 하는데 이렇게 숙면에 돌입한 상황이었다. 아무래도 예물은 다음으로 미뤄야 할까 고민하는데 전화가 울렸다.

"네, 어머니."

연석의 목소리에 호수가 번뜩 눈을 떴다. 시간을 확인하더니 바로 일어났다. 연석이 괜찮다고 신호를 보내는데도 허둥지둥 서두르고 있었다.

"호야, 약속은 다음으로 미루면 돼. 좀 더 자자."

"아니야. 나 옷만 갈아입으면 돼. 시간 될 때 틈틈이 준비해야지. 자꾸 미루면 안 된단 말이야."

꼬리에 불이 붙은 생쥐처럼 침실을 나가는 모습을 보며 연석은 조용히 혀를 찼다. 막았던 수화기를 떼고 나희와 약속 장소를 확인했다.

"예. 그럼 이따가 청담동에서 봬요."

드레스 룸에서 옷을 갈아입는 호수를 보던 연석이 짐짓 진지한 목소리를 냈다.

"호야, 우리 부모님이 아직은 어렵지?"

"아니야. 잘해 주시잖아."

"그건 그거고. 너는 아직 편하지 않잖아."

호수는 대답 없이 작게 웃고 말았다. 당연한 걸 굳이 확인하는 연석에게 딱히 뭐라 할 말이 없었다.

"너 힘들거나 그런 거 그냥 나한테 말해. 내가 알아서 정리하면 되니까."

"알았어. 그런데 오늘은 정말 더 미루면 안 되거든. 지난번에도 펑크 냈잖아."

"결혼을 좀 미룰 걸 그랬어. 업무하고 너무 겹친다."

"싫은데. 나는 빨리 진연석의 색시가 되고 싶은데."

호수가 하는 말이니 분명 기분 좋아지라고 하는 립 서비스는 아니었다. 원피스의 지퍼를 올려 주던 연석은 그대로 호수를 품에 안았다. 턱으로 목덜미를 간지럽히던 연석이 새로운 소식을 전했다.

"호야, 다음 주에 콕스 씨 일행이 올 거야."

"정말?"

호수가 빙그르르 몸을 돌리자 얇은 여름 원피스 자락이 꽃잎처럼 퍼졌다.

"응. 그리고 너에게 줄 선물을 가져온다는데. 뭔지 모르겠어."

"정말? 웬 선물?"

"그러게. 화장은 안 해?"

"차에서 할게. 빨리 나가자. 아, 갑자기 치킨 먹고 싶다."

"집에 올 때 부암동 들러서 치킨 사서 올까?"

"응! 맥주도!"

뜨거운 여름의 끝. 어느새 호수도 편안한 일상의 행복을 자연스럽게 받아들일 줄 알게 되었다.

* * *

연석의 손을 잡고 걷는 호수의 시선은 자신의 네 번째 손가락에 고정되어 있었다. 연석이 주었던 반지가 떠나고 새로운 반지가 반짝이는 손가락이 오늘따라 우아해 보였다. 연석은 온전히 저에게 의지한 채 건성으로 걷고 있는 호수를 흐뭇하게 바라보았다.

"그 반지가 더 마음에 드는 거야?"

그래도 조금은 서운했다. 자신이 준 정표 같은 반지인데 이제 호수의 손가락에 있지 않은 것이 허전했다.

"아니. 물론 오빠가 준 반지가 더 소중해. 그런데 내가 이런 반지를 끼고 있는 게 너무 신기해서. 보석이라니. 고전 소설에 나오는 귀부인 같지 않아?"

호수는 손가락을 앞뒤로 뒤집으며 자랑하듯 흔들어 보였다. 연석의 외할머니가 결혼하는 딸에게 물려주었다는 알이 꽤 굵은 보석 반지는 호수와 굉장히 잘 어울렸다. 사파이어의 차가운 푸른색이 호수의 이미지와 잘 어울렸고, 그 차가움을 상쇄하는 귀여운 디자인이 호수와 똑 닮아 있었다. 마치 오래전부터 다음 주인은 이호수로 정해진 것처럼 느껴질 정도였다.

"반지 보느라 걸음도 조심 안 하지."

카펫 턱에 걸려 넘어질 뻔한 호수를 안다시피 붙들면서 연석은 잔소리를 했다. 혼이 나면서도 깔깔 웃는 호수의 표정은 마냥 가볍고 즐거워 보였다. 그 웃음에 전염된 연석도 실없이 웃고 있었다. 호텔 카페테리아에 들어와 자리에 앉자마자 메뉴판도 보지 않고 밀크 빙수를 시켰다.

"근데 이런 반지는 보통 맏며느리한테 물려주는 거 아니야? 이렇게 받아도 되는 거야?"

"엄마가 예전부터 말씀하셨어. 누구든 먼저 들어오는 며느리한테 패물을 물려주실 거라고. 앞으로도 많을 거야. 외할머니, 친할머니한테 물려받은 것도 많은 데다 아버지한테 선물 받은 것도 많고. 그러니까 형이 결혼하기 전에 부지런히 받아 내자!"

"난 이것만 해도 너무 좋은데."

호수는 맑고 깊은 파란색을 들여다보느라 반지에서 눈길을 돌리지 못했다.

"이제 반지는 그만 보고. 나하고 놀자."

불쌍한 척 시무룩한 연석의 목소리에 호수는 번쩍 정신을 차렸다. 아침부터 지금까지 연석과 제대로 된 대화를 나눌 시간이 없었다. 결혼 준비를 하면서 오히려 둘만의 시간이 더 줄어들고 있었다. 요즘은 바빠도 너무 바빠서 하루하루를 겨우 살아 내는 기분이었다.

"알았어. 우리 이제 실컷 보고 있자……."

무심결에 연석의 등 뒤로 시선을 두었던 호수의 말끝이 길게 늘어졌다. 이상한 낌새에 뒤를 돌아본 연석이 자리에서 벌떡 일어났다.

"가자."

"아니. 괜찮아. 빙수 시켰는데 그거는 먹고 일어나자."

"괜찮겠어?"

"응. 내가 안 괜찮을 게 뭐 있나?"

호수는 저를 노려보는 주연을 똑바로 응시하면서 입꼬리를 비스듬히 끌어 올렸다. 연석도 나른하게 몸을 늘이며 의자에 몸을 묻었다.

"네가 불쾌할까 봐서 그러지. 나도 상관은 없어."

"맞아. 불쾌해. 근데 나보다 쟤가 더 불쾌한 티를 내서……."

기분이 썩 괜찮았다. 예전에 여주연이 뭐라고 했더라. 호수는 저만 보면 경고했던 과거의 주연을 떠올려 봤다. 집안끼리 약속이 돼 있다는 거짓말로 죄책감을 느끼게 했었다. 친구들 앞에서 절친에게 정혼자를 뺏긴 것처럼 연극을 해서 호수를 욕받이로 만들기까지 했다. 지금도 웬 남자 앞에서 상냥하게 웃고 있다가 억울하다는 듯이 눈을 치뜨고 호수를 노려보는 것이 가관이었다.

"데이트하나 보네."

연석의 시큰둥한 소리에 호수의 상념이 깨졌다.

"응?"

"저 남자. 나도 아는 사람이야. 저 사람이 엄청 들이댄다고 소문이 자자했는데 결국, 성공했지."

"그래? 잘됐네."

호수는 연신 이쪽을 흘끔거리며 날 선 표정을 감추지 못하는 주연의 시선을 계속 받아 내고 있었다. 데이트하러 왔으면 충실해야지 왜 여기에 미련을 못 버리는 거야.

"호야, 그만 봐. 나하고 자리 바꾸자."

"싫어. 그럼 여주연이 오빠 얼굴 실컷 감상할 거 아니야."

호수가 앙칼지게 답하며 연석을 흘겨보았다. 연석은 괜히 저한테 화살이 날아오는 것이 무서워 항복하는 사람처럼 두 손바닥을 들어 올렸다.

"그럼 얼른 먹고 나가자. 우리 호야 기분 나빠지면 안 돼."

"오빠보다 못생겼어."

마침 서빙된 빙수에 스푼을 푹 꽂으며 호수가 야무진 감상평을 내뱉었다.

"아저씨 같아. 별로네."

"아저씨 맞아."

빙수를 떠먹던 연석이 무심하게 툭 뱉은 소리에 호수가 고개를 갸웃 기울였다.

"저 사람, 이제 곧 세 번째 결혼할 거야."

"저 남자? 세 번째…… 할 거라니? 그게 무슨 소리야?"

"여주연이 저 남자의 세 번째 재혼 상대라고. 얼마 전 모임 나갔더니 저 녀석 소문이 떠들썩하더라고. 주연이 아버님 사업이 힘들어서 저쪽하고 결혼해야 살릴 수 있는 상황이야. 근데 둘 나이 차이가 스무 살이 넘어."

들을수록 점입가경의 결혼 조건이었다. 호수는 벌어진 입을 다물지 못하고 어눌하게 물었다.

"그렇구나. 근데 왜 저분은 세 번씩이나."

"왜겠어. 참고로 전부 이혼이야."

호수는 갑자기 주연이 너무 불쌍했다. 잠시나마 미워했던 것도 미안했다. 지금도 주연은 틈틈이 호수를 째려보고 있었지만, 이제 그런 것쯤 괜찮았다. 호수가 아는 한 세상에서 제일 예쁘고 화려하고 잘난 여자가 여주연이었다. 그래서 대학 때, 주연이 연석을 제짝으로 떠벌리고 다녀도 전혀 위화감이 없었다. 당연한 듯 여러모로 두 사람은 잘 어울렸고, 그렇게 세뇌가 되어서인지 한때는 자신도 연석을 좋아하지 않으려고 애를 썼었다. 일생 연석을 배우자감이라고 믿고 살았던 주연이 자신을 미워하는 것도 이 순간 너무 당연하게 느껴졌다. 만약 내가 없었다면…….

"너 무슨 생각 해?"

"응?"

연석의 가늘게 뜬 눈이 호수를 관찰하고 있었다.

"괜히 이상한 감상에 빠지지 마. 네가 없었어도 나는 여주연하고 잘될 일 없었어."

어떻게 알았지. 호수는 속마음이 들킨 것이 쑥스럽고 놀라워 한 손으로 볼을 쓸었다.

"쟤에 대해서 여자로서 생각해 본 적 단 한 번도 없어. 우리 형제가 어릴 때, 부모님들끼리 몇 마디 농담으로 주고받긴 했어. 그런데 우리 형제는 칠색 팔색했다니까."

담담하게 설명하던 연석의 미간이 좁아졌다. 민소매를 입은 호수의 팔에 소름이 돋아 있었다. 빙수를 열심히 먹더니 체온이 내려간 모양이었다.

"호야, 너 춥지?"

"응…….."

"그만 먹고 일어나. 집에 가자."

연석은 기분이 가라앉은 호수를 끌고 자리에서 일어났다. 계산을 마치고 카페테리아를 나가면서 잠깐 주연과 시선이 부딪혔다. 저를 야속하게 바라보는 주연으로부터 호수를 차단하면서 서둘러 자리를 떴다.

* * *

콕스 측과의 비공개 미팅이 막 끝난 자리에는 호수와 연석만 남았다. 이정운의 작품이 확실하다는 감정을 마친 호랑나비 그림도 이젤(easel) 위에 남아 있었다. 백발이 성성한 콕스 씨는 비록 휠체어 신세를 지고 있었지만, 혈기 방장해 보였다.

「내가 지금껏 본 그림 중에서 가장 리다운 작품이오.」

정운에 대해 추억이 전혀 없는 호수는 뭐라 답해야 할지 몰라 빙긋 웃기만 했다. 콕스는 오래전 기억에 잠겼는지 아련한 표정으로 말을 이었다.

「정이 많고 웃음도 많은 사람이라 리가 있을 때의 아틀리에는 항상 유쾌했지. 그런데 유독 그림은 심심했어. 언뜻 차갑게도 느껴지고. 그런데 매일매일 보고 있으면 따스함이 배어 나오는 게 특징이고. 근데 이 그림은 보자마자 따스하고 힘찬 것이 리의 성격 그대로야.」

「사실, 저는 아버지에 대한 기억이 전혀 없습니다. 여기 있는 에릭 씨가 저보다 더 추억이 많아요. 그래서 부럽기도 해요.」

에릭과 시선을 맞추며 웃는 호수를 물끄러미 보던 콕스가 옆으로 손을 내밀자 비서가 재빨리 움직였다. 곧 그의 손에 커다란 상자가 도착했다.

「리의 딸을 만났다는 소식을 듣고 내 개인 수장고를 몇 날 며칠 뒤져서 이걸 찾아냈소. 리가 아내와 딸을 보러 다녀오겠다고 하고는 돌아오지 않아서 그림을 포기한 줄 알았는데……. 그렇게 허무하게.」

「저에게 주시는 건가요?」

「리의 유품인 셈이지. 내가 갖는 것보다는 당신에게 가는 것이 도리야. 물론 시간이 지나면 이것도 큰돈이 되겠지만.」

콕스는 농담처럼 말하며 웃었지만, 그의 말이 전혀 근거 없지는 않았다. 호수의 그림도 지금 이 습작들도 먼 훗날 미술관에 전시될 귀중한 작품들이었다. 허락의 뜻으로 콕스가 고개를 끄덕이자 호수는 서둘러 포장을 풀었다. 두근거리는 마음으로 상자를 열자 커다란 드로잉 북이 담겨 있었다. 두툼한 종이를 넘기자 색이 조금 바랜 선명한 스케치들이 보이기 시작했다. 연석이 뒤에서 호수의 어깨를 붙잡아 주었다. 한 장 한 장 넘길 때마다 갖가지 습작들이 모습을 드러냈다. 미완의 수채화도 있었고 목탄으로 그린 정물화도 보였다.

"이 사람은 누군데."

가장 많은 종이를 할애한 크로키들. 다양한 표정과 포즈가 수없이 그려져 있었지만, 한 여자를 그린 것이 확실했다.

「리의 연인.」

에릭의 목소리에 호수가 놀라 고개를 쳐들었다.

「내가 어릴 때 리에게 직접 들었어요. 사랑하는 여자라고. 다시 찾으러 갈 거라고 했습니다.」

연석이 급히 호수를 대신해 질문했다.

「혹시 이름이라든가. 이분에 대해 알려진 것이 있습니까?」

「글쎄요. 혹시 알고 싶다면 당시 우리 아틀리에에서 리와 함께 활동했던 작가를 알아봐 줄 수는 있어요.」

이 사람이 나의 엄마인가. 호수는 빠르게 그려 낸 선들 사이에서 자신과 닮은 모습을 찾아보려고 노력했다.

"나랑…… 닮았어?"

연석은 섣불리 답하지 못했다. 간단한 크로키만 보고 그 속에서 호수의 모습을 찾기란 쉽지 않았다. 묵묵히 그림을 보던 호수가 화사하게 웃으며 자리에서 일어났다.

「감사합니다. 저한테 아빠의 흔적이라고는 저 나비 그림이 전부였는데. 정말 큰 선물을 주셨어요.」

「천만에요. 나야말로 우리 아틀리에의 좋은 추억인 리를 다시 생각할 수 있어서 행복했어요.」

콕스의 스위트룸을 빠져나온 호수는 아무 말 없이 조용히 걷기만 했다. 자신에게 엄마란 무엇인가. 생각에 잠겼다. 유년기를 지나고는 그리워해 본 적도 없는 존재. 그녀에 대해서는 이제 아무 감정이 없었다. 미움도 사랑도 느껴지지 않는 굳은살이 되어 버렸다.

"호야, 찾아볼까?"

연석이 넌지시 물었지만, 호수는 멍하니 서 있기만 했다. 그래도 될까? 아니 그래야 하는 건가? 호수는 너무 덤덤한 이 기분을 뭐라 형용할 수 없었다. 보통 울거나 사무치는 그리움을 토해 내는 것이 정상이지 않은가? 나란 애는 이렇게 냉정하고 몰인정하구나. 이상한 죄의식까지 들었다.

"아니. 지금까지 나를 찾지 않은 데는 이유가 있겠지. 굳이 내가 먼저……. 됐어."

연석은 핏기없이 하얗게 미소 짓는 호수를 가만히 끌어안았다.

허한 마음에 스산한 바람이 들지 않도록 넓은 가슴으로 막아서서 두 팔로 꽁꽁 싸매 주었다.

* * *

"도록에서부터 컬렉터들을 사로잡아야 해요. 단순한 작품 나열인 것 같지만, 스토리와 리듬이 느껴지도록 배치해야 해요. 잠재된 경쟁심을 자극하도록 말이죠."

호수는 새로 입사한 인턴에게 지난 경매와 전시회의 도록을 챙겨 주었다.

"한번 살펴봐요. 보면서 아이디어가 떠오르면⋯⋯."

잠시 어지러움을 느낀 호수가 눈을 감고 뒤엉킨 호흡을 골랐다.

"선배님, 이마에 땀이."

인턴은 창백한 호수의 얼굴을 보고 어쩔 줄 몰라 허둥거렸다. 신입에게 꼼꼼히 신경 써 주는 선배를 만난 것은 행운이었지만, 몸이 너무 약해 보여서 매번 죄스러울 지경이었다.

"덥잖아요. 당연히 땀이 나지. 그럼 보다가 궁금한 것 있으면 메모해 둬요."

호수는 인턴을 안심시키기 위해 더 밝게 웃으며 자리에서 일어났다. 골을 파고드는 둔중한 통증과 불면증이 요 며칠 호수를 괴롭히고 있었다. 답답한 마음에 뒤통수를 주먹으로 퉁퉁 치자 오히려 통증이 뾰족해져 더 고통스러워졌다.

체력의 한계 때문에 집중력이 흐트러졌다. 연석과의 결혼 소식으로 화제의 인물이 된 요즈음이라 더 신경이 쓰였다. 사적인 행사 때문에 일을 그르친다는 소리를 듣고 싶지 않아 몇 배로 긴장하고 지냈다. 점심시간을 앞두고 사람들이 자리를 비우기 시작했다. 호수는 두통약을 삼키고 책상에 엎드렸다.

"호수 씨, 점심 안 먹어?"

"전 좀 쉬려고요."

"그래. 얼굴이 너무 안 좋다. 조퇴하고 좀 쉬든지."

막상 부서원들이 모두 자리를 비우고 조용해지자 정신이 말똥말똥해졌다. 일해야 할 때는 피곤하고 졸리다가 막상 쉬려고 하면 잠이 오지 않았다. 동료의 조언대로 제대로 쉬어 볼까 싶었다. 외근 나간 연석에게 오늘 조퇴해야겠다는 문자를 보내 놓고 오전에 보던 업무를 마무리하기 시작했다.

* * *

연석은 입구에서부터 두리번거리며 들어오는 기선을 첫눈에 알아보았다. 호수와 헤어지는 계기가 된 소란이 있던 날, 경찰서에 찾아와 호수 편을 들어 주던 때와 달라진 점이 거의 없었다. 직원의 안내를 따라온 기선을 맞이하며 자리에서 일어났다.

"안녕하세요. 진연석입니다. 혹시 저 기억나세요?"

"네."

기선은 꾸벅 인사를 하고 자리에 앉았다.

"언니는 잘 지내나요? 두 분이 아직도 만나고 계시다니 신기하네요."

몇 마디 인사를 주고받는 동안 주문한 음료가 나왔다. 연석은 잔을 매만지는 기선의 손을 보며 그녀가 들고 나왔을 옛이야기를 기다렸다.

"언니에 대해서 갑자기 묻자니 아빠에게 얘기를 안 할 수 없었어요. 물론 엄마한테는 입도 벙긋 안 했으니까 염려 마세요. 아빠한테는 그냥 언니한테 연락이 왔었다고만 했어요. 해외에 사는 것 같다고 했고요."

"네. 고맙습니다."

"아마. 따로 언니를 찾거나 하지는 않을 거예요."

연석은 조용히 고개를 끄덕였다. 찾아온다고 해도 연석은 크게 개의치 않았을 텐데 기선이 알아서 둘러대 준 것이 고맙긴 했다.

"죄송하게도 아빠도 별로 아는 게 없었어요. 평생 그림 그린다고 떠돌던 삼촌이 딸이라고 하면서 언니를 데려왔대요. 보육원에서 찾아왔으니 잘해 달라고 부탁하면서 돌도 안 된 아기를 우리 집에 맡겼고요. 그길로 삼촌은 돈 번다고 바로 집을 나갔다네요. 그때 아마도 언니의 엄마도 찾아다닌 것 같다고……."

이후로 기선은 자라면서 단편적으로 들었던 호수에 관한 정보들을 들려주었고 어떻게 살았는지도 알려 주었다. 연석은 일일이 받아 적으며 호수의 어린 날을 더듬어 보았다. 상상했던 것보다 더 쓸쓸하고 힘든 삶이었다. 그런 환경에서 자존감을 지키고 열심히 살아온 호수를 당장 안아 주고 싶었다.

회사로 돌아가기 위해 차에 시동을 걸던 연석은 아무래도 조퇴

해야겠다는 호수의 메시지를 받았다. 아버지의 드로잉 북을 받은 후로 호수는 흔들리고 있었다. 회사에서도 자잘한 실수를 연발했다. 복사기를 눌러 놓고 다른 생각에 빠져 수십 장을 복사했고, 중요한 일정을 착각해서 해성에게 크게 혼이 났다. 집에서도 툭 하면 뭔가를 쏟고 멍하니 앉아 있는 때가 많았다. 가장 큰 문제는 잠을 못 자는 거였다. 밤새워 뒤척이고 꼬물거리다 핏발 선 눈으로 밥도 먹지 못하고 출근했다. 그렇게 힘들면서도 연석에게 털어 놓지 않았다. 티 내지 않으려고 발버둥 치는 것이 더 안쓰러웠다.

엄마를 찾지 않으려는 마음. 아마 최악의 상황을 맞이할 것을 두려워하는 것 같았다. 그렇다고 자신까지 손 놓고 모른 척할 수 없었다. 혹시 모를 만약을 생각해 미리 알아 놓을 생각이었다. 진실이 어떠하든, 호수를 위해 움직였다. '늘사랑 보육원' 연석은 미리 줄을 대놓은 흥신소 담당자에게 보육원 이름을 전송했다.

* * *

렌지 위에서 보글보글 끓고 있는 삼계탕의 불을 끈 연석은 조용히 침실 문을 열고 들어갔다. 웬일로 호수는 깊은 잠에 빠져 있었다. 조금 더 재울까 싶었지만, 먹이는 것도 소홀히 할 수 없어 깨우기로 마음먹었다.

"호야, 일어나. 저녁 먹자."

가만히 몸을 흔들자 깨어난 호수가 눈을 가린 안대를 끌렀다. 머리를 쓰다듬는 연석의 손바닥에 물기가 흥건했다. 식은땀까지 흘리고 잔 것을 보니 역시 먹여야 했다.

"몇 시야?"

잠에서 깬 호수의 목소리는 탁하게 가라앉아 있었다. 좋지 않은
컨디션이 느껴졌다.

"여덟 시야. 먹고 다시 자. 점심도 안 먹었지?"

대답 대신 한숨이 돌아왔다. 물어보는 것도 짜증이 나는 모양
이었다.

"잠은 좀 잔 거야? 몇 시부터 잤어?"

"오자마자 반신욕하고…… 바로 잠든 것 같아."

"그나마 다행이네."

어서 일어나라는 채근에도 뭉그적대던 호수가 오히려 연석을 이
불 속으로 끌어당겼다.

"추워. 나 좀 안아 줘."

"지금? 빈속에? 나 지금 기운 없는데."

실없는 농담을 지껄이며 이불 속으로 파고들어 간 연석이 팔베
개를 해 주며 호수를 소중하게 품었다. 손발이 얼음장같이 차가
웠다. 에어컨이 약하게 돌아가고 있다지만, 분명 이불을 푹 덮고
잤을 텐데. 숨소리를 따라 입김이라도 뿜어져 나올 것 같았다. 가
만히 안고만 있으려던 연석의 작심과 다르게 호수의 찬 손이 그의
맨살을 찾아 티셔츠 자락을 들췄다. 그의 등을 쓰다듬고 가슴을
더듬고 점점 아래로 내려온 손이 장골을 지분거렸다.

"농담 아니고 정말 원했어?"

"응. 안아 줘. 안아 줘."

장난스러운 연석과 달리 호수의 목소리는 진지함을 넘어 절박
하기까지 했다. 추위를 타는 것처럼 연석의 품을 파고들었다. 따
뜻한 체온을 저에게 옮기고 싶어 안달이 난 것처럼 살갗을 맞대
고 비볐다. 여자의 힘이라고 믿을 수 없을 정도로 강한 악력으로
연석을 움켜쥐었다. 당황한 연석이 별다른 반응을 보이지 않자 호
수는 다급하게 그의 입술을 찾았다. 그를 끓어오르게 하려는 듯
맹목적인 입맞춤을 퍼부었다.

　"호야, 잠깐."

　몸을 떼려고 하자 호수가 강하게 저항했다.

　"싫어."

　"호야, 정신 차려봐. 나 좀 봐 봐."

　연석이 이성을 찾으라고 차분하게 말릴수록 호수는 더 끈질기
게 들러붙었다. 거센 도리질을 하며, 밀려나기 싫은 몸부림을 치
며 그를 끌어안았다.

　"알았어. 알았어. 호야, 내가 여기 있어. 너하고 있어. 아무 데
도 가지 않아."

　뒤늦게 호수의 마음을 알아차린 연석은 온 힘을 다해 그녀의 몸
을 부둥켜안았다. 그녀가 입술을 찾으면 더 짙고 깊게 키스를 해
주었다. 귓가에 사랑한다고 끊임없이 속삭이며 곁에 있다고, 안
심하라고, 위로했다. 몸을 돌이킨 연석이 호수 위에 엎드렸다. 사
랑을 나누는 자세로 체중을 싣고 폭 감싸 안고 나서야 호수의 들
떴던 호흡이 천천히 돌아오기 시작했다.

　"호야, 많이 힘들었구나."

거칠게 들썩거리던 가슴이 진정되는 것을 느끼며 연석은 호수의 이마와 볼에 입을 맞췄다. 차가웠던 몸이 따듯하게 데워져 있었다. 볼까지 발그레 열이 올라 뜨듯했다.

"호야, 네 가족은 나야. 우리 부모님과 형도 이제 네 가족이야. 부끄러운 거 아니야. 우리 모두 너를 위해 같이 아파할 거야. 너에게 그런 사람들이 있어. 사랑해. 너무너무 사랑해. 내 전부야. 아프지 마라."

먼 곳을 향했던 호수의 눈빛이 초점을 찾았다. 황량하고 어두운, 어딘지도 알 수 없는 곳을 혼자 떠돌던 의식이 붙들렸다. 연석의 가슴이 전하는 안전한 사랑이 호수를 제자리로 데려왔다.

"오빠."

호수는 두 팔로 연석의 목을 끌어안으며 그를 찾았다. 여전히 가라앉은 목소리였지만, 생기가 돌았다.

"그래."

"사랑해."

"나도. 사랑해, 호야."

"고마워."

연석은 제 목을 감은 호수의 손을 끌러 깍지를 꼈다. 단단하게 얽어매듯 결합한 손에 아플 만큼 힘을 주었다.

"그래."

호수는 다시 잠잠해졌다. 잠시 격랑을 겪어 흙탕물로 흐려졌던 마음이 이전보다 더 맑아졌다. 마음이 조금씩 정리되고 있었다. 막연하게 흩어지고 흔들렸던 결심과 갈등이 단정하게 정돈

되었다.

"배고파. 밥 먹자."

그리고 힘을 내기로 했다. 결혼식이 코앞이었다. 모두의 기대가 걸린 콕스 컬렉션과 가을 경매도 어긋나지 않게 준비해야 했다. 어렵사리 제힘으로 행복을 만들어 가고 있었는데 겨우 이런 일에 무너지고 싶지 않았다. 그러기에는 지금까지 애쓰고 노력한 삶이 너무 아까웠다.

* * *

나희가 특식으로 준비해 놓은 삼계탕은 호수가 지금까지 먹은 것 중에 가장 호사스러운 음식이었다. 보양식이 아니라 진짜 보약이었다. 자연산 새송이와 은행을 넣어 연잎으로 싼 찰밥까지 준비되어 있었다. 호수는 산삼과 자연산 전복과 문어까지 들어간 삼계탕이 너무 거창해서 먹을 엄두가 나지 않았다. 연석이 옆에서 일일이 살을 발라 주고 전복과 문어를 잘라서 천천히 먹도록 도와주었다.

"고기보다 국물하고 해산물 위주로 먹어. 우리 엄마가 너 진짜 좋아하나 보다. 나하고 형도 못 먹어 본 거다."

식탁 위에는 나희가 밀폐 용기에 붙여 놓은 쪽지가 놓여 있었다.

[진연석은 고기만 먹고 나머지는 이호수가 먹어야 함]

치사하다고 툴툴거리는 연석의 입가에 미소가 떠나지 않았다. 예물 보러 간 날 호수가 말랐다고 한숨을 푹푹 쉬며 안타까워하던 부모님의 진심이 느껴졌다. 어렸을 때 독감에 걸렸던 어느 날 이후로 보지 못한 광경이었다. 나희의 바람대로 호수는 국물까지 깨끗하게 비워 냈다. 연석이 설거지하는 동안 씩씩한 목소리로 나희에게 전화를 걸어 잘 먹었다는 인사까지 전했다.

"오빠, 잘 먹었어. 이리 와서 좀 쉬어."

후식으로 즐길 페퍼민트 차를 우려 놓은 호수가 연석을 불렀다.

"역시 산삼이구나. 우리 호야, 그사이 얼굴이 환해졌네."

정말이었다. 기운 없이 그늘져 있던 얼굴에 산뜻하니 맑은 기운이 느껴졌다. 빙그레 웃은 호수는 차를 몇 모금 마시고 나서 결심한 듯 입을 열었다.

"엄마를 찾아보고 싶어. 나 좀 도와줘."

호수의 눈동자는 올곧았다. 더는 흔들림도 걱정도 느껴지지 않았다. 전보다 더 단단해진 호수만 남았다. 연석은 말없이 미소 지었다. 작은 손을 부드럽게 감싸 쥐며 고개를 끄덕였다.

* * *

블라인드 너머로 호수가 일하는 모습을 바라보는 연석의 마음이 착잡했다. 한바탕 앓고 난 호수는 이전보다 더 열심히 일상에 매달렸다. 더 많이 웃고 더 씩씩하게. 연석에게 보란 듯이 그리고 자신에게 다그치듯이.

어젯밤 흥신소를 통해 전달받은 메시지를 곱씹어 보던 연석은 짧은 한숨을 토해 냈다. 호수 생모의 주소와 간단한 근황이었다.

이미 결혼을 한 것은 당연했고 슬하에 자식도 여럿 두었다는 소식에 눈앞이 캄캄했다. 예상을 했으면서도 이 소식을 어떻게 호수에게 전해야 할지 아득했다. 이쯤만 해도 호수를 다시 만나는 것을 탐탁지 않아 할 것 같았다. 긴 시간 고민 끝에 연석은 아버지에게 연락을 취했다.

"아버지, 저예요."

-그래. 애기는 잘 있고.

당연한 듯 호수부터 묻는 소리에 연석은 소리 없이 웃었다. 규영은 '새아기'는 왠지 거리가 느껴진다면서 굳이 '애기'라고 불렀다. 요즘 부모님들은 호수의 근황이 제일 중요했다. 부족할 것 없이 키운 아들이야 알아서 할 것이지만, 뒤늦게 본 늦둥이 딸처럼 호수를 내심 애처로워했다.

"다름 아니라 잠시 뵙고 싶어요. 호수 일로요."

순간 연석의 마음이 먹먹해졌다. 기댈 곳 없이 살아왔을 호수가 마음에 부딪혔다. 다 자란 자신도 어려울 때는 부모님을 찾는데, 어린 날의 호수는 얼마나 힘들었을까. 강단 있고 총명하다 칭찬받았다던 어린 호수가, 그럴 수밖에 없었던 어린아이의 부단한 노력이 서글펐다.

연석에게 대충 사정을 전해 들은 규영도 섣불리 입을 열지 못했다. 다른 때도 아니고 결혼식을 앞둔 시기였다. 만약 호수가 충격받을 일이 생기면 어떡하나 그 생각부터 들었다.

"애기가 찾고 싶다고 했으니 마냥 모른 척할 수는 없고."

"그래서. 차라리 결혼식 후에 알릴까 싶기도 하고요."

"그것도 좋은 생각이다만. 이러나저러나 왠지 호수가 많이 힘들 것 같긴 하구나."

곪아 터지기 직전의 상처를 들여다보는 기분이었다. 도려내고 닦아 내야 하는 썩은 상처인데. 함부로 손댈 수 없는 어려움이었다.

"일단 네가 먼저 만나봐라. 나도 궁금하긴 하다만, 저쪽에서 부담스러워할 테니. 그 후에 다시 생각해 보자."

"네. 그러는 편이 좋겠어요."

* * *

주차장에 도착한 지 한참이 지났는데도 연석은 내리지 못했다. 오늘 있었던 만남의 여파가 뒤늦게 그를 짓누르기 시작했다.

'그 아이 이름이 호수가 되었군요.'

생모가 호수에 대해 남긴 짧은 감상평이었다. 여자는 그저 연석이 들려주는 이야기만 묵묵히 들었다. 어떻게 자랐는지 건강은 어떤지, 하다못해 어떻게 생겼는지 같은 안부도 묻지 않았다.

'아빠가 잘 키우고 있을 줄 알았어요. 정운 씨는 내가 유학 시절에 만난 사람이에요. 참, 많이 사랑했어요. 따뜻하고 좋은 사람이었거든요. 아이가 생긴 걸 알고 귀국하지 않으려고 했었어요. 그러다 임신 8개월을 넘겼을 때 부모님께 잡혀서 끌려 들어갔죠. 그렇게 헤어졌고 아이는 낳자마자…….'

그렇게 호수는 엄마 품에 한 번 안겨 보지도 못하고 보육원에 맡겨졌다. 유복한 집안에서 부족한 것 없이 자랐던 여자는 문득 현실을 깨달았다고 했다. 가난하게 살 자신이 없었고, 몸이 회복되자마자 집안에서 정해 준 남자와 서둘러 결혼을 하게 됐다. 훗날 모든 것을 포기하고 돌아온 정운이 은채의 부모를 설득해 호수가 있는 곳을 알아냈을 거라 했다. 이후의 일은 모른다고 했다. 관심을 끊은 것이다. 연석이 알아낸 바로는 그런 정운도 건강이 좋지 않았던 것이 가장 큰 비극이었다. 호수를 돌보는 큰집에 보낼 돈을 마련하기 위해 막노동을 하다 폐렴에 걸려 합병증으로 생을 달리한 것이 인연의 끝이었다.

낳아 준 것으로 역할을 다 했다는 듯, 완벽한 타인의 모습. 호수가 받아들일 수 있을까. 가까스로 버티고 있는데 이대로 무너지는 것은 아닐까. 작고 하얀 얼굴에 서늘한 눈동자, 야무지게 다문 선명한 입술, 단정한 자태. 유전자 검사 따위 필요하지 않을 만큼 호수와 꼭 닮은 은채의 첫인상에 반가움이 앞섰다. 하지만 호수와의 연결 고리는 그게 전부였다. 오히려 호수와 닿을까 봐 움츠리는 생모의 모습에 시간이 지날수록 화가 치밀었다. 연석은 가까스로 마음을 가라앉히고 결혼 전, 처음이자 마지막으로 얼굴만이라도 보여 달라고 사정을 했다. 구질구질하게 매달릴 만큼 딸이 어려운 상황도 아니니 안심하라고까지 부탁했다.

"하아…… 어떡하지, 우리 호야."

규영은 당분간 못 찾은 거로 하자고 했다. 조금 더 기다려 보고 연락이 없으면 잊자고 했다. 지금은 생모도 너무 놀라고 뜻밖이라 경황이 없을 수도 있다고 했다. 정말 그런 것일까. 연석으로서는 이해할 수 없는 반응이었다. 부모가 어떻게 자식이 찾는다는 데 그토록 무심할 수 있을까. 자신의 안위만 생각할 수 있을까.

Rrrrrr.

호수의 사진과 이름이 핸드폰 화면에 떠올랐다. 연석은 목청을 가다듬고 부러 급한 목소리를 꾸몄다.

"어! 호야."

—왜 안 들어와. 입차 했다고 신호 뜬 지가 언젠데. 무슨 일 생겼어?

"아…… 그게. 차, 차에서 이상한 소리가 나서. 엔진 좀 보느라고. 지금 들어갈게."

—빨리 와. 배고파.

전화를 끊고 난 연석은 룸미러에 얼굴을 비쳐 보았다. 표정을 가다듬고 손바닥으로 양 볼을 짝짝 두드렸다. 눈치 빠른 호수가 이상한 낌새를 채지 못하도록 밝은 기운을 끌어 올렸다.

"호야!"

현관에 들어서자마자 우렁찬 목소리로 호수를 불렀다. 주방에서 빼꼼히 고개를 내민 호수를 향해 두 팔을 벌리자 쪼르르 달려와 안겼다.

"갔던 일은 잘됐어?"

연석이 당일치기로 지방 사무소 출장을 다녀온 줄 아는 호수가 여상하게 물었다.

"그럼. 가서 준비 잘하고 있나 확인만 하는 건데 뭘. 종일 뭐 했어? 혼자 심심했지?"

"심심할 틈은 없었는데 계속 오빠가 보고 싶었어. 참, 사진작가 님이 파일 보내 주셨어. 결혼식장 입구에 놓을 사진 좀 골라 보래. 이따 같이 고르자. 전부 잘 나왔어."

"그래? 오늘 결정 장애 제대로겠네."

이제 일주일 남은 결혼식. 급히 서둘렀는데도 모든 준비가 빈틈 없이 유연하게 이루어졌다. 욕심 많고 철저한 호수는 신혼여행 을 반납했음에도 업무를 미리 당겨서 처리해 놓기까지 했다. 나 름대로 신혼의 여유라도 즐기겠다는 계산이었다. 모든 것이 완벽 한 중에 콕스가 주고 간 선물이 오히려 독이 된 상황이었다. 생 모 문제만 아니었다면 마음에 걸리는 점 하나 없이 진행될 결혼 이었다. 식사 중에도 호수는 하루 동안 있었던 일을 종알종알 떠 들었다. 연석은 생기발랄한 모습이 보기 좋아 무조건 맞장구를 쳐 주었다.

"뭐야. 내 말 제대로 듣기는 하는 거야? 아무 말에나 다 잘했대."

"듣고 있어. 네가 하는 건 다 잘하는 짓이야."

"쳇. 할 말 없으니까 괜히."

통박을 주면서도 호수의 얼굴에서 밝은 웃음이 떠나질 않았다. 연석은 이대로만 해도 좋겠다는 생각이 들었다. 굳이 생모를 보 여 주지 않아도 되지 않을까. 그 부족한 만큼 자신이 채워 줄 자 신이 있었다. 더 차고 넘치게 사랑해 줄 것이 분명했다. 연석의 결 심이 한쪽으로 기울어지고 있었다. 호수는 이대로도 행복할 것이 라고. 그렇게 결론지었다.

연석은 땀에 젖은 호수를 한 번 더 꼭 안아 준 후 이마에 입을 맞추었다. 더위가 한풀 꺾인 가을의 초입인데도 침실은 끈적끈적한 열기로 여전히 더웠다. 연석은 호수의 팔을 제 허리에 두르게 하고 서로 마주한 채 누웠다.

"뭐야. 결혼식 날까지 자중하겠다면서."

"자중한 거야. 아직도 몰라? 이 정도면 엄청 간단하게 끝났다는 거?"

"알아."

"와. 나, 진짜 일주일 후면 호야한테 장가드는 건가? 집념이었다. 수고했다, 진연석."

"집착해 줘서 고마워."

둘은 한참 낄낄대며 웃었다. 호수는 한없이 자신을 기다리고 설득한 연석의 집착적 순정이 참으로 고마웠다. 참을성 없고 겁 많은 이호수를 끝까지 놓지 않은 그에게 전부를 맡길 수 있어서 든든했다. 인생에 있어 더는 아무것도 필요치 않았고 누구도 중요하지 않았다.

"오빠."

"응."

연석의 턱이 호수의 정수리를 지분거렸다. 손가락이 하얀 어깨 위를 기분 좋게 돌아다니며 손 그림을 그리고 있었다. 연석은 뜨겁게 사랑을 나눈 후 갖는 이런 나른한 스킨십을 좋아했다.

"그냥 나한테 다 말해 줘. 내가 별로 보고 싶지 않은 거래?"

연석의 미간이 좁아진 채로 굳었다. 유유자적하던 손가락 놀이도 멈추었다.

"아직 못 찾았다니까."

"아니야. 그렇지 않아."

"왜. 왜 그렇게 생각해?"

젠장, 자신도 모르게 마른침이 꿀꺽 넘어갔다.

"일이 순조로웠다면 오빠는 분명 나한테 중간보고를 할 사람이야. 그런데 계속 얼버무리기만 해. 내 눈을 똑바로 보지도 못하잖아."

"하, 미치겠다. 내가 그렇게 허술한 사람이 아닌데."

왜. 네 앞에서만 이렇게 어리숙해지는 걸까.

"실은…… 그래 찾았어. 그런데."

"어떤 상황이라도 받아들일 수 있어. 병이 들었거나, 찢어지게 형편없이 산다거나, 너무 잘 먹고 잘살아서 딸을 낳았다는 사실마저 잊고 있거나. 기타 등등. 그러니까 그냥 말해 줘. 오빠가 할 일은 거기까지였잖아."

조목조목 따지는 호수에게 그냥 포기하자고 함부로 말할 수 없었다. 그런다고 들어줄 분위기도 아니었다.

"그래. 평범하게 잘 살고 계시더라. 아버님이 그렇게 빨리 돌아가신 줄은 몰랐대. 아버님이 워낙 너를 사랑해서 잘 크고 있을 거로 생각했대. 지금 따로 가정이 있다 보니까 섣불리……."

현실 그대로, 그렇지만 조금은 둥글게 편집을 했다.

"그래 알았어. 그래서 나를 안 보겠다는 거야?"

"아니. 조금만 시간을 달라더라."

"그래. 알았어. 연락 오면 숨기지 말고 바로 알려 줘."

호수의 목소리는 담담하고 결연했다.

* * *

"정말 너 혼자 들어갈 거야?"

"응. 오빠는 이미 봤잖아. 아마, 금방 끝날 거야."

호수는 저를 지켜보는 연석과 부모님들을 한 번 더 바라보았다. 자신이 안쓰러워 지켜 주러 온 사람들. 이쯤만 해도 벌써 힘이 솟았다. 그들을 안심시키기 위해 활짝 웃은 후 돌아섰다.

카페 문을 열고 들어가 실내를 둘러봤다. 대낮인데도 실내는 아늑함이 느껴질 정도로 어두웠다. 자신이 찾아야 할 사람, 단번에 알아볼 수 있었다. 잘 차려입은 중년 부인이 긴장한 얼굴로 앉아 있었다. 연석의 말대로 일생 고생 한번 안 하고 산 태가 났다. 점점 가까워지자 호수는 설핏 웃음이 나올 뻔했다. 자신의 표정도 저리 이상할까 궁금했다. 연석에 의하면 저와 똑 닮았다는데 내가 저렇게 생겼나 싶기도 했다.

'너는, 이렇게 생겼구나.'

은채의 생경한 표정에서 호수가 느낀 메시지는 그게 전부였다. 호수는 어떤 인사말을 건네야 할지 몰라 말없이 고개만 숙여 인사를 건넸다. 잠시 머뭇거린 후 호수가 먼저 입을 열었다.

"그냥 궁금했어요. 어떤 분일까. 제가 상상력이 부족해서……. 자라면서도 전혀 떠오르는 이미지도 없더라고요."

"결혼한다고요."

"네. 며칠 후에요. 좋은 사람을 만났어요."

"그런 것 같아요."

"시부모님도 좋으세요."

고개를 주억거리는 은채를 보면서 호수는 조용히 한숨을 내쉬었다. 서로 존대하는 사이. 이만큼의 거리. 어색함. 둘 다 눈물을 흘리지 않으니, 정말 그 어미에 그 딸인가. 그런 것에서라도 닮은 점을 찾은 것이 우습게 느껴졌다.

"혹시 저한테 하실 말씀 없나요?"

"나도 몰랐어. 잘 자라고 있는 줄 알아서."

변명을 듣고자 나온 자리가 아니었는데. 호수의 마음이 차게 식었다. 한동안 이어지던 침묵을 깨트린 건 호수였다.

"이만 일어나야겠네요. 저희 둘 다 좋은 시간이었던 거 같아요."

자조적으로 웃으며 옆에 두었던 가방을 끌어당겼다.

"저는 궁금증을 해소했고, 아주머니는 불안감을 덜었잖아요. 잘 지내세요."

호수는 당찬 얼굴로 일어나 의자를 정리했다. 다시 조용히 고개를 숙인 후 미련 없이 돌아섰다. 출입문을 나서기 전 호수는 긴 한숨을 내쉬었다. 표정을 정리하고 문을 열었다. 오후의 볕이 찌를 듯이 달려들었다. 시린 눈을 찡그리고 적응하는 사이 연석이 다가왔다. 그대로 호수를 끌어안고 등을 다독였다. 아무 말 없이, 따뜻하게, 잘했다, 사랑한다. 너무나도 잘 느껴지도록 꼭 안아 주었다.

"가자, 호야."

"응."

규영과 나희도 미소 지으며 호수를 반겼다. 규영은 말없이 호수의 머리를 쓰다듬었다. 우리 애기, 장하다. 목소리가 들리는 것 같았다. 나희가 호수의 손에서 가방을 받아 연석에게 넘겼다.

"호수야, 집에 가자. 엄마가 밥해 줄게."

"네."

이제 집에 가서 엄마가 해 주는 따뜻한 밥을 먹을 시간이었다.

* * *

아직 예식이 진행 전인 식장 안은 연주단이 악기를 튜닝 하는 소리와 중창단이 화음을 맞추는 소리가 조화로운 소음을 만들어 내고 있었다. 식장 입구는 안부를 주고받는 하객들로 분주했다. 추리고 추려서 초대했는데도 금요일 밤의 예식은 인파로 북적거렸다.

한복을 차려입은 부모님 곁에 선 연석은 물밀 듯 몰려드는 사람들과 악수를 하고 인사를 나누느라 벌써 이마에 땀이 배어나고 있었다. 개혼(開婚)이다 보니 규영과 나희도 기쁜 중에도 긴장한 모습이 역력했다. 두 아들이 짝을 못 찾아 어쩌냐고 지겹도록 듣던 걱정에서 한 발을 빼는 날이라 기분이 날아갈 것 같았다. 명주

(明紬)로 지은 한복을 우아하게 차려입은 나희의 시선은 연신 인파 너머 공간을 더듬느라 바빴다. 방명록 데스크를 맡아야 할 정석이 아직 도착하지 않고 있었다.

"여보, 정석이한테 전화 좀 해 봐요. 이 녀석 오다가 무슨 일이라도 생긴 거 아니에요?"

"금요일 저녁이니 차가 막히지. 여기 있어 봐요. 내가 알아볼…… 아! 저기 오네!"

어른들 걱정은 안중에도 없이 저 멀리서 훤칠한 미모를 빛내며 걸어오는 정석이 보였다. 자신이 주인공인 시상식장이라고 착각했는지 사람들에게 손을 흔들며 일일이 아는 척을 하느라 지척에서 멈춘 상태였다.

"가지가지 한다, 진정석."

나희는 손에 끼고 있던 하얀색 레이스 장갑을 벗어들고 큰 걸음으로 정석에게 향했다. 풍성한 치맛자락을 나부끼며 다가오는 나희를 발견한 정석은 두 팔을 벌리고 극찬을 쏟아 낼 준비를 했다.

"와우! 우리 엄마마마 오늘따라 아주 우아아아!"

큰아들의 효심 깊은 찬사는 비명과 함께 아스라이 묻혔다. 나희에게 귀를 비틀린 정석은 빨갛게 부은 귀를 매만지며 억울한 표정을 지었다.

"너 지금 몇 시냐. 오늘 스케줄도 없는 녀석이 왜 이렇게 늦었어?"

"어머니, 제가 늦게 온 게 아니고요. 호텔 로비에서 웬 여자가 잠깐 자기 애인 노릇 좀 해 달라고 해서."

"너한테?"

"네!"

"네 얼굴을 보고도 그런 소리를 했다고?"

정석은 하소연을 멈추고 잘생긴 얼굴을 정색했다. 조각 같은 이목구비에 연석과 다른 부드러운 미소가 매력적인 얼굴이 제 기능을 하고 있었다.

"저 못생기지 않았거든요! 대한민국에서 저한테 못생겼다고 핀잔하는 사람은 엄마밖에 없어요."

그러나 친정 일가친척이 정석과 비슷한 얼굴인 나희 눈에는 그렇고 그런, 흔한 얼굴일 뿐이었다.

"못생긴 건 새삼스럽지 않으니 됐고. 배우 진정석을 뻔히 알 텐데 애인 역할을 해 달라고 했다고? 이 녀석이 어디서 사기야!"

나희에게 한 소리 듣고 난 정석은 원래의 역할대로 방명록 데스크에 자리를 잡았다. 멀찍이 떨어진 곳에 선 연석의 얼굴은 웃음꽃이 만개한 상태였다. 좋아서 벌어진 저 입도 며칠째 닫힌 것을 본 적이 없었다. 오늘따라 동생 연석의 얼굴이 자신보다 훨씬 번듯해 보였다.

"짜식, 듬직하네."

사람들은 정석을 보고 장남답다고 했다. 우연히 연예계에 발을 들이기 전까지 정석은 부모님의 기대에 어긋나게 행동한 적이 없었다. 아버지를 따라 봉사 활동도 열심히 하고 전형적인 모범생으로 살았다. 연석이 방황하는 동안에도 바깥 생활을 정리하고 부모님 곁을 지켜 효자 소리도 들었다. 하지만 정석이 좋아하는 배우 생활을 계속할 수 있는 것은 결국 연석의 덕이었다. 저와 달리 이재(理財)에 밝고 일 벌이는 것을 좋아했다. 일단 아버지 사업을 이어받을 것도 연석이었고 당장만 봐도 결혼을 먼저 해 주니 진정한 효자인 셈이었다. 동생이 먼저 결혼해서 배 아프지 않냐는 우스갯소리도 많이 듣지만, 아직은 자유로운 영혼으로 사는 것도 그럭저럭 괜찮았다.

"그나저나 엄마 등쌀에 우리 애기 제수씨 예쁜 모습을 못 보고 왔네."

정석은 넓은 호텔 로비 저 끝에 있다는 신부대기실 쪽을 바라보며 빙긋이 미소 지었다.

* * *

호텔 입구에 고급 세단 한 대가 정차했다. 도어맨이 문을 열기도 전에 서둘러 내린 중년 부인은 잔뜩 화가 난 얼굴이었다.

"여주연! 빨리 안 내리니?"

"내가 여기를 뭐하러 오냐고."

"못 올 건 또 뭐니?"

"엄마…… 못 오는 게 아니고, 오기 싫었다고!"

눈물이 글썽한 채 인경을 바라보는 주연의 얼굴에 야속한 감정이 여실했다. 다른 누구도 아니고 진연석의 결혼식에 끌려온 것이 서글펐다. 그 옆자리에 자신이 서지 못하는 것도 서러운데 드레스를 입은 이호수를 봐야 한다는 것이 더 치욕이었다.

"이럴 때일수록 어깨 펴고 당당하게 굴어. 오랫동안 알고 지낸 사이인데 쿨하게 인사해. 어서 내려! 아빠는 벌써 도착했다잖니."

억지로 끌려서 내린 주연은 제 옷매무시를 다듬어 주는 인경을 힘껏 노려보았다. 그깟 체면과 자존심이 뭐라고. 딸의 마음은 헤아려 주지 않고 멋대로 휘두르는 부모님이 미웠다.

"하…… 엄마, 나 그냥 라운지에 있을게. 엄마, 아빠만 가서 인사하고 오면 안 돼?"

"시끄러워. 최 서방도 온다는데 너 이렇게 이상하게 굴면 어쩌자는 거야. 안 그래도 네가 연석이 좋아했다는 소문이 자자한데. 오늘 여봐란듯이 아무렇지 않게 굴어야 할 것 아니야."

"그러니까 더 싫다고. 연석 오빠 앞에서 그 사람이랑 있는 모습 보이기 싫어서 그래."

인경은 철없이 발까지 구르며 싫다 하는 주연의 등을 소리 나게 후려쳤다.

"어머, 애 좀 봐. 최 서방이 뭐가 어때서? 재력으로 따지면 최 서방네도 만만치 않아. 숨은 알부자야. 대기업 부럽지 않다고, 시집 잘 간다고 인사가 요란한데."

"늙었잖아. 늙은이잖아!"

"그러게 누가 그따위로 행동하고 다니래? 네 혼삿길 막은 게 나니? 네 아빠야?"

인경의 목소리 끝이 물기에 젖어 떨려 나왔다. 주연은 할 말이 없어 고개를 푹 숙이고 말았다. 수많은 염문설이야 소문이라고 우긴다 쳐도 갑질 동영상 사건까지 터지면서 그나마 들어오던 혼담이 모두 끊겼다. 그깟 결혼 안 하고 살아도 그만이라고 생각했지만, 부친의 사업 부진으로 꿈은 모두 깨어졌다.

"나도 속상해. 평생 이런 부끄러움은 처음이다. 너도 책임을 져. 남부럽지 않게 널 키워 준 우리 생각도 좀 하란 말이야."

구석에 움츠리고 선 주연은 여전히 고개를 들지 못했다. 신상 마놀로 블라닉 구두 코 위에 굵은 눈물이 뚝 떨어졌다. 눈 화장이 번지는 것이 신경 쓰였지만, 도무지 눈물이 멈춰지지 않았다.

* * *

경영학과 동문회라도 열린 분위기였다. 워낙 인원이 많은 학과라 제대로 친분도 쌓지 못하고 졸업한 경우가 많았다. 호수는 오늘 본 사람들의 절반은커녕 반의반도 알아보지 못했다. 거의 활동적이고 발이 넓었던 연석의 인맥이었고 화제의 CC가 결혼한다는 소식에 곁다리로 구경 온 동문들도 있었다. 흥분과 긴장 때문에 종일 식사도 제대로 하지 못한 것이 후회스러웠다. 대기실에 있는 것만으로도 등이 휘는 것 같았다. 예식 시간이 다가오자 대기실을 가득 채웠던 사람들도 하나둘 빠져나가기 시작했다. 이제야 가장 중요한 친구와 시간을 보낼 수 있게 되었다.

"성실아, 너 정말 괜찮은 거지?"

호수는 말 그대로 남산만큼 부푼 성실의 커다란 배가 걱정스러웠다. 지난주에 봤을 때만 해도 저렇지 않았는데 출산을 앞두고 하루가 다르다더니 당장 땅으로 뚝 떨어질 것 같았다. 해성에게 반쯤 몸을 기대고 앉은 성실은 손가락으로 OK 사인을 그려 보였다.

"아들이라서 이렇게 배가 크다더라. 아무리 그래도 이건 좀 아닌 것 같긴 해."

정작 임산부는 태연한데 출산 예정일이 겨우 열흘 남은 터라 보는 사람들이 더 아슬아슬했다.

"근데 너네는 언제 아기 가질 거야?"

"글쎄. 그러고 보니 그런 건 얘기해 본 적도 없네."

해성이 피식 코웃음을 쳤다.

"그렇겠지. 저 자식 머리는 온통 호야, 호야인데 아기 생각이 들어갈 자리가 있겠어? 번식의 본능도 진연석을 못 이겼어. 신(神)도 놀랄 일이지."

손뼉을 치며 웃던 성실이 제 생각을 말했다.

"하긴 서두를 거 없지 뭐. 요즘 다들 늦게 결혼하고 늦게 낳잖아. 한번 간 신혼은 오지 않는다. 최소 1년이라도 신혼을 즐겨."

해성은 고개를 저으며 반대 의견을 내놓았다.

"여보자기야, 애들이 애 낳았다고 신혼 못 즐길 것 같아? 연석이는 남다르니까 그런 틀에 박힌 조언은 필요 없을 것 같다."

해성의 말을 들은 성실도 긍정하며 고개를 끄덕였다. 밖에 선 새신랑의 특별함은 자신도 진작에 인정한 바였다. 생각하면 배가 좀 아프지만, 이호수는 평생 신혼으로 살 것 같기도 했다.

"근데 이왕 결혼했으니 나는 빨리 낳았으면 싶기도 해."

연석과 달리 호수는 성실을 볼 때마다 생각이 복잡했었다. 굳이 입 밖에 꺼내지 않아서 그렇지 호수는 가끔 아이 생각을 했었다. 한편으로 두렵기도 했다. 하루빨리 단란한 가정을 이루고 싶다가도 좋은 엄마가 될 준비가 안 된 자신이 못 미더웠다. 또, 일에서도 하고 싶은 것들이 너무 많았다. 욕심 없이 주어진 대로 열심히 살기만 했다고 생각했는데, 돌아보니 누구보다 욕심이 많았다.

상처받는 것이 싫어서 말도 없이 사라져 연석에게 더 큰 상처를 주었다. 재회 후에도 자신을 붙드는 연석을 매몰차게 내치지도 못하면서 제 상처만 부둥켜안느라 급급했었다. 조금 더 용기를 내고 자신을 내려놓았다면 행복이 더 빨리 왔을 텐데. 요즘 가장 많이 하는 생각이자 후회였다.

"신부님, 예식 시작입니다."

호텔 직원들이 호수를 맞이하러 들어왔다. 해성과 성실이 파이팅을 외치며 먼저 식장으로 들어갔다. 수백 개의 비즈와 크리스털로 장식된 웨딩 베일과 드레스 자락이 화려하게 펼쳐졌다. 직원들의 찬사를 들으며 대기실을 나서자 규영이 인자하게 웃으며 기다리고 있었다.

"우리 애기, 오늘 정말 예쁘구나. 연석이 녀석 기절하겠어."

"그러면 큰일 나잖아요."

"우황청심환 먹였다. 걱정 마라."

긴장을 풀어 주기 위해 이런저런 농담을 하는 규영의 손을 잡고 식장 입구에 섰다. 굳게 닫힌 커다란 문 앞에 서자 다리가 후들거렸다. 높은 굽 때문에 넘어지지 않을까, 드레스 자락을 밟지 않을까. 뒤늦은 걱정이 들기 시작했다.

"아버지, 저 너무 떨려요."

"쓰러져도 연석이 앞에 가서 쓰러져라. 나보다 그놈이 기운이 세니까 너 들고도 잘 뛸 거다."

마주 보고 웃는 사이 문이 열렸다. 쏟아지는 아름다운 선율과 함께 꽃향기가 물씬 풍겼다. 나희가 몇 배의 공을 들여 꾸몄다는 식장은 꽃으로 지은 거대한 식물원 같았다. 검은색 대리석 천장에 총총히 박힌 조명은 쏟아지는 별빛 같았다. 은은한 조명 속에서도 웨딩 로드가 휘황찬란하게 밝았다. 길 양쪽의 화려한 생화 장식과 더불어 그야말로 꽃길이었다.

규영이 하나, 둘, 셋 하는 소리를 들으며 식장 안으로 발을 들였다. 꽃길의 저 끝에 연석이 있었다. 멋진 턱시도를 차려입은 채 조급한 표정을 숨기지도 못하고 싱글벙글 웃으며 신부가 가까워지길 바라는 새신랑이 있었다. 더는 떨리지 않았다. 그에게 어서 닿고 싶은 마음뿐이었다.

* * *

예상대로 10월 메이저 경매의 열기는 대단했다. 아시아 최초로 콕스 컬렉션을 유치한 한국 옥션은 그 인기의 여세를 경매 시장에까지 몰고 왔다. 국내 예술품 애호가들은 열광했다. 한정적인 국내 미술 시장의 비약적 발걸음이라는 언론의 찬사도 이어졌다.

두 작품만 남겨 놓은 현재, 낙찰률이 90%를 넘어섰다. 엄청난 성공이었고, 거래 금액만 해도 벌써 여러 차례 국내 기록을 갈아

치웠다. 단상 위의 경매사도 뜨거운 열기에 잠식되지 않기 위해 바짝 긴장한 모습이었다. 기껏해야 2~3분이었지만, 들뜬 응찰자들의 감정을 적절히 건드려 가며 경쟁을 유도해야 하기에 매 순간 진액을 쏟아 내야 했다.

콕스의 수장고에 잠들어 있던 피카소의 그림이 새 주인을 찾아가기 직전의 순간이 왔다. 엎치락뒤치락 치열하게 치솟던 응찰가가 점점 정리되는 분위기였다. 술렁거리던 장내가 고요해졌다. 물을 끼얹은 듯 숨죽인 몇 초. 경매사의 차분한 시선이 장내를 한번 훑었다. 더 이상의 높은 응찰가가 나오지 않을 것을 알면서도 숨통을 조이기 위한 장치였다. 씨익. 입꼬리가 올라가더니 경매사가 호쾌한 목소리로 최종 낙찰가를 외쳤다.

"695억 원! 패들 넘버 152번. 축하드립니다!"

경매사가 손에 쥔 마호가니 나무망치를 내리치는 동시에 경의를 표하는 박수 소리가 장내를 가득 메웠다. 단상 뒤 환율표에 달러로 환산된 낙찰가가 떴다. 6천 2백만 달러. 국내 경매에서 볼 수 없었던 엄청난 경매가였다. 경매장 맨 뒤, 구석에 선 호수가 부풀었던 가슴을 쓸어내리며 가느다란 한숨을 내쉬었다. 볼은 발갛게 달구어졌고 눈동자는 열기로 반짝거렸다.

"수고했어, 이호수 사원."

"실장님 없었으면 절대 못 했을 일이에요."

대한민국 경매 시장의 새로운 스토리를 쓴 호수를 보는 연석의 눈은 대견함으로 가득했다. 작은 어깨를 한번 바짝 끌어안은 후, 결혼반지가 끼워진 손을 잡아 입을 맞추었다.

"쫌! 조심 좀 해요. 아무 데서나 뽀뽀하는 그 버릇을 왜 이렇게 못 고치지?"

"이걸 왜 고쳐?"

호수는 뭐가 문제인지 모르겠다며 구시렁대는 연석을 보며 고개를 저었다. 그저 시간이 지나 이 남자 스스로 철들기를 바라는 수밖에. 스스럼없이 티 내는 연석 때문에 사무실 분위기가 지나치게 분홍색이라고 해성이 통박을 줘도 끄떡도 하지 않았다. 마지막 경매품인 조선 초기 청화백자가 올라오는 모습을 보며 둘은 경매장을 빠져나왔다.

"왜 하필 마지막을 백자로 정했어? 하이라이트는 피카소잖아."

눈썹을 찡긋 세운 연석이 의도를 설명했다.

"최고조로 흥분한 관객을 위한 최고급 디저트라고 할까. 저 은은한 멋을 많은 사람이 알기 바랐어. 아마도 에릭 씨가 최고가로 가져갈 거야. 도록이 나오자마자 제일 먼저 스페셜리스트한테 연락한 고객이었잖아. 절대 뺏기지 않을 거라고 했으니까 차지하겠지."

"그나저나 실장님, 오늘 최고 기록 경신인데 회식 쏩니까?"

"물론. 이미 김찬영 씨가 꽃등심 집으로 섭외했지."

회식 장소 섭외 담당이 찬영이란 소리에 호수의 표정이 떨떠름해졌다.

"찬영 씨 시키면 꼭 2차로 노래방까지 예약해 놓더라. 그 사람은 너무 시끄럽게 놀아."

"노래방 좋잖아! 오늘 오래간만에 찰랑찰랑 듣는 건가?"

그놈의 찰랑찰랑. 매번 기억도 희미한 결정적 순간을 함께했던 노래. 호수는 저를 놀리며 앞서 걷는 연석의 뒷모습에 대고 작은 주먹을 휘둘렀다.

* * *

나희는 집사 일을 보는 조 과장을 불러 오늘 해야 할 일을 지시했다.

"둘째네 방 침구는 봄 느낌 나게 산뜻한 거로 바꿔 줘요. 테라피스트는 시간 맞춰 오라고 했지?"

"네, 사모님."

"오늘 일하러 오신 분들 식사하고 간식 잘 챙겨 드리고. 청소 좀 꼼꼼하게 해 달라고 해요."

앞치마 매듭을 묶으며 주방으로 들어간 나희는 콧노래를 부르며 식탁 위에 늘어놓은 음식들을 점검했다. 회사 일로 바쁜 신혼부부가 끼니를 잘 챙겨 먹을 수 있게 모든 메뉴를 2인분씩 나눠 담았고 국과 찌개도 데워서 바로 먹을 수 있도록 진공포장을 했다. 로마 출장을 떠났던 호수가 보름 만에 돌아오는 날이었다. 연석은 새벽부터 서두르더니 결국 견디지 못하고 공항으로 마중을 나갔다. 그걸 못 참냐고 핀잔을 줬지만, 나희의 마음도 들떠 있기는 마찬가지였다.

"아산댁, 이것들 전부 냉장고에 넣어 놨다가 나중에 애들 갈 때 아이스박스로 옮겨요."

"네, 사모님. 그리고 갈비찜 간 좀 봐주세요."

"아! 갈비. 우리 애기가 먹고 싶다고 난리가 났는데 잘됐나 모르겠네."

고기 한 점을 맛본 나희가 만족스럽게 고개를 끄덕였다.

"이제 불 꺼요. 더 졸이면 이따가 짜니까. 밤 좀 넉넉히 넣었죠? 우리 애기가 밤을 좋아하잖아."

나희가 기분 좋은 웃음소리를 남기고 나간 후, 오늘 임시로 파견된 도우미가 식탁 위의 음식들을 정리하기 시작했다.

"어휴, 역시 부잣집이라 먹는 것도 남다르네요."

"아니에요. 원래 간단하게 먹는 집인데 오늘 출장 갔던 며느님이 온다고 많이 준비한 거예요."

"며느리요? 애기, 애기 부르는 게 딸이 아니고 며느리예요?"

"네. 이 집은 며느리가 딸이에요."

"집안이 좋은가 보죠? 다들 끼리끼리 한다지만 그렇게 이뻐할 때는 다 이유가 있잖아요."

오랫동안 이 집안의 부엌살림을 맡아 왔던 아산댁이 정색하고는 입을 다물었다. 뜨내기 일꾼에게 이것저것 길게 말했다가는 구설이 생길 수 있어 더는 말을 보태지 않았다.

"그것들 전부 주방 뒤편 창고에 있는 냉장고에 넣어 두고 오세요."

"전생에 무슨 복을 쌓았길래. 이런 집 며느리로 들어오나. 나는 이제 글렀고 우리 애들이라도 이런 집에서 싸안고 갔으면 좋겠네."

중얼거리며 신세 한탄하는 인정의 뒤에서 조 과장의 목소리가 들렸다.

"그거 다 하시면 2층 끝방으로 가 보세요."

"예에."

청소도구를 챙긴 인정은 신혼 느낌이 물씬 나는 방으로 들어갔다. 가끔 와서 자고 간다는 둘째네 부부가 쓰는 방이라고 했다.

"세상에. 이게 방이야?"

넓은 방에는 도우미 두 명이 먼저 와서 침구와 커튼을 새로 갈고 있었다. 인정은 주춤거리며 뭘 해야 하나 실내를 둘러봤다. 벽지에서부터 소품 하나까지 호사스러웠다. 매일 동네 아파트 도우미만 하다가 처음으로 지인 소개로 온 저택은 일당이 센 것에 비해서 일은 많지 않았다. 대신 조심해야 할 것들이 많았다.

마른걸레와 가구 광택제를 손에 든 인정은 유럽 왕비들이나 쓸 것 같은 으리으리한 화장대를 조심스럽게 닦았다. 슬쩍슬쩍 주변을 둘러보던 인정의 눈에 꽤 낯익은 그림 한 점이 보였다.

'호수 기집애, 악착같이 못 주겠다고 대들더니 지도 결국 팔아먹었구나.'

조카 호수가 빼돌린 시동생의 마지막 그림이 보기 좋게 걸려 있었다. 생각할수록 배가 아프다 못해 몸살이 날 지경이었다. 저 나비 그림이라도 건졌으면 지금처럼 남의 집에서 물일 할 필요는 없었을 텐데. 정운의 그림값이 이렇게 천정부지로 솟을 줄 꿈에도 몰랐다. 처음에는 몇백만 원에 팔리더니 금세 수천만 원이 되었다. 그때 정신 차리고 좀 더 알아봤어야 했다. 남편 장사 밑천과

생활비가 급해서 주는 대로 받고 팔아넘긴 그림들이 지금도 눈앞에 아른거렸다. TV에서 그림에 관한 뉴스만 나오면 남편은 리모컨을 집어 던졌다. 멀거니 서서 그림을 보고 있는데 다른 도우미가 다가와 닦달했다.

"빨리 좀 하세요. 이 방 주인들 도착했다잖아요."

"네! 네!"

느릿했던 손길에 속도가 붙었다. 특별히 때가 있는 것도 아니어서 쓱쓱 먼지만 닦는 시늉을 하며 침실로 들어갔다.

"에구머니나!"

인정은 벽 한가운데 걸린 커다란 결혼사진을 보고 그만 바닥에 주저앉았다. 죽은 시동생의 그림을 본 탓에 헛것이 보이는가 했다. 수줍으면서도 행복하게 웃고 있는 신부는 분명 조카딸이 맞았다. 평소의 무표정하고 차가웠던 얼굴은 어디 가고 화사하고 사랑스러운 신부의 모습이었다. 혹시 다른 사람이 아닌가, 두 번 세 번 다시 확인했다.

"세상에, 호수가 맞잖아."

그러고 보니 옆에 선 신랑의 얼굴도 익숙했다. 오래전 경찰서에서 실랑이를 벌일 때 변호사까지 대동하고 나타났던 그 남자 친구가 분명했다. 똑똑한 줄은 알았지만, 대단한 집안의 아들을 꼬여 내는 재주도 있었다니. 외국에 나간 지 오래라고 들었는데 그 사이 이렇게 성공했다는 것이 믿어지지 않았다.

"청소, 아직입니까?"

낮으면서도 정중한 목소리가 인정의 의식을 깨웠다. 부랴부랴

바닥에서 일어나 뒤를 돌자 액자 속 새신랑이 커다란 트렁크를 든 채 서 있었다. 갑자기 조카사위를 맞닥뜨리자 머릿속이 텅 비워졌다.

"아니요. 다, 다 됐어요."

"호야! 다 됐대. 들어와."

호야. 그래. 그때도 호야라고 불러서 계속 귀에 거슬렸던 기억이 났다. 이대로 마주치는 것이 나을지 어떨지 미처 판단을 내리기도 전에 다시 연석의 목소리가 덜미를 잡았다.

"잠깐만요. 저 혹시……."

인정은 푹 숙인 고개를 어쩌지 못하고 안절부절못했다. 마침 이 댁 사모님의 목소리까지 들려왔다.

"너 얼굴 상한 거 보면 아버지가 성내신다. 얼른 샤워하고 마사지 받자. 시간 맞춰서 테라피스트 불렀어."

"어머니, 저 배고픈데. 밥부터 먹으면 안 돼요?"

생전 처음 듣는 명랑한 어조였지만, 호수의 목소리가 분명했다. 인정은 두 눈을 질끈 감았다. 피할 수 없으니 부딪히기로 마음먹었다. 그래도 키워 준 공이 있고 독한 아이는 아니니 반가워하지 않을까 싶었다.

"호수야."

인정이 어색하게 웃으며 호수에게 알은 척을 했다. 방 안의 공기가 묘하게 굳어졌다. 제 이름을 부른 사람을 단번에 알아본 호수는 벌어진 입을 다물지 못했다.

"누구신데. 우리 애기 이름을 부르세요?"

분위기가 심상치 않자 나희는 호수의 팔을 감싸 안았다. 어쩐지 꺼림칙한 것이 좋은 인연이 아닌 듯했다.

"큰어머니 맞으시죠? 저 기억하세요?"

이제야 연석도 확신했다. 얼핏 스친 얼굴을 본 순간 혹시나 했는데. 뭐 이런 우연이.

"큰어머니라니? 이게 무슨 소리니?"

나희의 목소리가 싸늘하게 식은 얼굴만큼 차가웠다. 워낙 잠깐 스친 탓에 얼굴은 기억 못 했지만, 그때의 황망함이 그대로 떠올랐다. 그렇게 호수를 구박했다고 하더니! 왜 하필 이 집에 일하러 왔는지, 불쾌감이 치솟았다.

"안녕하셨어요? 여기서 뭐 하세요? 어머니, 제 큰어머니세요."

호수도 정신을 차렸다. 평생 볼 일 없을 줄 알았던 사람을 너무 뜻밖의 장소에서 만나는 바람에 잠시 당황했을 뿐이었다. 빚진 것도 없고 거리낄 것도 없었다.

"사돈, 안녕하세요. 제가 여기 둘째 며느리. 그러니까 호수의 큰엄마 되는 사람입니다."

인정의 인사를 다 듣지도 않고 나희는 복도로 나갔다.

"조 과장! 조 과장, 어딨어요?"

쩌렁쩌렁 목소리를 울리며 나희가 몇 번이나 조 과장을 찾았다. 사람들에게 기별을 듣고 뛰어 올라온 조 과장에게 나희는 얼음송곳처럼 냉담한 목소리로 지시했다.

"저 사람, 일당 줘서 당장 내보내요."

그리고 다시 호수를 찾았다.

"호수야, 너, 미련 있니?"

"아, 아니요."

다시 연석을 향한 나희는 단단하게 못을 박았다.

"연석이는 앞으로 예의 주시해라. 거머리는 양심이 없더라."

나희는 파랗게 질려 떠는 인정의 곁을 매몰차게 지나쳤다. 인정은 수치심에 붉어진 얼굴로 호수를 쳐다봤다. 저를 보는 호수의 무심한 태도에 서운함을 드러냈다.

"너는 내가 이렇게 당하는데 아무렇지도 않니?"

"큰엄마는요. 제가 그 추운 겨울에 기숙사비가 없으니 한 달만 봐 달라고 했을 때, 불쌍하지도 않으셨어요?"

그것 말고도 묻고 싶은 것들이 너무 많았다. 하지만 호수는 입을 열 수 없었다. 잊고자 묻어 두었던 서러운 기억들이 몰려와 목구멍을 가득 메웠다.

"오빠, 나 쉬고 싶어."

간신히 그 말만 내뱉고 침대로 향했다. 그악스럽게 호수를 부르는 외침은 방문이 닫히는 동시에 뚝 끊어졌다. 혼자 남은 호수는 침대에 걸터앉아 두 눈을 꼭 감았다.

* * *

젖은 머리 위에 수건을 뒤집어쓴 연석은 어젯밤 확인하지 못한 우편물들을 뒤적거리며 침실로 들어왔다. 오랜만의 한가한 주말을 누리느라 호수는 아직도 이불과 한 몸이 된 채였다. 연석이 매트리스 위에 무릎걸음으로 올라가 잠든 호수의 볼과 입술에 키스했다. 키스 때문인지 환한 빛 때문인지 잠이 깬 호수의 미간이 구겨졌다. 부스스 눈을 비비며 이불에 얼굴을 파묻었다.

"더 잘 거야?"

"아니. 배고파서 일어날 거야."

연석이 이불을 젖히고 호수의 두 팔을 잡아당기자 기운 없는 헝겊 인형처럼 풀썩 들어 올려졌다.

"벌써 운동까지 했구나? 부지런하다."

호수는 우편물을 뜯어보는 연석의 등에 볼을 찌그러트린 채 기대어 웅얼거렸다. 연석이 웃는 박자에 맞춰 호수의 몸도 들썩거렸다.

"정 교수님께서 정년퇴임식을 하신다네. 우리도 가 봐야지."

"정말? 당연히 찾아봬야지."

"정신이 안 나? 커피 내려 줘?"

"응."

자리에서 일어나는 연석의 목을 호수가 끌어안자 그대로 등에 업힌 꼴이 되었다. 떨어지기 싫어서 두 다리를 연석의 탄탄한 허리에 감고 코알라가 되어 붙어 다녔다. 그 상태 그대로 주방에서 거실까지 돌아다녔다.

"커피 안 마셔? 안 내려올 거야?"

"응. 이러고 있는 게 더 좋아."

피식 웃은 연석은 머그잔을 내려놓고 호수를 제대로 업었다. 베란다 문을 열자 봄기운 완연한 신선한 공기가 들이쳤다.

"호야, 저 아래 좀 봐."

"왜? 뭐 있어?"

"널 다시 찾기 전에, 여기 서서 내려다보는 게 내 중요한 일과였어."

매일 보는 풍경이지만, 호수는 새삼스럽게 다시 눈에 담았다.

"저어기 보면. 네가 아르바이트하던 돈가스집 있던 길도 보이고, 같이 그네 타던 놀이터도 보이고."

호수가 말을 이어받았다.

"교회도 보이고. 카페도 보이지."

"그리고 드디어 내 곁에 네가 있고."

호수는 연석이 조곤조곤 읊조리는 목소리를 들으며 그의 등에 볼을 기대었다. 따뜻한 등에서 그의 목소리가 듬직하게 울렸다. 조용하고 아무렇지 않은 지금이 좋았다. 걱정 없이 사랑할 수 있는 이 순간이 행복했다.

"호야, 사랑해."

호수는 대답 대신 연석의 등에 더 가까이 몸을 붙였다. 그를 꼭 끌어안고 내심 속삭였다. 물결조차 일지 않던 메마른 호수에 뛰어들어 나를 휘저어 놓은 얄궂은 선배님, 당신을 사랑합니다.

246

Epilogue

그때

눈앞에 앉은 호수를 보는 정일찬 교수의 마음은 천근만큼 무거웠다. 무척 아끼는 제자였다. 진연석도 이호수도, 누가 더 낫다 말할 수 없을 만큼 예쁜 녀석들이 사랑도 예쁘게 하는 것이 보기 좋았다.

둘이 함께 유학을 간다는 소식을 들었는데 이게 도대체 무슨 일인지. 뜨거운 차를 담은 찻잔이 차게 식을 동안 호수는 울먹이느라 제대로 말도 하지 못했다. 정 교수는 긴 기다림 끝에 먼저 말문을 열었다.

"그럼 그동안 연석이 부모님도 모르게 일을 진행했단 말이야?"

"네."

정 교수는 티 나지 않게 조용히 한숨을 쉬었다. 어린 연인의 열정을 이해 못 하는 바 아니었다. 그래도 어른의 눈으로 보자니 부모의 마음도 이해가 갔다. 나이가 들고 연륜이 쌓여도 인생은 어렵다는 것을 또 한번 절감했다. 나이 지긋한 정 교수도 마음이 오락가락했다. 연석의 부모도 이해가 가고 자식 같은 제자들도 이해가 갔다. 그래도 지금 당장 제일 안쓰러운 것은 호수였다. 이렇게 살게 된 것이 호수의 탓도 아닌데. 결국, 책임과 비난을 떠안아야 한다니 가혹했다.

"그래서. 앞으로 어쩌고 싶은데."

"모르겠어요. 아무것도 모르겠어요."

대기업 공채 시즌은 진작에 모두 끝이 났다. 유학 준비가 아니었으면 호수는 이미 괜찮은 기업에 들어가 신입 사원 연수를 받고 있을지도 모를 재원이었다. 사정이 어려운 걸 뻔히 아는데 다음 공채 기간까지 마냥 취업 준비만 하고 있으라고 조언할 수도 없었다. 무엇보다 연석이 찾지 못할 곳으로 가고 싶다는 소리에 정 교수는 난감했다. 당장 연석에게 연락을 취해 네가 애지중지하는 여자 친구를 찾아가라고 호통치고 싶었다.

"호수야, 그럼 이렇게 하는 건 어떻겠냐."

코가 새빨간 호수가 젖은 눈을 들어 정 교수를 응시했다.

"영국의 내 친구가 하는 작은 무역상이 있다. 당장 급여는 많지 않을 거야."

호수는 무조건 고개를 끄덕였다. 지금 자신이 붙잡을 수 있는 유일한 지푸라기이자 동아줄이었다. 정 교수님이 제안한 조건은 나쁘지 않았다. 심지어 연석과 물리적으로 멀리 떨어질 수 있어 더 마음에 들었다. 같은 하늘 아래 있다는 것만으로도 견디기 힘들었다. 지금도 당장 학교 근처 그의 오피스텔로 달려가고 싶었다. 문을 열면 그가 '호야!' 외치며 안아 줄 것 같았다. 그래서 앞뒤 잴 것도 없이 교수님의 제안을 덜컥 받아들였다.

"혹시 연석 선배가 저를 찾더라도 정말 알려 주시면 안 돼요."

정 교수는 입술을 질끈 물고 신신당부하는 호수의 부탁을 저버릴 수 없었다. 비록 눈물에 젖었지만, 결연한 눈동자가 뿜는 에너지를 보니 혼자서도 잘 이겨 낼 것 같았다.

* * *

호수가 사라진 것 같다는 해성의 말을 듣고도 나는 믿을 수 없었다. 호야가 그렇게 쉽게 나를 포기할 리 없다는 철석같은 믿음이 있었다. 내가 더 많이 사랑한다는 것은 안다. 그래도 이건 아니지. 호야, 이건 아니야.

택시에서 내리자마자 엘리베이터를 기다릴 사이도 없이 미친놈처럼 계단을 뛰어 올라갔다. 심장이 찢어질 것 같은 통증을 느끼며 헐레벌떡 집으로 들어갔다. 그사이 네가 와 있지 않을까. 해성이 자식이 분명 잘못 본 것이다. 그런 실낱같은 희망을 품고 있었다. 언제나처럼 깨끗하게 청소된 상태가 오늘따라 더 마음에 들지 않았다. 마치 더부살이하는 사람처럼 매일 쓸고 닦는 네가 싫었다. 너는 몸에 익은 습관이라고 했지만, 네가 게을렀으면 좋겠다고 생각했었다. 침실을 열자마자 가슴이 털컥 내려앉았다. 이미 공기가 달라져 있었다. 남아 있는 네 향기가 너무 희미해서 마음이 조급했다. 이 향기를 두 손으로 샅샅이 쓸어 담아서 어딘가에 잘 넣어 둬야 할 것 같았다. 이미 네가 다시는 돌아오지 않을 것을 느낀 무의식의 발로였다.

텅 빈 옷장과 서랍. 안 그래도 보잘것없던 네 살림은 아무것도 남지 않았다. 네 성격대로 참으로 깔끔하기도 했다. 몰인정하게 머리핀 하나도 흘리고 가지 않았더라. 뭘 어떻게 해야 할지 엄두가 나지 않았다. 어디서부터 어떻게 너를 찾아야 할지도 몰라서 밤이 지나고 새벽이 올 때까지 멍청하게 앉아 있었다. 그러면서도 어디선가 소음이 들리면 온 신경을 집중했었다. 네가 돌아오는 소리라고 믿고 싶었기에.

해성의 고생이 말이 아니었다. 신입 사원 주제에 널 찾는 걸 돕는답시고 나만큼 동분서주 바빴다. 조그맣고 배경도 없는 녀석이 어쩌면 그렇게 잘도 숨었는지. 이호수다웠다. 찾다 지쳐 술독에 빠져들었다. 멀쩡할 때도, 술에 취했을 때도 너는 여전히 선명했고 그리웠다. 그래도 술을 마시면 잠이라도 잘 수 있었다. 몇 날 며칠 얼빠진 놈처럼 살다가 거울을 보면 난생처음 보는 몰골이 보였다. 그냥 이대로 죽으면 편하지 않을까 싶다가도 나중에 소식 듣고 놀랄 너를 생각하니 그런 생각도 달아났다.

호수, 호수, 이호수. 내가 너를 이만큼이나 사랑한다는 사실에 나도 놀랐다. 다들 저러다 말겠지 했다. 나도 정말 이러다 말고 싶었다. 간절하게. 그렇게 몇 달이 지나고 계절이 바뀌었다.

"야, 이 미친놈아. 정신 안 차릴 거냐?"

어느 날 해성이 발로 차는 것을 느끼며 눈을 떴다.

"호수 아직 졸업 앨범도 안 찾아갔잖아. 생각해 보니까 지도 어디 취직이란 걸 할 것 아니냐. 그럼 학교에 와서 서류 한 번은 떼야 하잖아."

"그래서. 나더러 학교에 취직이라도 하라고?"

"언젠가는 나타날 거라고. 그리고 교수님께도 미리 말씀 좀 드리자. 혹시 호수가 오면 연락 좀 달라고."

연석의 초점 없는 눈이 느릿하게 끔뻑거렸다.

"나중에 호수 만나면 이 꼴로 보여 줄 거야? 엄청 좋아하겠다. 사랑이 마구 솟아나겠어."

그러게. 너는 단정하고 깨끗한 것을 좋아하는데. 언젠가 유능하고 본받을 점이 있는 남자가 이상형이라고도 했는데. 이건 호야가 보기에 전혀 유능하지도 본받고 싶지도 않을 꼴이었다. 이제 진짜 정신을 차려야 할 시간이 온 것 같다. 너를 잊든, 다시 힘을 내서 찾든. 이렇게 썩어 버릴 수는 없으니까.

* * *

다섯 번의 계절이 바뀌는 동안 나는 낙심에 지쳐 갔다. 그런데도 너를 기다리는 마음과 다시 만날 수 있다는 희망은 나날이 새로웠다. 이상하게도. 정말 희한하게도 그 믿음에는 의심조차 들지 않았다. 오랜만에 제대로 갖춰 입고 학교를 찾았다. 에어컨이 약하게 돌아가는 방에서 교수님과 마주하고 있었다. 뉴욕으로 떠나기 전 인사도 드리고 마지막으로 당부도 드릴 겸이었다.

"그래. 이번에 가면 언제 오려고?"

"저도 잘 모르겠습니다. 일단 계획한 공부에 매진하면서 생각해 보려고요."

"그래. 한창 젊으니까 기회는 항상 열려 있지. 너는 어디서든 잘할 녀석이고."

"그리고 교수님, 호수가 찾아오거나. 혹시 연락이 닿으면 꼭 저에게 알려 주세요."

"그래. 알았다."

이상하게 교수님은 평소와 달리 말씀이 없으셨다. 먼 길 가는 제자들에게는 꼭 걱정 섞인 충고가 장황하신 분인데. 문을 나서기 전 마지막으로 본 교수님의 표정은 이후에도 가끔 떠올랐다. 그때 왜 더 캐묻지 않았을까. 가장 후회되는 순간이었다.

* * *

"교수님!"

"이게 누구냐!"

흰 머리가 더 많아진 정 교수를 찾아온 손님은 호수였다. 떠날 때와 달리 밝고 당찬 모습에 정 교수는 안심했다. 물론 가끔 잘 지낸다는 연락을 받았지만, 이렇게 눈으로 보니 감회가 새로웠다. 시간이 많이 흐르긴 한 모양이었다. 어려 보이기만 했던 호수는 제법 사회인의 태가 났다. 외양이 성숙해진 것은 물론 멋쟁이처럼 잘 차려입은 것이 보기 좋았다.

"잘 지낸 게 맞구나. 아주 씩씩하고 멋있어졌어."

"그럼요. 교수님 덕분에 정말 잘 지냈어요."

"휴가 차 나온 거냐?"

호수는 환하게 웃으며 고개를 저었다.

"아니요. 이제 다시 돌아오려고요."

"그래? 하긴 태어난 곳에서 사는 게 좋지."

다시 돌아올 생각을 했다니. 이제 상처가 제법 아물었구나 싶었다. 하긴 벌써 6년이나 지났다. 연석은 명절마다 안부를 물으며 덩달아 호수를 묻기도 했지만, 돌아오지 않는 걸 보니 인연이 다할 때도 되었다.

"마침 좋은 기회가 있어서요. 한국 옥션에서 직원을 채용하더라고요. 지원할 생각이에요."

"옥션? 미술품 경매 회사? 하긴 네 취미가 전시회 관람이었지. 내가 표도 몇 번 줬잖냐."

"네. 정말 재미있게 잘할 것 같아요."

정 교수는 더 단단해져 돌아온 제자를 대견하게 바라보았다.

* * *

뉴욕에서 이탈리아로 영국에서 다시 홍콩으로. 나는 정착하지 못하고 떠돌았다. 너와 함께한 짧은 시간은 내 삶에 지대한 영향을 끼친 것이 분명했다. 나는 여전히 너를 잊지 못했고 오히려 너를 잊을까 두려워 너와 함께했던 것들을 더듬어 추억하며 살았다. 그것이 생의 원동력이 되어 나를 지탱했다. 어디서든 미술관이 가까운 곳에서 살았고, 틈나는 대로 관람했다. 그곳에서 너를 마주칠지도 모른다는 기대 때문이었던 것 같다. 우연히 크리스티의 프리뷰 전시를 보게 되었고, 나는 직원이 되었다. 그리고 홍콩 사무소로 발령이 났다.

한국으로 돌아오라는 이들이 많았지만, 네가 한국에 없다는 것을 파악한 이후로 나는 외국 생활의 미련을 접지 못했다. 역시 어디선가 너를 만나게 될지도 모른다는 기대 때문이었다. 외삼촌의 스카우트 제의를 끝내 뿌리치지 못한 것은 교수님 때문이었다. 한국 옥션이라는 소리에 잠시 조용했던 교수님. 그러더니 굉장히 적극적으로 한국 옥션에서 일하는 것이 좋겠다며 돌아올 것을 종용하셨다. 그곳에서 좋은 일이 생길 것 같다는 밑도 끝도 없는 이유를 들어 며칠간 연달아 전화를 하셨다. 차라리 그때 솔직하게 말씀해 주시지…….

문득 익숙한 것들이 그리웠다. 너와 함께 걷던 정동길, 교회, 극장. 함께 먹던 길거리 음식들. 네 웃음소리. 익숙한 곳에서 너를 추억하고 싶었다. 내 안에 있던 이호수의 기억들이 흩어지고 있다는 것을 느꼈던 것 같다. 그래서 다시 돌아갔다. 너를 온전히 느끼기 위해.

일은 좋았지만, 삶은 시큰둥했다. 그날 아침에 나는 검은색 셔츠를 입었다가 커피를 쏟는 바람에 급히 손에 집힌 것으로 갈아입고 집을 나섰다. 눈처럼 뽀얀 새 셔츠는 너를 다시 맞이하기 위한 예복이었나 보다. 정식 출근 전 사내 분위기라도 살필 겸 5월 경매를 참관했다. 말로만 듣던 이정운의 그림이 최고가로 낙찰된 순간의 환호와 박수 속에서 나는 너를 발견했다. 그토록 간절히 원하던 순간. 굳은 재회의 믿음이 응답을 받은 순간.

내 걸음은 내가 의식도 하지 못한 사이 이미 네게 향하고 있었다. 불과 1미터 앞. 더는 나아가지 못하고 멍하니 서 있었다. 네가 쿵 하고 내 가슴에 부딪히던 순간 내 심장도 다시 생기있게 박동하기 시작했다. 새하얀 셔츠에 찍힌 네 입술 자국에 웃음이 터질 뻔했지만, 나를 모른다고 부정하는 너 때문에 기분은 나락으로 떨어졌다.

"너! 나 몰라?"

"······네."

그래도 나는 행복했다. 다시 처음부터 너를 사랑하려고 마음먹었으니까.

외전 1

지금까지 이런 애처가는 없었다

"여보세요? 호야! 여보세요? 내 말 들리니? 호야!"

핸드폰을 부여잡고 절규하는 연석을 보는 한국 옥션 직원들의 얼굴에 긴장감이 흘렀다. 어이없는 긴장감 말이다. 왜 저렇게까지 요란을 떠는지, 이 상황이 그의 말대로 초비상 사태인지 헷갈리는 중이었다.

산악지형에 강한 대한민국 통신에 강한 불신이 생기는 순간이었다. 연석은 신경을 긁는 지글지글한 잡음 속에서 끊어질 듯, 이어질 듯 들리는 희미한 호수의 목소리에 집중했다. 결국 '오…….

어……. 여보세…….' 등의 감질나도록 짧은 어절만 남긴 채 통화는 끊어졌다. 애간장이 타는 얼굴로 망연자실한 연석 옆에 선 해성이 조심스럽게 말을 걸었다.

"내려오고 있을 거야. 다들 아무 문제 없이 내려왔잖아."

휙! 하고 고개를 돌린 연석의 눈에 서린 질책의 빛이 날카로웠다.

"그러니까. 다, 들! 내려왔는데 내 와이프만 못 내려오고 있잖아. 어떻게 그 연약한 사람을 두고 자기들끼리만 안전하게 돌아올 수 있는 거지?"

한국 옥션 가을 워크숍, 이틀째 아침. 전 직원들은 일어나자마자 연수원 건물 뒷산으로 가벼운 트래킹을 떠났다. 사실 가볍다고 말하기에는 어폐가 있는 벅찬 코스이긴 했다. 코스만 정해두고 자유롭게 한 바퀴 돌고 내려오는 아침 산행. 모두 돌아오고 20분, 아니 정확히는 18분 42초가 지난 지금까지 호수만 돌아오지 않고 있었다. 아내 없는 주말을 견디지 못하고 이른 시간부터 연수원을 찾아온 진연석 전임 실장의 추상같은 기세에 눌린 직원들은 괜스레 눈치만 살피고 있었다.

"대리님, 도대체…… 저분은 누구세요?"

얼마 전 공채로 입사한 신입이 눈썹을 치켜세우고 있는 찬영에게 질문했다.

"이호수 과장의 남편이자 전설적인 애처가이며 전임 기획전략 실장님이신 진연석 씨."

대답을 들은 신입 사원은 '아—.' 하고 납득이 간다는 신음을 흘리며 고개를 끄덕였다. 아직도 간간이 인구에 회자되는 전설적인 사내 커플. 전임 실장의 외모를 보니 굉장한 소문의 주인공다웠다. 화가 나 굳은 표정인데도 훤칠했다. 저런 얼굴을 한 남자에게 사랑받는 과장님이 새삼 부러워졌다.

"알았어. 찾으러 가자, 가! 어? 왔네."

아, 살았다. 한창 연석을 달래던 해성은 연수원 입구에 모습을 드러낸 호수를 보고 가슴을 쓸어내렸다. 묵묵히 연수원 정문을 쏘아보고 있던 연석의 얼굴에도 화색이 돌았다.

"호야……."

무슨 이름을 저렇게 아련하게 불러. 재회한 첫사랑이라도 마주친 영화 속 순정남처럼 연석은 호수의 이름을 부르며 걸음을 뗐다. 어째 시간이 갈수록 더 감추지 못하는지. 감춘다는 것도 우습다. 결혼하고 1년이 훌쩍 지났으면 이제 좀 덤덤해질 만도 하건만. 갈수록 절절해지는 연석의 이호수 사랑에 모두 고개를 내저었다.

기운 없는 걸음으로 터덜터덜 걷던 호수는 저를 보자마자 달려오는 연석을 향해 손을 흔들었다. 결국, 못 참고 여기까지 찾아온 남편을 보자 지친 와중에도 웃음이 터져 나왔다.

"오빠, 아침부터 여기까지 어쩐 일이야? 어마!"

"빨리 집에 가자."

그대로 호수를 번쩍 안아 든 연석은 뒤도 돌아보지 않고 연수원 입구에 세워놓은 자신의 차에 호수를 밀어 넣었다.

"오빠, 미쳤나 봐. 오늘부터 워크숍 시작인데. 무슨 소리야."

"이러다 너 쓰러질까 봐. 내가 조마조마해서 그래. 이런 식으로 부려먹으면 내가 너 빼내 온다고 삼촌한테 따졌어."

당황하는 호수에게 안전벨트를 매주고 조수석 의자를 조정한 연석은 먼발치에서 한심하게 쳐다보고 있는 해성을 향해 손을 흔들고는 차에 올랐다.

"과장님을 저렇게 보내도 되는 거예요?"

"이게 무슨 일이래요?"

아무것도 모르는 신입 사원들의 질문에 기존 직원들은 어이없지만, 이해한다는 듯 실실 웃기만 했다. 실장이 퇴사하면 이 꼴을 안 보는구나 싶었는데. 진연석이라는 사람을 너무 과소평가했구나, 다시 한번 깨닫는 순간이었다.

"원래 저럽니다. 어쩔 수 없어요. 그리고 솔직히 이 과장도 쉬어야죠. 나 같아도 저러고 싶을 거 같긴 한데……. 행동으로는 못하지."

멀어지는 연석의 자동차 뒤 꽁지를 보며 진혁은 피식 웃음을 흘렸다. 여전히 열렬한 커플을 보니 속이 아렸다.

* * *

"자꾸 이러니까 해성 오빠가 우리더러 부부 사기단이라고 하잖아."

호수는 좋아하는 라디오 프로를 틀어주려고 주파수 버튼을 누르는 연석을 보며 핀잔을 줬다. 하지만 입가에는 기분 좋은 미소가 걸려있었다.

"그래도 어쩔 수 없어. 너 지난 한 달 동안 야근이 뭐야. 밤샘을 밥 먹는 횟수보다 더 많이 했어. 이제 겨우 쉬나 싶은데 2박 3일

워크숍이 말이 돼? 그것도 황금 같은 주말을 끼고? 삼촌은 그 꼰대 같은 경영 스타일을 고쳐야 한다니까."

미간에 주름을 세우고 신경질적으로 다다다 쏟아 내던 연석은 옆에 앉은 호수를 흘깃 쳐다보고는 바로 기분 좋은 표정으로 바뀌었다. 밤새 보고 싶었던 마음도 안정됐고 번갯불에 콩 볶듯 몰아쳐 무사히 빼돌린 것이 흡족했다.

"좀 자둬. 네 눈 밑이 시커멓다."

"응. 시트가 따뜻해서 잠이 와."

호수는 라디오에서 흘러나오는 노래를 들으며 기분 좋은 잠기운에 젖어 들었다. 안 그래도 피곤한 몸으로 새벽부터 일어나서 트래킹까지 하고 온 탓에 온몸이 시트에 녹신하게 눌어붙는 것 같았다. 연석의 손등이 볼을 쓰다듬는 것이 기분이 좋았다. 그의 손등에 볼을 꾹 누르고 비벼대자 옅은 향수 냄새가 풍겼다.

"오빠 냄새난다. 좋아."

"우리 호야, 꼭 애기 같네."

아기. 요즘 호수의 머릿속을 점령하고 있는 화두였다. 아무도 채근하는 사람이 없는데도 말할 수 없는 조바심이 났다. 결혼하고 1년이 훌쩍 넘었다. 피임하는 것도 아닌데 소식이 감감했다. 슬슬 병원에 가봐야 하는 것이 아닐까 두려워지고 있었다.

내색하지 못하지만 지난달 성실의 첫아이 돌잔치에 다녀온 후부터는 심란함이 극에 달했다. 괜한 걱정을 잊어보려고 일에 매달렸는데 생각해 보니 이러다 몸이 상해 아이를 못 갖는 것이 아닌가, 걱정에 도돌이표가 붙어 돌고 돌았다.

밀린 잠이 물꼬를 트고 호수를 덮쳤다. 오는 길에 내내 자 놓고도 정신이 들지 않았다. 집에 도착하자마자 그대로 침실로 직행해서 이불 속으로 파고들었다.

"옷 벗고 자야지."

"귀찮아. 벗고 싶은데 움직이기 싫은 거 있지."

베개에 얼굴을 비비며 꿍얼거리는 호수를 기분 좋게 보던 연석이 옷을 벗겨주기 시작했다. 그에게 몸을 맡기자 금세 속옷만 남았다. 머리 위에 씌워진 잠옷이 얼굴을 통과한 순간 호수의 입술이 연석의 볼에 짧게 뽀뽀를 남겼다.

"아이고, 예뻐라. 이제 편하게 자."

베개를 바로 해주고 이불을 목까지 끌어올려 주는 연석의 세심한 보살핌을 받으니 나른한 행복감에 기분이 간질거렸다.

"오빠가 나를 이렇게 애기처럼 대하니까 애기가 안 생기나 봐."

벗어놓은 호수의 옷을 정리하던 연석의 표정이 차분하게 가라앉았다. 말간 얼굴로 저를 보는 호수의 곁에 앉으며 그녀의 머리를 쓸어올렸다.

"너……. 걱정하고 있구나."

"슬슬. 이렇게 태평하게 있어도 되나 싶기도 하고. 다른 사람들 보면 부럽기도 하고."

"아기, 갖고 싶어?"

"응."

연석은 티 나지 않게 조심스러운 한숨을 내쉬었다. 물론 연석도 아기 생각을 안 하는 것은 아니었다. 하지만 호수가 이렇게 진지하게 고민하는 줄은 몰랐다. 워낙 일 욕심이 많아 몸을 혹사하다 시피 일을 하니 건강만 염려했지 아직 급하지 않다고 생각했었다.

"그럼 어떡해야 하지? 더 자주 해야 하나?"

머리를 긁적이며 장난스럽게 말을 해봐도 호수의 얼굴은 가벼워 지지 않았다. 정말 심각하게 생각하고 있었구나. 덩달아 연석의 마음에 시커먼 구름이 켜켜이 무게를 더했다.

"병원을 좀 가봐야 할 것 같아."

"흠……. 그렇게까지? 그냥 마음을 조금 더 편하게 갖고 기다려 보지 않을래?"

"글쎄. 지금까지도 편하게 마음먹었잖아."

하긴 그랬다. 생기려면 진즉에 생겼어야 할 아이였다. 주변에서 도 슬슬 소식을 물었다. 지금은 형이 결혼한 지 얼마 되지 않아 부모님들의 관심이 형네에게 쏠려있었다. 덕분에 부담이 덜하긴 해 도 역시 부모님이 신경이 쓰였다.

"그래. 생각을 좀 해보자. 일단 잠부터 자. 너 지금 해롱해롱해."

"괜히 나 때문에 오빠까지 걱정하게 했네."

"그런 소리 말고 어서 자. 안아 줄게."

떼꾼한 눈을 끔뻑거리는 호수를 재우는 것이 먼저였다. 연석은 하려던 일들을 제쳐두고 호수의 곁에 누웠다. 이제는 당연하다는 듯 품 안으로 쏙 들어오는 호수를 토닥여주었다. 숨소리가 고요 하게 잦아들 때까지 어깨를 쓸어주었다.

* * *

눈을 뜨니 사방이 어두침침했다. 침대 옆 테이블에 있는 시계를 보니 벌써 저녁 6시였다.

"아, 아!"

건조한 목이 따끔거렸다. 침대에서 부스스 일어나는데 머리가 핑 돌았다.

"너무 많이 잤나? 도대체 몇 시간을 잔 거야?"

집에 도착한 것이 점심나절. 밥도 먹지 않고 깊은 잠을 잤는데도 몸이 찌뿌듯했다. 옆에 누웠던 연석의 흔적은커녕 온기도 느껴지지 않았다. 아마 서재에 있거나 운동을 하러 갔을 터였다. 이불을 밀어내고 엉금엉금 기다시피 느릿하게 움직여 침대에서 내려왔다. 허리를 펴는데 다시 어지럼증에 몸이 흔들렸다.

"아, 왜 이래. 몸이 허한가? 오빠한테 고기 먹자고 해야겠다."

먹을 생각을 하자 위장이 허기짐을 호소했다. 쓰린 빈속을 달래기 위해 배를 문지르며 침실 문을 열었다. 거실로 나가는 순간 진동하는 간장 양념의 달콤한 냄새가 후각을 자극했다.

"호야! 이제 일어났어? 배고프지? 조금만 기다려!"

일어나면 바로 먹이려고 호수가 좋아하는 갈비찜을 하던 연석이 으스대는 얼굴로 웃고 있었다. 기분 좋게 웃던 연석의 표정이 서서히 가라앉았다. 종잇장처럼 하얗게 질린 호수가 휘청이는 것이 보였다.

"호야!"

갈비찜을 뒤적거리던 나무 주걱을 내팽개치고 거실로 뛰어나갔다. 그러나 호수는 사색이 되어 달려온 연석을 그대로 밀어내고 냅다 화장실로 뛰었다. 달짝지근한 간장 양념은 자신이 가장 좋아하는 윤나희 여사표 갈비찜 냄새였다. 고기 익는 구수한 냄새를 맡자마자 배에서 꼬르륵 소리가 나면서 군침이 돌았다. 익숙하고 반가운 음색 냄새에 입맛을 다시며 기분이 좋아지려던 찰나, 참을 수 없이 속이 메스꺼웠다.

텅텅 빈속임에도 불구하고 당장 입 밖으로 뭔가가 쏟아져 나올 것만 같았다. 변기 뚜껑을 열자마자 우웨엑, 하는 요란한 소리를 내며 구토를 했다. 나오는 것도 없으면서 소리가 꽤나 거창했다. 따라 들어온 연석이 치렁치렁 흘러내리는 긴 머리를 잡아주며 안절부절못했다.

"왜 이러지? 호야, 너 왜 이러지?"

영문도 모른 채 등을 쳐주는 연석의 목소리가 근심으로 얼룩졌다. 호수는 대답을 해주고 싶어도 그럴 틈이 나지 않았다. 속이 뒤집힐 것처럼 울렁거려 구토를 멈출 수 없었다. 노란 위액까지 탈탈 쏟아 낸 후에야 눈물, 콧물을 줄줄 흘리면서 바닥에 털퍼덕 주저앉았다.

"오빠, 나 왜 이러지?"

연석이 건넨 휴지로 얼굴을 정리하고 물로 입을 헹구면서 오히려 그에게 되물었다. 이른 아침 산을 타기 전에 마신 커피 한 잔과 틈틈이 마신 물이 오늘 먹은 음식 전부였다. 체했다고 생각하기에는 종일 속이 편안했었다.

"지금은 좀 괜찮아?"

"응. 그런데 힘이 하나도 없어."

속을 다 거덜 낼 정도로 진을 빼며 구토를 한 탓에 다리까지 후들거렸다. 연석의 부축을 받으며 욕실 문을 열고 다시 거실로 나갔다. 물씬 풍기는 양념 냄새가 코 점막을 자극하기도 전에 위장이 먼저 반응했다.

"우웨에엑!"

"호야!"

다시 욕실로 뛰쳐 들어가는 호수를 따르는 연석의 절규도 애처로웠다.

* * *

서류를 보다가, 모니터를 보다가, 수식을 점검하다가. 연석은 자꾸만 생각을 멈추고 멍한 얼굴이 되었다. 그러다가 점점 입이 헤벌어졌고 두 손에 얼굴을 묻은 채 감탄 같은 한숨을 쉬었다. 어제저녁, 임신 테스트기에 선명하게 떠오른 빨간색 두 줄이 눈앞에 아른거렸다. 점심시간에 호수와 함께 병원에 갈 생각에 마음이 들뜨고 엉덩이가 들썩거렸다. 오늘따라 시간이 왜 이렇게 안 가는지 속이 까맣게 타들어 갔다. 헤벌쭉 입이 벌어진 채로 넋 놓고 앉아 있는 연석 앞에 선 규영이 끌끌 혀를 차는데도 알아차리지 못하고 있었다.

"이 녀석아!"

"어? 아버지! 언제 오셨어요?"

"무슨 생각을 하는데 얼굴이 그 모양이야?"

물어놓고도 너무 뻔한 대답이 예상된 규영은 고개를 내저었다. 보나 마나 호수 생각에 빠져서 멍청이가 됐을 텐데 뭐 하러 물었나 싶었다. 두 아들이 애처가인 것은 자신의 유전자 탓이긴 하지만, 대를 이어 갈수록 증상이 심해지니 걱정스러울 지경이었다.

"일은 제대로 하는 거야?"

묻는 말에 대답은 안 하고 줄곧 싱글벙글한 아들을 보니 울컥 역정을 낼 뻔했다. 사업을 물려받겠다고 따라온 녀석이 일 좀 익숙해졌다고 벌써 나태해진 건가. 괜한 기우에 다시 고개를 저었다. 그렇게 물렁물렁한 녀석이 아님을 잘 알기에 쓸데없는 걱정이다 싶었다.

"야, 인마!"

"아버지."

"왜. 너 뭐 할 말 있지?"

순순히 고개를 끄덕이던 연석이 책상에서 일어나 규영을 끌고 소파로 향했다. 확실해지기 전에는 절대 입도 뻥긋하지 말라는 호수의 당부가 있기에 말은 못 하고 입은 간질거렸다.

"아버지, 건강하시죠?"

"갑자기 웬 건강 체크야?"

"제가……, 아버지 돕는 프로젝트를 좀 미룰까 해서요. 한 2년 정도 집에 있어야 할 것 같아요."

"뜬금없이 무슨 소리야? 재택근무 말하는 거야?"

"아니요. 살림을 좀 할까 해요."

황당한 규영을 보는 연석의 얼굴은 마냥 해맑으면서도 진지했

다. 임신한 호수를 돌보고 출산 후 함께 아이를 키울 생각에 혼자
세운 계획이 내심 기특하다고 생각하고 있었다. 충격을 받은 규영
은 당기는 뒷골을 문지르면서 차분하게 물었다.

"아니. 이유가 뭔데? 놀고먹고 싶어서 그래?"

"그게……. 지금은 말씀 못 드려요."

"허! 나참. 허!"

혹시 이놈은 원래 기질 자체가 이상한 놈이 아닐까. 첫사랑 못
잊어서 6년을 떠돌다가 결혼 후 정신 차렸나 싶었는데 이번에는
또 무슨 병이 난 건지. 규영은 시름 깊은 표정을 숨기지 못했다.
그런 아버지의 속내를 아는지 모르는지 연석은 들뜬 기분을 진
정하지 못했다.

"아버지, 걱정하실 일은 아니에요. 좋은 일입니다."

"그러니까 그게 뭐냐고."

"이따가 저녁에 호수하고 본가에 들를 거예요. 그때 말씀드릴
게요."

조금 전까지 뜬구름 잡는 철부지 분위기를 풍기던 연석이 갑자
기 듬직해졌다. 단단한 심지가 느껴지는 눈동자를 보며 규영은
마음이 조금 진정되는 것을 느꼈다.

* * *

안전벨트를 매는 연석의 표정이 복잡했다. 기쁨과 당황 그리고
걱정과 기대 등으로 알록달록 빛났다.

"세상에. 호야, 어떻게 그렇게 둔할 수 있어? 아무래도 안 되겠어. 이제 네 컨디션은 내가 일일이 체크할 거야."

"알았어. 잔소리 좀 그만해."

임신 7주 차라니. 호수는 분명 의사의 말을 들어놓고도 믿을 수 없었다. 태아의 심장 소리를 들었는데도 꿈을 꾸는 것 같았다. 손에 들린 초음파 사진이 없었다면 확인을 위해 다시 병원으로 돌아갈 뻔했다.

"들었지? 절대 무리하지 말고 잘 먹고……. 후, 잘 먹으라고 했는데. 걱정이다."

어둡게 가라앉은 얼굴로 자신을 보고 이러쿵저러쿵 잔소리를 늘어놓는 연석을 보는 호수의 얼굴은 혼이 빠져나간 것 같았다.

"호야, 정신 차려."

호수는 살짝 볼을 꼬집고 흔드는 연석을 향해 부탁했다.

"세게 꼬집어 줘."

"뭐?"

"믿어지지 않아서 그래."

"믿어. 나도 두 귀로 똑똑히 들었고 두 눈으로 명확하게 확인했어. 우리 이제 엄마, 아빠야."

"정말이네."

연석은 기운 없는 얼굴로 씨익 웃는 호수를 가만히 끌어안았다.

"고마워. 호야. 사랑해."

이렇게 예쁘고 사랑스러운 호수인데, 자신의 아이까지 가졌다니. 가슴이 뭉클하다 못해 팡, 터져버릴 것 같았다.

"본가로 가자. 이제 말씀드려도 되지?"

"응. 말씀드려야지. 엄청나게 좋아하시겠다."

"난리 나실 것 같은데. 무엇보다 우리가 형네를 이겼어!"

이상한 승부욕에 불이 붙은 연석의 빛나는 눈을 보며 호수는 피식 웃었다.

"뭐야, 혹시 계속 그런 유치한 생각 하고 있었던 거야?"

"그런 건 아니지만, 이왕이면 우리가 먼저 결혼했으니까 당연히 우리 아기가 형님이 되어야지!"

말을 마친 연석은 하하하, 악당 같은 웃음을 터트리며 가속페달을 밟았다.

"그나저나 호야, 너 이제 일도 확 줄여야 해. 입덧 심해서 힘든데 일까지 하다가……."

최악의 상황이 잠시 뇌리를 스쳤다. 부정 타는 것 같은 불안감에 연석은 입을 다물었다.

"알았어. 일도 줄이고 몸조심할게. 아, 멀미나."

"시트를 뒤로 좀 눕혀. 고개 숙이면 멀미 더 심해진다."

"응. 나 좀 잘게."

차라리 잠드는 편이 나았다. 호수를 곁에 두고 심심한 것은 싫었지만, 아침까지 입덧하느라 꽥꽥거리던 걸 생각하면 멀미까지 하는 모습을 지켜볼 자신이 없었다.

* * *

집에 들어서자마자 호수가 밝은 목소리로 나희를 찾았다.

"엄마마마, 저희 왔어요."

"호수 왔니?"

거실을 가로질러 종종 걸어오는 나희가 쾌활하게 웃으며 두 사람을 반겼다. 이제 정석도 결혼을 해 나가버린 집은 어른들만 남아 적적한 기운이 감돌았다. 오랜만에 들른 호수를 맞이한 나희는 그녀를 꼭 안아 주었다.

"어머, 얘 좀 봐!"

"왜요?"

"너, 몸이 왜 이렇게 말랐어? 안아보니까 바싹 마르고 가벼운 것이 허깨비가 따로 없네. 연석아, 너는 호수 보필 제대로 안 하지?"

"어머니가 좀 혼내봐요. 일 중독자라서 제 말은 듣지도 않아요."

안 그래도 일에 푹 빠져 몸을 돌보지 않는 호수가 마음에 들지 않았던 연석은 때는 이때다 싶어 고자질하기에 바빴다. 가볍게 눈을 흘기는 호수를 향해 입 모양으로 '왜? 뭐?' 하며 얄밉게 굴었다.

"그래. 일은 좀 제발 쉬어가면서 해라. 다 먹고 살자고 하는 짓인데 도대체 왜 그래? 손부터 씻어라. 우리 애기 좋아하는 해물찜이랑 이것저것 잔뜩 했어."

평소 호수가 즐겨 먹던 갖가지 요리들을 자랑스럽게 나열하는 나희를 보는 호수의 표정이 묘하게 일그러졌다.

"호수야? 왜 그러니? 어디 안 좋아?"

음식 이름만 들어도 배를 탄 듯 속이 메슥거렸다. 미처 대답도

하기 전에 구역질이 먼저 튀어나왔다. 우웩, 소리를 입으로 막으며 가방도 내팽개치고 욕실로 직행했다.

"……?"

걱정스러운 얼굴로 선 나희의 어깨에 팔을 두른 연석이 그녀처럼 어두운 얼굴로 속삭였다.

"어머니, 이제 할머니 되십니다."

커다란 눈동자 가득 놀라움을 머금은 나희의 어깨를 툭툭 두드린 연석은 혼자 변기통을 부여잡고 몸부림치고 있을 호수에게 뛰어갔다.

"호야! 오빠가 간다!"

* * *

"오빠 냄새가 제일 좋아. 이제 좀 속이 편해진다."

퇴근 후 집에 돌아온 남편의 품에 얼굴을 묻고 쿵쿵대며 행복해하는 호수와 달리 연석의 안색은 근심으로 침침했다. 호수가 제대로 된 밥을 먹을 수 있는 날이 오기나 하는 걸까. 매일매일 걱정으로 연석마저 살이 내리는 중이었다. 임신한 아내 대신 남편이 입덧하는 집도 있다는데 왜 나는 그런 행운도 누리지 못하는가. 하늘이 원망스러웠다. 운 좋은 진연석에게 입덧 복은 없는가 보다.

"뭐 좀 먹어야지. 생각나는 거 없어?"

"글쎄."

먹는다는 소리에 벌써 호수의 얼굴이 일그러지고 있었다. 밥 냄새도 못 맡을 정도로 심한 입덧이었다. 병원에서는 흔한 경우라며 굳이 밥이 아니어도 뭐라도 먹을 수 있는 걸 찾거나 링거로 영양을 보충하는 수밖에 없다고 했다. 말이 쉽지. 먹고 싶은 음식은커녕 배도 고프지 않다는 호수를 보는 가족들만 애가 닳았다. 그나마 나희가 담근 레몬청을 탄산수에 타주면 냄새가 거의 없는 고구마, 감자, 옥수수 같은 것들을 조금씩 먹을 수 있었다. 보릿고개 시절도 아니고 구황작물로 연명하다니. 슈트 재킷을 소파 위에 벗어 두고 연석은 바로 주방으로 향했다.

"잠깐 기다려. 레모네이드 해줄게."

"야호!"

연석이 벗어놓은 재킷을 걸친 호수가 주방으로 쪼르르 따라와 식탁에 자리했다. 종일 울렁거리던 속이 연석의 체향을 맡으면 신기하게도 금세 가라앉았다. 그의 옷에서 풍기는 은은한 냄새를 맡으며 호수는 생글생글 웃었다.

"내가 하면 오빠가 타준 것만큼 맛있지 않아. 신기해."

"그럼. 남편 사랑이 듬뿍 들어가야지."

탄산수 제조기에 물병을 꽂으며 연석은 으스댔다.

"우리 호야, 뭐 하고 있었어?"

"오빠는 뭐 하고 지냈어?"

은근슬쩍 말을 돌리는 것이 마음에 안 들었지만, 연석은 순순히 대답해 주었다.

"매일 똑같지. 당분간 아버지 거들면서 일 배우기에 바쁠 거야. 참, 비서가 새로 들어왔어."

"비서?"

"응. 황 비서 남편이 해외 파견을 나가는 데 따라가기로 했잖아."

"아아. 일 잘한다고 아버님이 황 비서님 칭찬 많이 하셨는데 아쉽다. 여자 비서야?"

"응. 최 실장님하고 김 비서가 남자니까 여자 직원도 있으면 좋겠다잖아."

여상하게 대꾸하는 연석을 물끄러미 보던 호수가 넌지시 물었다.

"몇 살인데?"

"왜? 신경 쓰여?"

식탁 위에 다 만들어진 레모네이드 잔을 올려 주던 연석이 짓궂은 미소를 지었다. 아닌 척하면서 은근히 떠보는 듯한 호수의 귀여운 질투가 느껴졌다.

"아니. 그냥 궁금해서."

괜히 눈동자를 굴리며 새침하게 대답하는 호수의 볼을 톡톡 두드린 연석이 짐짓 진지한 표정으로 그녀를 바라보았다.

"자, 그럼 이번에는 네가 종일 뭐 했는지 말해 봐."

입덧이 심하기도 하고 워낙 몸이 약해 보이는 호수가 불안했던 해성이 4시 퇴근을 하도록 배려했다. 그동안 워낙 많은 업무량을 소화하고 성과도 대단했던 호수에게 안식년이라도 줄까, 하는 윤나석 대표의 권유도 있었지만, 넉넉한 육아휴직을 보장받는 선에서 결정이 났다. 그러면 뭐하나. 일 욕심 많은 호수는 업무를 집까지 끌고 들어왔다. 그게 요즘 연석의 심기를 거스르고 있었다. 지금도 말을 돌리며 연석의 눈길을 피하는 것이 조금 전까지 일에 깊숙이 파묻혀있던 눈치였다.

"호야, 지금은 중요한 시기야. 후회할 일 만들지 말자. 일은 나중에라도 할 수 있어."

"하지만 지금 해야 하는 일들이고. 모두 내가 책임지던 프로젝트들이란 말이야. 하던 일은 마무리 짓고 싶어."

무슨 걱정을 하는지 머리로 충분히 이해하지만, 현재 맡은 프로젝트가 마음에 걸려 호수도 불안했다. 딱 보름만. 그 정도만 더 신경 쓰면 완전히 손을 놔도 충분히 굴러갈 수 있을 것 같았다.

"너 아니면 안 된다는 생각을 버려."

화라도 난 사람처럼 연석의 목소리는 단호하고 경직되게 들렸다.

"어떻게 그런 소리를 해? 내가 하는 일이 별 볼 일 없다는 소리야? 너 아니어도 누구나 할 수 있는 일이란 말이야?"

연석의 얼굴은 더 엄격하게 굳어졌고 호수의 목소리는 뾰족하게 높아졌다.

"후······. 그런 뜻 아니잖아."

"아니. 그렇게 들렸어. 오빠가 하는 일만 대단한 사업 아니야."

갑자기 팩 토라진 호수가 레모네이드도 마다하고 서재로 들어가 버렸다. 지그시 눈을 감고 화를 다스린 연석이 레모네이드를 들고 서재로 따라 들어갔다. 책상 가득 쌓여있는 서적과 서류를 본 연석은 가까스로 가라앉힌 화가 다시 치솟기 직전이었다.

"호야! 이거부터 마셔."

호수의 손에 잔을 쥐여준 연석은 한동안 노트북 화면을 노려보다가 신경질적인 손길로 책상을 정리하기 시작했다.

"뭐 하는 거야?"

"일 그만해. 너 이런 식이면 당장 내일부터 휴가 신청 넣는 수가 있어."

노트북을 종료하는 연석의 손을 꽉 붙든 호수가 하얗게 눈을 흘기고 있었다. 둘은 아무 말 없이 그러나 격한 감정을 품고 서로를 응시했다.

"내 일에 상관 마."

"뭐? 상관 말라고? 너야말로 어떻게 그런 소리를 해? 지금 너 하는 짓을 봐. 누가 봐도 나처럼 할 수밖에 없어. 말을 하면 좀 들어!"

"지금 나한테 소리 지른 거야?"

"그래!"

"나가! 서재에서 나가!"

연석이 왜 그러는지 충분히 잘 알면서. 얼마든지 이해할 수 있는 상황인데도 서운한 마음이 호수를 충동질했다. 분하고 서러운 마음에 치여 눈물이 그렁그렁 맺히기 시작했다.

"호야, 울지 마. 너 좋으라고 하는 말이잖아."

"싫어! 듣기 싫어. 나가란 말이야!"

하지만 뻗대고 선 연석은 미동도 없이 호수를 내려다볼 뿐이었다. 그의 시선을 상대하던 호수는 뜻을 꺾을 수 없음을 깨달았다. 발을 쿵쿵 울리며 서재에서 나간 호수는 침실이 아닌 방으로 들어가 문을 잠가 버렸다.

며칠 후. 결혼하고 첫 부부 싸움이란 것을 하고 아직도 화해하지 못한 두 사람은 퀭한 눈으로 식탁에 앉아 각자 먹을 것을 챙겼다. 연석은 커피 한 잔, 호수는 레몬수와 견과류가 든 접시를 앞에 두고 먹는 데만 집중했다. 고집스럽게 앙다문 호수의 입술을 보는 연석의 심기가 불편했다. 하얗게 각질이 일어나고 검붉은 딱지가 앉은 입술을 보니 호수가 얼마나 스트레스를 받는지 여실히 느껴졌다.

"호야."

연석이 부르는 소리를 들은 호수는 자리에서 벌떡 일어났다. 그대로 서재로 들어가 쾅 소리가 나도록 문을 닫았다. 화해하고 싶은 마음이 굴뚝같았던 연석은 지난 며칠간 호수에게 철저하게 외면당했다.

"후……. 저 고집쟁이. 진짜!"

대화를 시도하면 여지없이 그를 피해 숨어버리는 호수를 떠올리며 연석은 머리를 헝클였다.

* * *

"골든 베스트 골프 클럽 시찰 나갈 준비해 줘요."

비서실로 들어온 최 실장의 지시에 김 비서가 자리에서 벌떡 일어났다.

"회장님만 가세요?"

"아니. 진 상무님 대동하신다니까. 참, 주 비서는 어디 갔나?"

최 실장은 어제부터 정식 업무에 투입된 신입 비서 주희서를 찾았다.

"희서 씨는 복사기를 비롯한 사무용 기기 다루는 법을 배우러 황 비서님하고 나갔습니다."

"아이구. 두야. 그놈의 것을 며칠을 배우는 거야?"

최 실장은 동창의 간곡한 부탁을 뿌리치지 못하고 합격시킨 신입 비서가 아무래도 불안했다. 착하고 성실한 것까지는 좋은데 온실 속 요정 같은 이미지에 어울리는 백치미 때문에 아슬아슬했다. 머리가 나쁜 건지 일에 관심이 없는 것인지 뭘 가르쳐도 진척이 없고 개념도 없었다.

"새 비서도 수행하라고 했는데……. 혹시 무슨 사고 치지는 않겠지?"

"아직 인수인계 중이니까 딱히 뭘 시키지는 않겠죠. 황 비서님도 같이 가잖아요. 별일 있겠어요."

말은 그렇게 해도 김 비서 역시 불안하기는 마찬가지였다. 회장님보다 더 성질이 지랄 맞은 진 상무 앞에서 실수라도 했다가는 3박 4일 동안 매서운 질책을 피할 수 없을 터였다. 차라리 소리를 지르고 화끈하게 혼꾸멍을 내면 나을 텐데. 뱀이 똬리를 틀고 옥죄어 죽이듯이 사람을 숨 막히게 하는 면이 미칠 노릇인 상사였다.

* * *

　최 실장과 김 비서의 지극한 걱정을 하늘도 가엽게 여겼는지 희서는 첫 수행을 무사히 치러냈다.

　"수고했어. 오늘 잘했어."

　희서는 입사 후 처음 듣는 황 비서의 칭찬에 입이 활짝 벌어졌다. 아침까지만 해도 나날이 이어지는 잔소리와 꾸중에 그냥 사표를 던지고 유학이나 갈까 고민이 깊었었다.

　탁 트인 골프장으로 외근 나간다는 말에 핸드백 속에 넣어둔 사표는 잠시 미룬 참이었다. 마지막으로 잔디 상태를 둘러보러 나간 회장님과 상무님을 태운 카트가 까마득히 멀리 보였다.

　"상무님 되게 잘 생겼어요. 회장님하고 완전 달라요."

　까만 점처럼 보이는 골프 카트를 보며 중얼거리는 희서를 곁눈으로 보던 황 비서가 피식 웃음을 흘렸다. 동의하는 바였다. 회장님의 두 아들 외모는 정녕 신의 축복이었다.

　"더 놀라운 거 알려줄까?"

　"뭔데요?"

　궁금증을 담은 희서의 동그란 눈이 귀여워 황 비서는 너그럽게 웃었다.

　"배우 진정석이 회장님 큰아들이야."

　"네에? 진짜요? 우와, 대박! 회장님은 자식 농사를 완전히 잘 지으셨네요."

　"아들들이 전부 사모님을 닮았어."

"진짜 다행이네요."

"그런데 보는 것만으로 만족해라. 진 상무님…… 성질은 외모답지 않아. 진정석 씨는 연예인이라 그런지 친절한 면이 있는데 상무님은 사나워."

나이도 어린 게.

정말 하고 싶은 말을 꿀꺽 삼키며 황 비서는 진저리를 쳤다.

"나 화장실 갔다가 최 실장님하고 통화 좀 하고 올게. 이것 좀 들고 있어. 곧 돌아오실 거 같으니까 정신 바짝 차리고 있어."

황 비서는 카트에 오르기 전 연석이 맡긴 슈트 재킷을 희서에게 넘기고 클럽 라운지 건물을 향해 뛰어갔다. 멀거니 서서 넓은 필드를 보던 희서는 잡담을 나눌 때는 몰랐던 지루함이 몰려왔다. 주머니에 넣어놓은 핸드폰을 꺼내 시간을 보내다 선선한 가을바람에 한기를 느꼈다.

"아, 추워."

당연하다는 듯 황 비서가 맡기고 간 연석의 재킷을 어깨에 걸쳤다. 비싼 옷이라 그런지 얇고 가벼운데도 따뜻한 것이 아주 마음에 들었다. 메일을 확인하고 점심시간에 SNS에 올린 사진에 댓글을 다느라 시간 가는 줄 모르고 있었다.

"뭡니까?"

"어……."

싸늘한 목소리에 놀라 고개를 드니 진연석 상무가 삐딱한 시선으로 어이없다는 듯 자신을 쳐다보고 있었다.

"오셨어요?"

"나는 먼저 들어간다."

껄껄 웃던 규영은 연석의 어깨를 두어 번 두드린 후 클럽 라운지로 걸음을 옮겼다.

"뭐, 뭘요?"

희서는 자신에게 손을 내밀고 매섭게 노려보고 있는 연석을 향해 고개를 갸우뚱 기울여 보였다.

"옷."

옷? 눈동자를 아래위로 굴리던 희서는 화들짝 놀라며 어깨에 걸치고 있던 연석의 재킷을 떠올렸다. 놀란 마음에 어깨를 털다가 그만 옷이 바닥에 툭 떨어지기까지 했다.

"남의 옷을 왜 입고 있어요?"

"추워서요."

멀리서 황 비서가 뛰어오고 있었다. 가까워진 황 비서는 바닥에 떨어진 연석의 옷과 희서를 번갈아 보며 황망한 표정을 감추지 못했다.

"어머! 상무님 옷이 왜 여기에."

어쩔 줄 몰라 하며 허리를 굽히는 황 비서보다 더 빠르게 연석이 먼저 옷을 주워들었다. 허공에 대고 팡팡 옷을 턴 연석이 마뜩잖은 얼굴로 희서를 보다가 자리를 떠났다.

"뭐야. 희서 씨, 지금 이게 무슨 상황이야? 도대체 무슨 일이 있었어? 분위기 왜 이래?"

"기다리다가 너무 추워서요. 상무님 옷 좀 제가 입고 있었어요."

천진난만한 얼굴로 그게 뭐 특별한 일이나 되냐는 듯 묻는 희서를 보며 황 비서는 아찔해지는 정신을 다잡느라 힘들었다. 인수인계고 나발이고 직원을 새로 뽑자는 말이 나올 게 뻔했다.

* * *

저럴 거면서 뭐하러 싸웠어.

나희는 속으로 혀를 찼다. 연석하고 싸워서 속상하다는 하소연을 쏟아놓은 호수의 얼굴은 금세 눈물이라도 쏟을 기세였다. 시무룩 앉아있는 모양을 물끄러미 보던 나희는 도우미가 가져온 한약 그릇을 받아들고 소파에 앉았다.

"호수야."

"네."

"이거 좀 마셔라. 코 막고 마시면 먹을 수 있지 않을까?"

"그게 뭐예요?"

벌써 속이 메슥거리는지 호수의 입매가 아래로 쳐졌다.

"입덧 가라앉히는 한약이라는데. 네가 먹을 수 있을지 걱정이다."

이마에 근심 가득한 주름을 잡고 저를 보는 나희를 보자 호수는 미안하고 고마운 마음이 사무쳤다. 벌써 한약 냄새가 코를 자극하고 위를 긁어대기 시작했지만, 애써 웃으며 그릇을 받아들었다.

"이거 먹으면 입덧 안 할까요?"

"그렇다고 해서 지었는데……."

먹기만 하면 토하는 호수가 삼킬 수나 있을까 걱정스러웠다. 나희가 시키는 대로 일단 코를 막은 호수는 눈을 꽉 감고 한약을 벌컥벌컥 들이켰다. 눈으로 봤을 때는 적은 양으로 느껴지던 것이 막상 입에 붓기 시작하자 끝도 없는 것 같았다. 간신히 그릇을 모두 비운 호수는 입술에 묻은 약을 손등으로 훔치고 씨익 웃어 보였다.

"괜찮니?"

"……. 아니!"

'아니요.'라는 말도 채 끝내지 못하고 호수는 화장실로 달려갔다. 호리호리 마른 뒷모습을 보며 깊은 한숨을 쉬는데 현관문이 열리며 연석이 들어오는 것이 보였다.

"얼씨구. 안 올 것처럼 하더니?"

"제가 언제요."

호수가 집에 와 있는데 어찌할 거냐는 전화를 넣었을 때만 해도 퉁명스럽게 '글쎄요.'라고 하더니 쪼르르 쫓아온 아들의 모양새가 우스웠다.

"어디 갔어요?"

아직도 화가 풀리지 않은 호수가 모습을 감췄다고 생각한 연석의 표정이 처음보다 더 어두워져 있었다.

"불쌍해서 못 봐주겠다. 입덧 줄이는 한약을 지어왔는데 먹자마자 토하러 갔어."

"한약 못 먹는다니까요. 물도 간신히 먹는 앤데."

이맛살을 구긴 연석이 욕실로 걸음을 옮기려던 찰나, 얼굴과 머리카락에 물기가 맺힌 호수가 거실로 나오고 있었다. 진이 빠져 축 늘어진 어깨 하며 토하느라 눈물을 쏟았을 젖은 눈과 빨간 코를 보는 연석의 가슴이 에였다. 저를 보고 쭈뼛거리고 선 호수를 향해 두 팔을 벌렸다.

"호야, 이리 와."

속이 많이 안 좋을 때는 자신이 안아줘야 빨리 가라앉는 호수였다. 싸웠건, 아직 화가 안 풀렸건 중요하지 않았다. 입술을 우물거리며 빠른 걸음으로 가까워진 호수가 안기기도 전에 연석이 먼저 폭 감싸 안았다. 전보다 더 가늘어진 몸과 야윈 등을 쓰다듬는 연석의 손길을 만끽하던 호수가 조용히 입을 열었다.

"오빠."

침착한 목소리였지만, 어딘지 섬뜩한 말투였다. 가만히 연석의 가슴을 밀어내는 호수를 내려다보던 연석은 지은 죄도 없이 움츠러드는 기분이었다.

"왜? 아직도 많이 안 좋아?"

걱정스럽게 저를 보는 연석을 뚫어지게 보는 호수의 까만 눈이 흔들리고 있었다.

"오빠한테 여자 냄새나는데?"

입덧하는 호수의 후각은 야생동물의 코보다 더 섬세하고 예민한 상태였다. 연석의 품에서 낯선 화장품 냄새와 더불어 여성스러운 느낌의 희미한 향이 느껴졌다.

"응?"

황망한 눈을 커다랗게 뜬 연석을 보는 호수의 눈도, 뒤에서 지켜보고 있던 나희의 눈도 매섭게 가늘어졌다. 호수가 더 캐묻기도 전에, 연석이 생각을 더듬어 보기도 전에 나희의 발소리가 요란하고 재빠르게 거실을 가로질렀다.

"이놈 새끼가 미쳤나!"

여자라니. 여자 냄새라니. 나희는 하늘이 노랗게 바래는 기분이었다. 입덧할 때 여자가 얼마나 힘들고 예민해지는지 익히 잘 아는 나희는 무조건 호수 편이었다. 아내가 임신 중일 때 바람피우는 잡것들이 있다고 하더니. 그게 내 아들인가. 하는 실망감에 앞뒤 가릴 것 없이 연석에게 뛰어들었다. 나희에게 귀를 잡힌 연석은 큰 키를 구부정하게 굽히고 거실 한가운데로 끌려들어 갔다.

"아! 아! 어머니, 이것 좀 놓고 말씀하세요. 저도 지금 무슨 일인지 정신없어요!"

너무 강경하게 나오는 나희 때문에 오히려 호수는 겁을 집어먹고 생뚱한 얼굴로 서 있었다. 나희가 연석의 넓고 튼튼한 등짝을 주먹으로 때릴 때마다 박자를 맞춰 인상을 쓸 뿐이었다.

"아니. 이게 무슨 일이야?"

한창 때리고 비는 와중에 규영이 들어왔다. 연석을 먼저 보낸 후 급한 통화를 마치고 들어온 규영은 아비규환이 된 분위기에 놀라 호수를 돌아보았다.

"저…… 그러니까. 오빠한테 여자 냄새가 나는 것 같아서. 제가…….."

호수가 전하는 대충의 상황을 전해 들은 규영도 얼떨떨한 얼굴로 서 있다가 갑자기 웃음을 터트렸다. 집안을 쩌렁쩌렁 울리는 규영의 웃음소리를 들은 나희가 난타하던 주먹을 멈췄다. 그 틈을 놓치지 않고 나희에게 벗어난 연석이 재빨리 호수 옆에 자리했다. 저러다 배꼽이라도 잃을까 싶도록 한참을 박장대소하던 규영이 눈꼬리에 맺힌 눈물을 닦으며 굽혔던 허리를 세웠다.

"연석아, 아까 주 비서가 네 옷 입고 있었잖아."

"아!"

하도 얻어맞느라 정신없던 연석은 아버지의 말을 듣고서야 왜 자신에게 여자 냄새가 나는지 깨달았다. 대수롭지 않게 지나갔던 일이라 전혀 생각지도 못했다. 규영과 연석의 설명을 듣고 나서야 오해가 풀린 나희는 멋쩍은 얼굴로 사과를 하고는 저녁을 차린다는 구실을 대고 주방으로 사라졌다.

음식 냄새가 나면 힘들어하는 호수를 데리고 2층 방으로 올라온 연석은 웃통을 벗어젖히고 거울에 등을 비춰 보았다.

"호야, 여기 봐. 내 등 빨간 것 좀 봐봐."

엄살 가득한 연석의 하소연임을 알면서도 호수는 남편의 등을 살펴보러 가까이 다가갔다.

"잡았다. 내 색시."

먹이를 낚아챈 거미처럼 연석은 긴 팔과 다리로 호수를 칭칭 동여매어 침대 위에 드러누웠다.

"호야, 아직도 화났어?"

"아니."

"이제 싸우지 말자."

"나도 미안해. 오빠가 왜 그런 말을 하는지 알면서도 괜히 화가 났어."

"황 비서가 그러는데 임신하면 원래 그렇대. 내가 무조건 참고 빌어야 한대."

"정말 황 비서님은 유능하셔."

설핏 웃는 호수의 입술을 살짝 물었다 놓은 연석이 부드러운 콧날에 입술을 대고 중얼거렸다.

"그래도 키스할 때 입덧 안 하는 게 어딘가 싶다."

킥킥 웃는 호수의 턱을 검지로 받쳐 든 연석이 그윽한 목소리로 제안했다.

"그런 의미에서 키스 한번 할까요?"

고개를 끄덕인 호수가 먼저 두 팔로 연석의 목을 끌어안았다. 소곤거리던 은밀한 웃음소리가 입술 속으로 조용히 스며들었다.

* * *

필요한 조명만 남아 어둑한 한국 옥션 로비에 호수의 단정한 구두 소리가 또각또각 울렸다. 당직 근무를 서는 보안업체 직원과 서로 묵례를 한 후 묵직한 회전문을 밀었다. 밖으로 나가자 선득한 소슬바람이 옷깃을 파고들었다. 재킷 앞섶을 꼭꼭 여미며 건물 주변을 둘러보았다. 인적 드문 밤거리의 썰렁함이 조금은 무섭기까지 하려던 찰나,

"나 찾는 거야?"

어느 틈에 다가온 연석이 커다란 트렌치코트 자락을 펼쳐 호수

를 감싸 안았다. 낮은 웃음소리가 귓가에 울리자 마음이 놓였다.

"오래 기다렸어?"

"아니. 한 5분쯤 됐나?"

"애들은?"

"코 잠들었지. 아버지하고 내가 저녁 내내 숨바꼭질해주느라 고생했어. 덕분에 씻기고 나니까 바로 기절해 버리더라고."

요즘 손자, 손녀에게 꽉 잡혀 사는 규영을 떠올린 호수의 얼굴에 행복한 미소가 번졌다.

"차, 안 가져왔어?"

"택시 타고 왔어. 오늘은 호야하고 심야 데이트 좀 할까 싶어서."

"그거 좋다! 참, 좋다!"

연석은 손바닥을 치며 웃는 호수의 동글동글한 뺨에 입술을 꾸욱 눌렀다. 둘째를 낳고 2년여를 꼬박 보양식이며 야식을 챙겨 먹여서 겨우 살이 오른 호수의 모습이 썩 마음에 들었다.

"뭐 좀 먹으러 갈래?"

이마를 찡그린 호수의 눈동자가 고민으로 갈팡질팡하는 것이 보였다. 먹고 싶은 것은 많고 살찌는 것은 걱정스러운 귀여운 표정이었다.

"살 안 쪘어. 지금이 내가 본 모습 중 제일 예뻐. 걱정하지 말고 먹고 싶은 거 먹자. 대신 내일 나하고 스쿼시 한 게임! 어때?"

결혼 전에 비하면 무려 5킬로그램인데. 게다가 여기저기 붙은 군살 하며. 하지만 금세 호수의 걱정은 느슨해졌다. 살이 안 쪘을 리 없다는 것을 알면서도 연석이 저렇게 말하면 정말 딱 보기 좋은가보다 싶으며 안심이 되었다.

"그…… 럴까? 그럼, 곱창 먹어도 돼?"

하필 곱창이라니. 연석이 별로 좋아하지 않는 메뉴였지만, 호수가 먹고 싶다면 얼마든지 양보할 수 있었다. 호수 덕에 후식으로 먹는 볶음밥의 진미를 알았으니까.

"OK! 공주님이 좋아하는 곱창집으로 모시겠습니다."

"궁금한데. 내가 왜 아직도 공주야? 공주는 우리 딸 아니야?"

"딸은 딸이고. 나한테 공주는 영원히 너지."

호수의 손을 감싸 쥔 연석은 자신을 올려다보는 호수의 눈길을 지긋이 마주했다. 세상에 너보다 사랑하는 것은 없다는 뜻이 깊이 스민 눈빛에 가슴이 두근두근 내달렸다. 서늘한 밤공기 속에서도 순식간에 얼굴이 뜨거워진 호수는 얼른 고개를 내리고 다른 말을 했다.

"오랜만에 산책 좀 하자. 종일 책상에 앉아서 모니터만 들여다봤더니 몸이 고철 덩어리가 된 것 같아."

어둠이 내린 고즈넉한 정동길을 걷는 두 사람을 따르는 그림자마저도 다정했다. 하루 동안 있었던 일들을 조곤조곤 나누다가 또는 장난을 치다가, 거리가 울리도록 시원하게 웃었다.

대화는 끝없이 이어졌다. 김찬영 대리의 현란한 PPT 때문에 실장님이 정신 사납다고 핀잔을 줬다든지, 최진혁 차장의 셋째가 벌써 돌이라든지. 별것 없는 내용을 주고받는데도 어린 소녀들처럼 툭하면 웃음이 터졌다.

"진짜 오랜만이다. 우리 호야하고 이 시간에 여기 걷는 것도."

"행복하다. 그치?"

연석은 고개를 끄덕였다. 야밤의 산책은 실로 오랜만이었다. 뒷골이 오싹하게 당길 만큼 진한 행복감이 온몸을 휘감았다. 둘째를 낳고 부모님과 합친 이후로 전처럼 정동길을 여유롭게 즐길 시간이 없었다. 일 때문에, 아이들 때문에 하루하루가 쫓기듯이 바쁜 날들이었다.

"우리가 대학에서 만난 지 엊그제 같은데 벌써 애가 둘이야. 아우, 말도 안 돼."

"그렇지. 말도 안 된다 정말. 우리 호야가 애 엄마라는 것 자체도 믿을 수 없어."

만약 호수를 다시 만나지 못했다면, 마음을 돌리지 못했다면······. 지금의 이 행복은 어느 구석에 처박혔을 테고 진연석은 불행을 벗 삼아 살았겠지. 생각만 해도 가슴이 갑갑해진 연석은 가을밤의 찬 공기를 폐부 깊숙이 들이마셨다.

"사랑해. 호야."

조용히 읊조리는 소리가 호수의 가슴을 뭉근하게 두드렸다. 나긋한 미소를 지으며 호수가 고개를 기울여 연석을 올려다봤다.

눈이 마주치는 순간 연석의 입술이 호수의 입술 위로 나비의 날개처럼 사뿐하게 내려앉았다. 부드럽고 애틋하게 그리고 갈급하게. 깊고 깊은 키스가 이어졌다. 이제 막 사랑에 빠진 연인처럼 서로를 안고 매달린 채 달콤한 키스를 나누었다.

* * *

유쾌한 도어맨의 인사를 뒤로하고 뉴욕의 크리스티 사무소의 문을 나서는 호수의 발걸음이 날 듯이 가벼웠다. 연석의 연줄로 알게 된 크리스티의 스페셜리스트와 가진 짧은 인터뷰도 유익했지만, 지금 당장 남편을 보러 간다는 사실에 기분이 하늘하늘 춤을 췄다. 가방에서 핸드폰을 꺼내 연석의 번호를 눌렀다. 금세 낮고 달콤한 음성이 고막을 만족시켰다.

"8번가의 딘앤델루카(Dean & Deluca)에서 기다리고 있을게. 빨리 와!"

카페에 먼저 도착한 호수는 커피를 주문하기 전에 진열대 위의 에코백과 머그컵 같은 것들을 둘러보았다. 살까 말까 고민하며 망설이는데 창밖에서 연석이 손을 흔들며 웃고 있었다.

"여기 서서 뭐 해?"

"텀블러가 예뻐서 하나 살까 고민 중이었어."

"마음에 드는 것 있으면 사."

"몇 개 사서 사무실 사람들한테 선물할까 봐."

"그래. 좋은 생각이다."

말을 하면서 연석은 자신이 입고 있던 셔츠를 벗어서 호수의 어깨에 걸쳐주었다.

"왜? 나 안 추운데."

"모르는 척하지 마. 뉴욕 한복판이라고 너무 자유분방하게 입었어. 그 예쁜 견갑골, 나만 볼 거야."

등이 훌렁 파인 호수의 새빨간 홀터넥 블라우스가 아까부터 마음에 들지 않았던 연석은 자신의 셔츠로 사람들의 시선을 차단해버렸다.

"그러는 진연석 씨는 반팔 티셔츠 한 장만 입은 모습이 너무 치명적인데."

얇은 면 티셔츠는 팽팽한 가슴 근육과 넓은 어깨가 뿜어내는 탄탄한 남성미를 감추지 못했다. 연석은 어쩔 수 없다는 듯 뻔뻔한 표정을 지으며 어깨를 으쓱거렸다. 괜히 주문대 너머의 메뉴판을 소리 내어 읽는 연석을 흘겨보던 호수는 골라 담은 텀블러와 커피를 계산하고 테이블에 앉았다.

"저 남자, 연예인인가?"

커피를 테이블에 올려놓던 연석은 호수의 시선이 멈춘 곳을 따라 눈을 돌렸다. 두 명의 남자가 열띤 토론을 하는지 제법 진지한 분위기였다.

"누구? 저 어린 남자애? 가수잖아. 빌보드를 휩쓸고 있는."

"아니. 거기 말고 맞은편. 잘생긴 남자. 어디서 본 것 같은데. 영화에서 봤나?"

스스럼없이 모르는 놈에게 '잘생긴 남자'라고 갖다 붙이는 호수를 보는 연석의 눈빛이 매서웠다.

"이호수, 감히 다른 놈이 눈에 들어와?"

"왜? 뭐? 잘생긴 걸 보고 잘생겼다고 말하면 안 돼? 왜? 당신도 예쁜 여자 보면 예쁘다고……."

말한 적이 없구나.

호수는 말미잘이 촉수를 오그리는 것처럼 조용히 입술을 오므렸다. 찌릿찌릿한 눈빛을 받으며 난처해하고 있는데 온몸 가득 밝은 에너지를 발산하며 들어오는 까만 머리의 여자가 눈에 들어왔다.

"저 여자도 예쁘다. 오빠도 봐봐. 역시 땅이 넓어서 그런가? 선남선녀가 우후죽순이네."

"됐어! 괜히 주제 돌리지 마."

여자는 '이선!'이라고 소리치며 호수가 잘 생겼다고 평한 남자를 향해 손을 흔들었다. 이선이라고 불린 남자는 벌떡 일어나 테이블에 가까워진 여자를 와락 끌어안고 열정적인 입맞춤을 했다.

"뭐야, 이산가족도 아니고. 저렇게 커플인가 봐. 그런데 우리만큼 다정해 보이진 않는다. 게다가 내 남편이 훨씬 잘생겼네."

호수는 길고 가는 눈으로 곱지 않게 보는 연석에게 너스레를 떨어봤지만, 여전히 분위기는 냉엄했다. 단단히 삐쳤구나. 하는 수 없이 절체절명의 위기 때마다 써먹는 비장의 카드를 꺼내야 했다. 그의 눈을 들여다보며 예전 캠퍼스를 누비던 기분을 되살려 낯간지러운 말을 던졌다.

"사랑해. 오빠."

주책없이 픽, 하고 터지려는 웃음을 간신히 삼킨 연석은 커피를 한 모금 마시며 표정을 숨겼다. 오빠라는 소리를 얼마 만에 듣는지. 무방비 상태에서 들으니 괜히 설렜다.

"우리 둘만 휴가 나오니까 대학생 때로 돌아간 거 같네. 그치이, 오빠."

"어……."

기분이 많이 좋아진 연석은 씰룩거리는 입매를 진정하기 위해 입술을 꽉 물었지만, 이미 눈에 웃음기가 가득했다.

"우리 서로에게 서로밖에 없는 거 잘 알면서 애처럼 질투하기야?"

"그래, 알지. 그런데 호야, 솔직히 너 어제도 그렇고."

연석은 없었던 일로 하기로 한 어젯밤 사건을 입에 올렸다. 감정이 울컥하는지 테이블 위에 올려진 손가락을 달그락달그락 두드렸고 그 소리가 꽤 신경질적이었다. 또다시 모호해진 분위기에 호수는 볼을 긁으며 연석의 눈치를 살폈다. 어젯밤 일은 엄연히 따지면 호수의 잘못이 아니었지만, 그가 화를 내는 것도 이해됐다. 호텔 바에서 샤워를 마치고 내려올 연석을 기다리고 있던 호수는 자신에게 작업을 거는 남자가 너무 신기해서 시원하게 내치지 못했다.

그 남자는 아마도 경험 많은 바람둥이가 분명했을 터였다. 외모는 그다지 훌륭하지 않은데 말솜씨가 엄청나게 재치 있어서 몇 마디 주고받다 보니 경계심이 허물어졌다. 호수가 거절하는데도 그녀의 말을 받아치며 하는 농담이 너무 기발해서 연신 웃음이 나왔다. 애를 둘이나 낳은 자신에게 적극적인 호감을 표하며 다가온 백인 훈남이 고맙기도 하고 신기하기도 한 마음. 그 이상도 이하도 아닌, 딱 그 마음이었는데. 생각보다 빨리 샤워를 마치고 내려온 연석에게 그만 딱 걸리고 말았다. 대놓고 하는 달달한 작업 멘트가 기분 좋기도 하고 오글거리기도 해서 마음껏 웃긴 했다. 절대 그가 마음에 들어서가 아니었다.

마티니 잔을 든 호수의 손등을 덮으려던 작업남의 손길을 피하려던 찰나 연석이 나타났다. 다짜고짜 목덜미를 잡아챈 연석이 죽일 듯이 노려보는 기세에 질린 말 잘하던 작업남은 NYPD의 총구 앞에 선 범죄자처럼 양손을 들어 올린 채 뒷걸음질을 치다 사라졌다.

* * *

“내가 여자들 쳐다보면서 헤벌쭉한 거 본 적 있어?”
“아니.”
“너 두고 다른 여자 칭찬한 적 있어?”
“없어.”
“내 눈에 다른 여자가 예뻐 보인 적이 있을 것 같아?”
“아니…….”
　그의 추궁에 대답할수록 순결한 것은 연석이요 천하의 난봉꾼은 이호수였다.
“난 그냥 신기해서 그랬어. 나 같은 아줌마한테 그러니까…….”
“아줌마? 아줌마라고? 네가 왜 아줌마야?”
　이해할 수 없는 얘기를 들은 사람처럼 한껏 눈을 부라린 연석은 목소리까지 높아졌다.
“그럼 내가 아줌마지 아가씨인가? 벌써 애도 둘이고 아침에 일어나면 몸도 옛날 같지 않다니까.”
“누가 너를 아줌마로 봐. 이렇게 예쁘고 귀여운데.”

294

풀이 죽어 희미하게 웃는 호수를 어르는 연석의 목소리는 언제 짜증을 냈나 싶도록 자상했다.

"내 눈에 오빠는 그대로, 아니 전보다 더 멋있는데 나는 진짜 아줌마야. 완전히 한물갔어."

분위기는 역전됐다. 연석은 속상한 마음을 털어놓으며 넋두리하는 호수가 안쓰러워 어쩔 줄 몰라 했다. 그저 손을 꼭 잡아주고 절대 아니라고, 호야는 아직도 너무너무 예뻐서 자기가 불안하다고 위로했다. 이렇게 손쉬운 남자를 봤나. 호수의 시무룩한 표정 한 번에 추궁하던 기세는 눈 녹듯 사그라들었다. 코웃음이 터질 뻔한 위기를 가까스로 넘긴 호수는 순하디순한 눈빛을 지어냈다.

"미안해. 주책맞게 작업인 줄 알면서 하하 호호 장단 맞춰서."

"아니야. 그 자식이 얼빠진 거지 네가 무슨 잘못이 있어. 네가 재밌었으면 됐어. 점심으로 뭐 먹을래?"

다행히 위기는 지나갔다. 그동안 부부 싸움의 결말은 항상 이런 식이었다. 지금처럼 연석이 호수의 기분을 풀어주려고 일부러 밝은 목소리로 다른 얘기를 꺼내면 상황 종료였다. 그래도 여우 같은 마누라답게 한 번 더 쐐기를.

"글쎄. 그냥 오빠 먹고 싶은 거 먹어. 난 입맛이 별로."

"왜 입맛이 별로야? 배 안 고파?"

매번 잘도 속아 넘어가는 연석은 멀쩡하기만 한 호수의 안색을 살피며 이마까지 짚고 있었다.

"점심은 됐고. 그냥 빨리 호텔로 돌아가서 오빠하고……."

호수는 자신의 이마를 짚은 연석의 손을 붙들고 그의 손가락 끝을 지분거리며 은근한 웃음을 흘렸다. 숨은 속내를 알아차린 연석은 급히 자리에서 일어났다. 마시다 만 커피를 정리하고 돌아오자마자 호수의 손을 잡아끌었다.

"가자! 어서 쉬어야겠다."

벌써 단전 아래가 뻐근하게 뭉치기 시작했다. 카페를 나서기 전부터 연석의 입에서 '택시'를 외치는 목청이 우렁찼다.

* * *

긴 시간 달뜬 숨소리로 들척지근하게 달아올랐던 침실에 순간의 정적이 찾아왔다. 가파르게 치솟았던 맥박은 여전히 빠르게 뛰었고 차분하게 가라앉기 위한 숨소리만 짧게 들썩였다. 열기로 달아오른 호수의 얼굴에 차근차근 입맞춤하는 연석의 부드러운 입술이 반듯한 빗장뼈를 타고 내려가 우유처럼 뽀얀 가슴과 윤기 흐르는 아랫배로 차례차례 이어졌다. 전신을 애틋하게 어루만지는 손길과 입술을 만끽하던 호수의 손이 연석의 머리카락을 슬며시 쓸어 올렸다. 그 손길에 고개를 든 연석과 눈이 마주쳤다. 빙긋 미소 지은 연석이 다시 위로 올라와 호수의 입술을 머금었다. 맞닿은 입술이 벌어지고 서로의 혀를 찾아 부드럽게 얽어매었다. 녹아내릴 듯이 감미롭고 농밀한 키스가 끝나고도 아쉬워 짧은 입맞춤이 이어졌다.

"언제까지 이렇게 예뻐할 거야?"

베개를 뭉쳐 그 위에 엎드린 호수는 누가 봐도 사랑이 뚝뚝 흐

296

르는 연석의 눈을 보며 농담처럼 물었다. 가끔 시샘 많은 이들이 연석의 사랑은 갖지 못한 것에 대한 아쉬움일 거라고 평하기도 했다. 귓등으로 흘려들었지만, 호수도 흔들렸던 때가 있었다. 그의 말대로 못 이룰 것 없이 살아온 인생에 유일한 실패를 견디지 못했던 걸까? 궁금하기도 했었다. 물론 지금은 눈곱만큼도 그의 사랑을 의심하지 않는다. 매일같이 이런 눈빛으로 저를 보는데 처음보다 더, 나날이 더 깊어지는 연석의 마음을 모를 수 없었다. 그래도 이렇게 물어본다. 들어도, 들어도 기분 좋으니까.

"죽어서도 사랑할 거야. 너 있는 데는 어떻게든 찾아내서 옆에 꼭 붙어 있을 거야."

마치 호수가 당장 어디로 가기라도 하는 것처럼 연석은 아내의 몸을 바짝 끌어당겨서 제 살갗에 붙여 놓았다. 호수는 손가락으로 연석의 반듯한 콧대를 만지작거리며 기분 좋은 미소를 지었다.

"고마워. 심하게 사랑해줘서."

"당연한 걸 왜 고마워해."

"정말로 당신이 나를 사랑하는 게 점점 당연하게 느껴져. 그러다가 어떤 날은 신기하고, 왜지? 하고 혼자 묻기도 해. 하여튼 그래서 행복하다고."

연석은 콧등에 있는 호수의 손을 아래로 끌어당겨 손가락 끝에 자잘한 입맞춤을 했다.

"이호수 씨, 당신은 유능한 경매사고 한국 옥션의 기둥 같은 직원이고 아이들의 엄마이자 나의 아내지."

"흠, 어쩐지 내가 점점 바빠지는 것 같더라."

"하지만 제일 중요한 역할은, 진연석이 사랑하는 사람."

매일 꿀 바른 레퍼토리를 연구하는 사람처럼 연석은 간지러운 고백을 잘도 했다.

"혀에 버터 바른 사람처럼 멘트가 나날이 매끄럽기도 하셔."

"내가 정말, 정말 사랑하는 호야, 진심인 건 알아주는 거지?"

호수는 차마 연석의 눈을 똑바로 바라보지 못했다. 대학 시절부터 지금까지 십여 년을 들어도 매번 새롭게 쑥스러웠으니까.

"알지. 그런데 사람 욕심은 끝이 없다더니."

"왜?"

"남편한테 이렇게 사랑받고 행복한데도……."

그럼에도 결핍은 있었다. 별것 아니지만 나날이 커지는 자격지심이었다.

"말해 봐."

연석의 손가락이 호수의 머리카락을 귀 뒤로 넘겨주었다. 그 사소한 손길에도 애정이 느껴졌다.

"형님을 보면 부러워."

"형수님? 왜?"

"밝고 유쾌하고 말괄량이 같다가도 곱잖아. 한복을 해서 그런가?"

"그건 형수님만의 매력이고 호야는 너만의 매력이 있잖아. 형수님은 당차고 똑똑해 보이는 너를 부러워하잖아."

수긍한다는 듯 작게 고개를 끄덕인 호수가 한숨을 내쉬었다.

"그건 그렇다 치고. 실은."

내내 가슴에 담아두고 차마 하지 못했던 말. 호수는 마른 입술을 혀로 축이며 망설였고 연석은 진중한 표정으로 기다려 주었다.

"부모님께 사랑받고 자란 형님이 부러워. 사돈 어르신들하고 부모님들하고 자주 어울리는 것 보면…… 생각이 많아져."

"그건 네가 어떻게 할 수 없는 부분이잖아."

"내가 욕심이 많지?"

"아니. 이해해. 얼마든지 그럴 수 있어."

안쓰러운 마음에 연석은 호수를 한 번 더 끌어안았다. 그녀의 정수리에 턱을 올리고 어떤 위로를 해줄까 한참 고민한 후에 입을 열었다.

"하지만 너는 우리 부모님께 굉장한 걸 해줬잖아."

"뭐?"

"넌 딸이 돼주었잖아."

그 소리에 호수는 킥, 하고 웃음을 터트렸다. 그의 말에 반박할 수 없었다. 맏이 며느리지 나날이 천방지축 딸내미가 되고 있긴 했다.

"왜? 정말이잖아. 우리 아버지 일생의 한이 딸이 없는 거였잖아. 거짓말 안 하고 너를 완전히 딸로 생각하실걸? 심지어 일가 친척 통틀어도 딸이 없었는데 네가 손녀까지 낳아줬어. 굉장한 일이지."

"알아. 나는 정말 사랑받는 딸이자 며느리야. 나처럼 편하게 시댁살이하는 사람은 없어."

규영과 나희에게 금지옥엽은 손자 손녀가 아니고 며느리인 호수였다.

　호수의 퇴근이 늦으면 당연하게 연석이 데리러 가야 했고, 여의치 않을 때는 규영과 나희가 직접 데리러 가기도 했다. 철마다 몸에 좋고 맛있는 것은 호수가 먼저였고 예쁘고 귀한 것도 항상 호수가 먼저 차지했다. 그래서 더 아쉬웠다. 사돈어른들과 함께하는 것을 좋아하시는데 자신은 그런 즐거움을 드리지 못하는 것이 속상했다.

　"엄마, 아빠께 정말 잘해드리고 싶은데 매일 받기만 해서 죄송해."

　"넙죽 잘 받는 것도 효도야. 지금도 차고 넘치게 잘하고 있어."

　"후……. 맨날 잘한다, 잘한다 하니까 어떨 때는 정말인가 싶어."

　"네가 힘을 빼고 지냈으면 좋겠어. 너무 잘하기만 해서 걱정된다. 놓치고 실수하고 그래도 괜찮아."

　대답하지 않았지만, 호수는 자신을 가장 잘 아는 연석의 말에 깊은 위안을 얻었다. 솔직히 요즘은 조금 지치는 기분이었다. 타인의 실수에 관대하면서 자신의 실수는 용납하지 못하는 완벽주의가 어느 순간 버겁고 허무하게 느껴졌다. 항상 어깨에 힘을 주고 비틀거리지 않으려고 아등바등하다가 연석이 한 번씩 붙들어주면 쉴 수 있었다. 정말 이 남자가 아니었다면 어떻게 살았을까. 새삼 눈앞이 막막했다.

* * *

"지금까지 제가 들려드린 예술과 경매 이야기가 재미있으셨는지요."

호수의 질문에 방청석에서 긍정적인 대답들이 쏟아져 나왔다. 고개를 끄덕거리는 사람들의 얼굴에 즐거운 미소가 가득했다. 호수는 예능 프로 성격의 강연에 연사로 초빙되었다. 꽤 인기 있는 방송이라 한 달을 꼬박 준비하고 어제는 밤까지 지새웠다. 녹화가 무사히 끝나가는 분위기에 호수도 마음이 한결 가벼워졌다.

"지금까지 미술품 스페셜리스트이자 경매사인 이호수 씨였습니다. 여러분 엄청 재미있었죠?"

사회자가 앞으로 나오면서 방청객에게 박수를 유도했다. 요란한 박수 소리가 유쾌하게 쏟아졌다. 청중들이 오늘 강연을 재미있게 즐겼다는 증거였다. 방청석을 향해 고개를 꾸벅거리며 인사하는 호수에게 사회자가 다가왔다.

"오늘 이호수 씨 덕분에 저희는 눈 호강을 제대로 했습니다."

사회자의 멘트에 방청객들과 패널들이 까르르 웃으며 고개를 끄덕였다.

"네. 오늘 제가 작품을 많이 보여드렸죠."

"미술작품도 많이 보여주셨지만, 보너스로 진짜 잘생긴 남편도 보여주셔서 저희가 굉장히 고맙습니다. 그렇죠? 여러분!"

방청객들이 입을 모아 '네!' 하고 소리쳤다.

아, 그 소리였구나.

호수는 손으로 입을 가리며 쑥스러움을 감췄다. 카메라가 방청석에 앉아있는 연석을 비췄다. 아마 방송으로 보면 잠든 딸아이를 안고 있는 연석이 클로즈업으로 보일 터였다.

"이 자리를 빌려서 남편에게 한 말씀 하실래요? 듣자 하니 굉장한 잉꼬부부라고 소문이 자자하던데요. 대학 시절부터 전설적 커플이라는 소리까지 들었어요."

방청객이 단체로 지르는 소리가 아이돌 콘서트장의 환호 같기도 하고 시샘 섞인 야유 같기도 했다.

"아…… 네. 그런데 제가 성격이 무뚝뚝해서."

"그러니까요. 이럴 때 사랑스럽게 고백하세요. 저기 3번 카메라 보고 말씀하시면 됩니다."

사회자는 호수에게 카메라 위치를 알려준 후 뒤로 빠졌다. 갑작스러운 요청에 당황한 호수의 얼굴은 이미 발그레 달아올라 있었다. 주춤주춤 자세를 잡고 손가락으로 연신 머리카락을 쓸어올리다 간신히 입을 열었다.

"음……. 남편, 고마워요. 사, 사랑해요."

그게 뭐냐고, 너무 싱겁다고 하는 소리가 여기저기서 쏟아졌다. 하지만 연석의 얼굴은 그 어떤 때 보다 밝고 행복해 보였다. 화려하게 빛나는 당당한 호야의 모습을 보는 것만으로 괜찮다는 듯 조용히 고개를 끄덕이고 있었다. 무대 위의 호수와 객석의 연석은 멀찍이 떨어진 시선을 마주하며 미소 지었다. 서로를 향한 신뢰가 견고하게 자리 잡은 눈빛은 그들의 깊은 사랑만큼 찬란했다.

외전 2

자나 깨나 그 생각만 하던 시절

　술자리가 한창 무르익을 즈음, 시간을 확인한 연석이 자리에서 일어나자 친구들의 탄식이 터졌다. '한심한 공처가'라는 친구들의 노골적인 핀잔에도 아랑곳하지 않은 연석이 옆에 있던 해성까지 챙기자 야유가 귀청을 뚫을 지경이었다.

　"시간이 늦었다. 너희들도 적당히 마시고 집에 빨리 들어가라."

　연석에게 이끌려 강제 조기 귀가할 것을 예감한 해성은 급하게 마신 술 탓에 붉어진 얼굴로 투덜거렸다.

　"연석아, 아직 열 시도 안 됐는데. 인간적으로 열 시까지는 놀아야지……."

해도 너무한다고 징징거리는 해성의 서류 가방을 챙긴 연석은 단호했다.

"억울할 것 없다. 집에 가면 열 시 넘어 있어."

"마누라가 그렇게 무섭냐? 하긴 학교 다닐 때 이호수 후배님이 깐깐하긴 했지."

"사나이 대장부가 통금이 웬 말이냐. 천하의 진연석도 별수 없구나."

대학 동창들의 비아냥에도 연석은 마냥 기분 좋은 얼굴이었다.

가을 정기 옥션을 무사히 끝낸 호수와 오랜만에 달콤한 시간을 보낼 수 있다는 일념 덕분에 그들의 비웃음조차 부러움으로 들릴 뿐이었다.

"야! 진연석, 집에 뭐 꿀단지라도 숨겨놨어? 작작 좀 해라."

"어. 꿀단지이자 꽃단지이며 보물단지, 나의 호야가 계신다. 나는 간다. 잘 있거라!"

대리 기사를 기다리며 조급하게 서성거리는 연석의 뒷모습을 보던 해성이 느닷없이 껄껄대며 웃었다.

"너 많이 취했냐?"

연석의 물음에 해성은 고개를 가로저으며 웃음을 갈무리했다.

"아니. 빨리 취하더니 금세 깼다. 지금 네 뒷모습이 대학 때 호수 기다리던 뒷모습하고 너무 똑같아. 기가 막혀서 웃음이 나오네."

"그래?"

"어. 너도 참 어지간하다. 아직도 그렇게 호수가 좋아?"

"응. 그때나 지금이나 똑같이. 아니 매일 새롭게 좋다."

주책맞다 싶을 정도로 입이 한껏 벌어진 연석은 방금 해성이 한 말을 곱씹었다.

정말 그랬다. 호수를 사랑하기 시작한 때부터 지금까지 한결같은 마음이 자신도 신기했다. 생각만 해도 기분이 좋고, 가슴이 둥둥 들뜨고, 안고 싶은 마음만 간절했다. 단지 달라진 게 있다면 사랑의 열병 덕분에 겪어야 할 증상을 다스릴 줄 알게 됐다는 점이다. 예전에는 제어할 수 없는 감정과 욕구를 어찌지 못해 날뛰기도 했었다. 부끄럽고 한심하지만, 그런 시절이 있었다. 하루 종일 그 생각만 하고 몸이 달아 미쳐가던 진연석이 있었다.

* * *

춘삼월이라지만 아직은 겨울 공기가 묻어나는 캠퍼스. 개강 첫날 첫 수업을 마친 연석은 상경대 뒷마당 잔디 위에 우두커니 앉아 있었다. 을씨년스러운 날씨에다 응달진 자리라 제법 쌀쌀한데도 연석은 오히려 찬 공기에 안도하며 열기를 식히는 중이었다. 예고도 대책도 없이 하복부 깊은 곳에 고이는 열기 때문에 요즘은 매 순간이 살얼음판 같았다. 역시 늦바람이 무섭다던 옛말은 그르지 않았다. 호기심 왕성한 사춘기 때도 겪어본 적 없는 단순 무식한 욕구 탓에 돌아버릴 지경이었다.

1교시부터 전공 수업을 듣던 연석은 필통 속에 섞여 있던 호수의 펜을 발견했다. 그것이 사달의 시초였다. 펜은 자연스럽게 호수를 연상시켰고 호수를 생각하니 어젯밤 도서관 후미진 곳에서 나눈 진한 키스가 떠올랐다. 그렇게 꼬리를 문 음란한 망상은 지난겨울, 혹한의 날씨를 뜨겁게 녹였던 호수와의 첫 밤까지 거슬러가고 말았다.

강의 내용은 한쪽 귀로 들어와 그대로 다른 쪽 귀로 빠져나갔다. 느닷없이 달아오른 호흡을 느끼고 혼자 찔리던 순간 청바지를 뚫을 기세로 팽팽하게 일어선 분신을 확인하고 말았다. 무려 세 시간짜리 강의 내내 아릿한 통증과 머릿속을 점령한 요망한 장면들이 연석을 괴롭혔다. 끝내 분기탱천한 주니어를 가라앉히지 못한 연석은 등에 메야 할 백팩을 끌어안고 날 듯이 달려 좀처럼 해가 들지 않아 여름에도 삭풍이 분다는 상경대 뒤뜰에 자리를 잡고 달뜬 호흡을 달랬다.

이게 다 욕구불만 때문이었다. 항상 바쁜 호수가 안쓰럽던 마음이 오늘은 심통이 났다. 여자친구의 사정을 속속들이 알고 마음 깊이 이해하면서도 그것과 별개로 야속했다. 연예인을 사귀어도 이보다 만나기 쉽겠다는 생각에 한숨만 쏟아졌다. 차라리 몰랐을 때가 행복했다. 좀 더 참을 걸, 괜히 안아서 제 발등을 찍은 것 같았다.

또 떠오른다. 생각을 밀어내야 하는데 자꾸만 음미하고 싶어 결단을 내리지 못하고 있었다. 호수의 뽀얀 가슴과 찰진 엉덩이, 그리고 하얀 허벅지 사이의 깊고 오묘한 그곳. 거기에 입술을 묻고 싶었다. 여전히 부끄러움 많은 호수를 달래서 옷을 벗기고 몸 여기저기에 진득한 입맞춤을 하면서 보드라운 살결을 만질 때의

306

황홀함을 떠올리며 손바닥을 들여다봤다. 아쉬움에 군침만 넘어갔다.

머뭇거리던 호수의 숨소리가 조금씩 가빠질 때의 아찔함. 첫 삽입 때마다 콧잔등을 찡그리며 몸을 뒤트는 모습. 열기가 고여 붉어지는 눈시울. 절정으로 달아올라 연석의 목을 질끈 동여매듯 끌어안는 순간. 앓는 듯 흐느끼는 교성.

"하……. 미치겠다. 미친놈아 정신 좀 차리자. 색마 새끼야."

종일 호수하고 그 짓 할 생각만 하는 것 같았다.

"연석, 여기서 뭐 하고 있어? 춥지도 않냐?"

강의가 끝나자마자 총알처럼 튀어 나간 연석을 겨우 찾아낸 해성이 다가왔다. 언뜻 봐도 고가의 브랜드인 번듯한 외투는 누런 잔디 위에 팽개쳐놓고 반소매 티만 입은 연석에게 엄지를 들어 보였다. 연석의 팔뚝에 잡힌 근육이 지난 학기보다 더 탄탄해지고 견고해 보인 탓이었다.

"방학 동안 머슬 마니아 나갈 준비라도 했어? 몸이 왜 이렇게 좋아졌어?"

무람없이 연석의 몸 여기저기를 더듬거리던 해성이 순수한 감탄을 터트렸다.

"건드리지 마. 터지기 직전이야."

뒤늦은 사춘기 증상에 시달리는 주니어를 가라앉히느라 진이 빠진 연석의 목소리는 잔뜩 날이 서 있었다. 돌덩이보다 단단한 근육은 긴 겨울방학의 결과물이었다. 힘이 남아돈다고 호수를 마냥 괴롭힐 수는 없으니 운동에 몰입한 결과였다.

"호수는? 수업 있나?"

분명 시간표를 꿰고 있을 연석이 홀로 앉아 있는 것을 보며 해성이 넘겨짚었다.

"아니. 이번 시간은 공강이야."

해성과 대화하느라 빠르게 진정이 된 연석이 자리에서 일어났다. 아직 꽁꽁 언 바닥에 오랜 시간 앉아 있었더니 엉덩이가 얼음장 같았다.

"어……? 쟤가 어딜 가는 거야?"

허공을 응시한 채 중얼거리는 연석의 목소리는 얼어붙은 엉덩이보다 더 차가웠다.

"누구? 호수? 어디 있는데?"

해성은 도대체 어디에 있는 뭘 보고 얘기하는지 알 수 없었다. 사방을 둘러봐도 아는 얼굴이 없었다. 이놈이 첫사랑에 단단히 미치더니 헛것이 보이는 걸까? 해성은 진심으로 걱정하며 연석의 눈을 진지하게 들여다봤다.

"저기 있잖아. 안 보여? 그런데…… 옆에 있는 똥파리 새끼들은 뭐지?"

가늘게 뜬 연석의 눈매가 사납게 번득였다. 그 시선을 길게 따라갔던 해성은 감탄을 섞어 혀를 찼다.

"저게 보이는 것도 어이없고 호수라고 알아본 것도 신기하다. 근데 진짜 호수가 맞는 거야?"

눈에 대포 카메라가 달린 것인지. 저걸 어떻게 알아본 걸까. 경영대 건물을 지나고 또 지나 멀리 떨어진 중앙도서관 앞을 지나는 손톱만 한 인영을 알아본 연석의 집착에 혀를 내둘렀다. 연석을 따라 호수라고 추정되는 물체를 끈질기게 관찰하던 해성이 담담하게 중얼거렸다.

"호수 동기들이네. 복학한 놈도 보이고……. 호수한테 잘 보여야 할 일이 있는 모양이다. 예를 들어 조별 과제라든가."

"호야가 웃어줬어. 저놈들한테……."

까득! 이를 가는 소리를 들은 것 같았다. 해성은 진심으로 걱정되기 시작했다. 사랑에 미친놈도, 그놈에게 걸린 호수도.

＊ ＊ ＊

한창 필기에 빠져 있던 호수는 옆자리에 딱 붙어 앉는 기척을 느끼고 고개를 들었다. 반가워 방긋 웃으려던 입꼬리가 올라가다 제자리로 내려왔다. 자신을 보는 연석의 눈빛이 너무 매서웠다. 연석은 책상 위에 고요히 엎어져 있는 핸드폰을 손가락으로 가리켰다.

'아, 미안.'

호수는 입을 벙긋거리며 사과했다. 핸드폰 화면을 연석에게 내밀며 무음 상태임을 확인시켰다. 부재중 통화와 메시지가 두 자릿수를 기록한 것을 보며 호수가 애교 있게 눈웃음을 지었다.

"뭐가 그렇게 바빠서 수업 끝나고 전화도 안 했어?"

절대 정숙을 지켜야 할 도서관에서 연석은 아무렇지도 않게 소리 내어 말을 했다. 놀란 토끼 눈을 한 호수가 검지를 입술에 대고 경고했다. 쉿! 하라고. 그 모습에 순간적으로 아찔해 버린 연석이 눈을 질끈 감았다. 동그랗게 오므린, 자신이 선물한 체리 핑크빛 립밤이 발린 촉촉한 입술이 그의 음란지심에 불을 붙였다.

'밖에서 얘기해.'

눈을 감은 연석의 귓가에 대고 호수가 소곤거렸다. 따듯한 입김이 달콤한 숨결을 타고 연석의 귀에 있는 성감대를 간질였다. 부르르 몸을 떨고 난 연석은 발끝을 세워서 걸어가는 호수의 뒷모습을 야속한 심정으로 흘겨보았다.

"오빠, 자판기 커피 괜찮아? 난, 당이 떨어져서 한잔 마시려고."

"그래. 한잔 부탁해."

연석은 종이컵에 커피가 쪼르르 떨어지는 모습을 지켜보는 호수에게 다짜고짜 물었다.

"아까 그놈들은 다 뭐야?"

"응? 아까?"

자판기에서 꺼낸 커피를 연석에게 내밀던 호수는 생각하느라 눈동자를 굴렸다. 연석이 말하는 그놈들이 누구인지 퍼뜩 떠오르지 않은 탓이었다.

"오전에 수업 끝나고 도서관 앞까지 어울리던 놈들 있잖아. 그중에 한 놈은 너하고 인문대 건물로 들어가던데."

빠르고 단호한 연석의 말을 듣고 난 호수는 가볍게 웃고 말았다.

"국제 금융론 수업 같이 듣는 동기들인데 조별 과제 때문에. 같은 조 하고 싶다고 해서 얘기하느라고. 그리고 인문대까지 같이 갔던 애는 인적자원론 수업 팁 좀 알려달라고 해서."

"그런데……. 뭘 그렇게 예쁘게 웃어 주고 그래. 너 원래 잘 웃지도 않잖아."

무뚝뚝하게 따지는 연석의 말이 끝나기도 전에 호수의 미소는 싸늘하게 식어 있었다. 연석이 말한 대로 잘 웃지 않는 호수의 서늘함이 그를 향했다.

"오빠, 좀 그렇네."

"뭐가?"

"웃든, 울든 그건 내 자유잖아. 내가 왜 이런 걸 일일이 오빠한테 설명해야 하는 거야?"

갑자기 말문이 막힌 연석의 기름한 눈매가 순하게 가라앉았다. 냉담한 호수의 분위기 앞에서 연석의 가슴이 철렁했다.

"나 지금은 좀 바빠. 중간고사 리포트 주제 잡아놔야 해. 오후에 팀원들하고 모여서 회의해야 한단 말이야."

"그럼, 저녁에 느, 늦어?"

"어. 그럴 것 같아."

호수는 미지근해진 커피를 단숨에 마셔 버리고는 총총히 도서관 안으로 사라져 버렸다. 괜히 혼자 감정에 빠져 어깃장을 놓았던 연석만 덩그러니 로비에 남겨졌다.

* * *

딸칵, 딸칵, 딸칵! 마우스 버튼을 누르는 소리가 신경질적이었다. 자료 조사한답시고 컴퓨터 앞에 앉은 지 몇 시간이 지난 연석은 까만 침묵에 싸인 핸드폰을 들어 올렸다. 데리러 가겠다는 연석의 메시지에 답도 없는 호수 때문에 정신이 사나웠다.

"하……. 내가 왜 그랬을까. 호야, 화내지 말아라."

연석은 다시 마우스를 붙들고 메일함을 클릭했다. 해성이 수업에 도움이 되는 강의 동영상이라고 보내 준 파일을 아무 생각 없이 열었다.

"아이 씨! 깜짝이야!"

파일을 열자마자 모니터 화면이 남녀의 피부색으로 채워졌다. 게임용으로 설치한 대형 모니터는 한데 엉켜서 한창 열을 올리는 남자의 요란한 허리 짓과 여자의 출렁이는 탐스러운 가슴으로 가득 찼다. 앙앙거리는 여자의 목소리가 스피커를 통해 생생하게 전달되었다. 아늑한 연석의 침실은 교접하는 남녀의 모습과 숨찬 호흡으로 끈적하게 달아올랐다. 급히 마우스 포인터를 끌어와 화면을 닫으려던 연석은 너무나 무력하게 화면 속으로 빠져들었다. 난생처음 보는 희한한 체위가 그를 사로잡은 탓이었다.

"저게, 가능하다고?"

상당히 힘들어 보이는 자세를 능숙하게 연기하는 전문 배우들의 모습을 보는 연석의 목울대가 연이어 꿀렁거렸다. 젊은 혈기는 단숨에 끓어올랐다. 거칠게 가빠지는 호흡을 다스리지도 못하고 화면에 깊이 몰입하고 말았다. 빳빳하게 일어선 분신의 뻐근한 통증을 더는 참을 수 없어 책상 주변을 두리번거리던 연석은 그제야 정신이 들었다. 후각을 자극하는 고소한 기름 냄새가…… 방에서 날 리 없었다. 털썩, 하고 무언가 바닥으로 떨어지는 소리가 들렸다.

"호야……."

언제 열린 것인지 활짝 열린 방문 앞에 호수가 서 있었다. 커다란 눈 가득 그렁그렁한 눈물을 달고 알 수 없는 눈빛으로 그를 보던 호수가 풀썩 주저앉았다.

"흐흐흑……."

두 손으로 얼굴을 가리고 훌쩍거리는 호수를 보는 순간 연석은 황망한 소리를 지르며 달려들었다.

"호야! 왜 그래? 무슨 일 있었어?"

"왜 그런 걸 혼자 보고 있어! 내가 얼마나 깜짝 놀란 줄 알아?"

달래는 손을 매정하게 쳐낸 호수가 그를 노려보며 따졌다.

"아, 미안해. 친구 놈이 장난으로 보내 준 파일인데. 금방 끄려고 했는데. 그게……. 내가 미쳤나 봐. 미안해. 놀랐지?"

"바람난 줄 알았잖아!"

"뭐어?"

연석은 주먹으로 젖은 눈두덩을 비비는 호수를 어이없는 눈으로 바라봤다.

* * *

호수는 낮에 연석에게 매몰차게 대한 것이 내내 가슴에 남아 회의에 집중하지 못했다. 대충 제 생각을 정리한 프린트물만 넘겨주고 양해를 구한 후 일어났다.

종일 을씨년스럽던 회색 하늘은 가랑비를 흩뿌리고 있었다. 마침 과외비가 들어온 날이었다. 큰마음 먹고 후라이드 치킨 한 마리와 맥주 두 병을 사서 연석의 오피스텔로 들어갔다. 놀래줄 마음으로 조용히 현관문을 연 호수는 거실 밖까지 들리는 야릇한 소음 앞에서 얼어붙었다. 이것은 분명, 그렇고 그런 상황에 놓인 남녀의 소리였다. 헉헉대는 남자의 숨소리와 숨넘어갈 듯한 여자의 교성을 듣는 순간 정신을 놓칠 뻔했다. 간신히 마음을 추스르고 연석의 방문 앞에 선 호수의 볼에 벌써 눈물이 주르륵 흘렀다. 사귄 지 얼마나 됐다고, 벌써 다른 여자를⋯⋯.

호수는 문을 열고 확인하고 싶은 마음과 이대로 뛰쳐나가고 싶은 마음 사이에서 사투를 벌였다. 어느 쪽을 택하든 결과는 같을 터였다. 그래, 소리도 다 들었는데 눈으로 본다고 해봤자 여기서 얼마나 더 놀랍겠어.

천천히 문을 열었다. 문틈이 벌어질수록 온몸이 사시나무처럼 떨렸다. 차마, 볼 수 없어 자동으로 눈이 감겼다. 남녀의 민망한 소음이 더 크고 선명하게 들렸다. 숨을 들이켜며 눈을 뜬 호수는 어처구니없는 광경 앞에서 다리가 휘청거렸다. 오빠도 저런 걸 보는구나, 하는 안도와 이유를 알 수 없는 화가 치밀었다. 그를 달래줄 마음에 사 들고 온 치킨과 맥주가 툭, 하고 바닥에 떨어졌다.

"호야⋯⋯."

그가 부르는 소리를 듣는 동시에 온몸의 힘이 빠져나갔다. 그대로 주저앉아 아이처럼 엉엉 울고 말았다.

* * *

"흐읍!"

가녀린 호수의 허벅지가 파르르 떨렸다. 연석이 물고 핥는 축축한 소리가 귓속을 파고들 때마다 저릿한 전류 덕에 발가락이 오므라들었다. 호수는 자신의 아래에 잠긴 까만 머리통이 잔물결처럼 흔들릴 때마다 눈앞이 빙빙 돌았다.

"어지러워."

자극을 버티지 못한 호수가 골반을 비틀며 바둥거렸다. 그에게 벗어나고자 했지만, 은밀한 살점을 괴롭히는 데 몰두한 집요한 남자는 여지를 주지 않았다. 이미 두 번이나 이 상태로 끝까지 가버렸던 호수는 기진맥진한 목소리로 사정했다.

"그만, 그만! 제발."

혼자 허공을 보고 절정에 오르는 것은 별로였다. 롤러코스터를 타고 최고조로 떠올랐다 곤두박질치는 아찔함에 멀미가 났다. 짜증이 느껴지는 호수의 흐느낌을 들고 나서야 연석이 고개를 들었다. 동시에 쪼옥 하고 입술 떨어지는 소리가 들렸다. 부드럽게 어르듯 다리 안쪽부터 입을 맞추며 올라온 연석이 지쳐서 늘어진 호수의 몸을 가만히 끌어안았다.

"내가 아까 신경질 부렸다고 이러는 건 아니지?"

"그런 거 아니야. 너 기분 좋아지라고 한 건데. 별로였어?"

"힘들었어. 정신이 아득해질 때 안아 주는 게 좋아. 혼자 허우적거리는 기분은 싫어."

"알았어. 네가 좋은 거 싫은 거 숨기지 말고 말해 줘."

연석은 지쳐서 나른해진 호수의 투정이 사랑스러웠다. 매트리스 위에 길게 흐트러진 머리를 찬찬히 쓰다듬으며 동그란 이마에 입을 맞췄다.

"그럼 이제 서로 얼굴 보고 해볼까?"

연석의 은근한 제안에 희미한 미소를 지은 호수가 팔다리로 그의 몸을 꼭 끌어안았다. 하복부를 찌르는 팽팽한 긴장을 느낀 호수가 살포시 가라앉은 눈을 하고는 작게 속삭였다.

"가끔 이러는 내가 이상해. 이래도 되는 걸까?"

"뭐가?"

봉긋한 가슴 위에 맺힌 열매를 입술로 지분거리던 연석이 고개를 들고 물었다.

"오빠하고 이러는 거. 그리고 이런 게 점점 좋아지는 거."

"너는 점점 좋아져? 나는 미치도록 좋아. 질리도록 너하고 뒹굴고 싶어. 질릴 리가 없겠지만⋯⋯."

호수의 눈이 느릿하게 깜빡였다. 탄탄한 나무같이 우뚝한 사람이라고 생각했는데 그런 유혹을 감당하고 있다는 것이 믿어지지 않았다.

"너를 안 보고 있어도 계속 상상해." "뭘?"

"널 안는 생각만 해. 온종일."

"진짜?"

호수의 작은 열매를 입술에 문 연석이 고개를 끄덕였다.

"응."

"그 정도라고? 난 오빠가 그런 줄 전혀 모르겠던데. 으윽."

연석이 손아귀가 가슴을 아프도록 주무르자 짜릿하면서도 강렬한 쾌감이 호수를 자극했다. 호수가 방문을 열고 그를 마주쳤던 순간부터 대단해져 있던 분신이 불쌍하지도 않은지 연석은 하얀 살결을 맛보는 일에 너무 공을 들였다.

"아까 왜 그렇게 울었던 거야? 진짜 깜짝 놀랐잖아. 내가 그런 거 본 게 그렇게 충격적이었어? 나 그런 거 즐겨보는 사람 아니야. 걱정하지 마."

"그게, 사실은."

연석은 망설이는 호수의 몸을 끌어안고 반 바퀴 굴러 침대에 똑바로 드러누웠다. 탄탄하고 넓은 가슴에 엎드린 호수가 그의 가슴에 옆얼굴을 대고 자신이 놀랐던 이유를 설명했다.

"이 방에 다른 여자가 있는 줄 알았거든. 오늘로 우리가 끝인가 보다 생각했어."

기분 좋은 손길로 호수의 머리카락을 쓰다듬던 연석의 동작이 순간적으로 멈췄다.

"아니. 어떻게 그런 생각을. 내가 널 두고 다른 여자를 이 집에 들였을 거란……."

딱딱하게 굳은 연석의 목소리를 들은 호수는 그를 오해한 경솔함이 사무치게 미안했다. 이렇게 다정한 남자친구를 두고 엉뚱한 상상을 한 것을 사과하려고 입술을 떼려던 찰나.

"미안해. 호야. 많이 놀랐겠다."

너그러운 음성이 호수의 마음에 동심원을 그렸다. 그가 벌컥 화

를 내도 당연하다 생각하고 마음을 단단히 먹었던 것이 무색해
진 순간이었다.

"화나지 않았어? 내가 그런 얼토당토않은 오해를 했는데?"

"화가 왜 나. 네가 많이 놀라고 울었잖아. 그게 제일 속상하네."

연석은 뼈가 만져질 정도로 마른 호수의 등을 토닥이며 인상을
찌푸렸다. 이렇게 연약한 호수를 놀라게 할 빌미를 제공한 해성
을 향해 속으로 쌍욕을 주절거렸다.

"그런데 아까 정말 몰입해서 보더라고."

"음……. 나도 어쩔 수 없이 짐승 같은 놈이라서. 좀 신기해서.
공부도 할 겸."

연석은 민망함을 감추기 위해 과장된 웃음소리를 냈다.

"공부?"

"나도 아직 초보라서 잘 모르거든. 사랑을 나누는 다양한 방
법 말이야."

"아……."

호수가 문을 열었던 순간, 그녀의 동공을 가득 채운 장면이 떠올
랐다. 정신 나간 사람처럼 머리를 흔들며 남자의 위에서 말을 타
던 여자의 앙앙거리던 콧소리가 환청이 되어 울렸다.

"그런 걸 해보고 싶었구나."

가만히 고개를 들고 연석을 쳐다보던 호수가 천천히 몸을 일으
켰다. 연석은 자신에게서 떨어져 나가려는 몸을 붙들고 벗어나지
못하게 했다. 싱긋 미소를 지은 호수가 그의 하복부 위에 허리를
세우고 앉아 수줍게 속삭였다.

"그럼 이제 실습이야."

"응?"

호수는 단단하게 부풀다 못해 눈물을 뚝뚝 흘리고 있는 연석의 흥분을 가만히 감싸 쥐었다. 무방비로 있던 연석은 야릇한 신음을 흘리며 눈을 감았다. 작고 보드라운 손아귀가 주는 얕은 쾌감이 빠르게 그의 전신을 타고 돌았다. 호수는 금세 달아올라 숨이 거칠어지는 연석을 보며 하체를 띄웠다. 자극으로 부푼 곳에 찌를 듯 솟구친 그를 가만히 가져다 대었다.

"으윽."

아직은 초보라서 모르는 게 많다던 남자는 붙들고 있던 호수의 허벅지에 하얀 손자국이 나도록 힘을 주며 신음을 터트렸다. 빠듯하게 좁은 길 속에서 첫 쾌감에 빠진 연석은 아랫입술을 아프도록 깨물었다. 버거워서 어쩔 줄 모르는 호수의 허리를 붙든 연석이 누운 상태에서 얕게 허리를 움직였다. 조심스러운 담금질을 반복하며 호수가 아프지 않도록 길을 들였다. 느릿한 동작이 반복될수록 두 사람은 전신을 휘감는 야릇하고 애틋한 쾌감에 빠져들었다.

연석은 아래에서 보는 호수의 야한 모습에 취해 흥분이 배로 치밀었다. 게슴츠레 뜬 눈으로 그를 보며 이리저리 흔들리는 호수가 너무 예뻤다. 점점 달아오르는 감각을 느끼기 시작한 호수의 몸짓이 빨라졌다. 동시에 쾌감의 강도가 깊어짐을 느낀 연석은 흐느적거리는 호수의 몸을 당겨와 끌어안았다. 연석이 적극적으로 나설 차례였다.

격렬한 숨소리와 살결이 철썩이는 소리만 침실에 가득했다. 호수의 입에서 나오는 간드러진 신음이 연석을 더욱 자극했다. 절정이 다가온 연석이 몸을 일으켜 자세를 바꿨다. 어느새 아래에 깔린 호수는 온몸을 활짝 열고 그를 맞이했다.

압도적인 흥분에 몰린 호수가 당황한 눈으로 그를 올려다봤다. 연석은 곧 닥칠 짙은 쾌감을 두려워하는 호수의 몸을 힘주어 끌어안았다. 흐느낌이 흘러나오는 호수의 붉은 입술을 베어 물고 진득한 혀를 밀어 넣었다. 아득한 키스를 나누며 두 사람은 순식간에 폭발하는 절정을 맞이했다. 호수는 단거리를 뛴 선수처럼 헐떡거리는 연석의 품 안에서 여운으로 떨리는 몸을 진정시켰다. 한동안 가만히 호수의 몸을 안고 숨을 고르던 연석이 고개를 들었다. 땀에 젖어 발그레 달아오른 호수의 볼과 입술에 잔 키스를 남긴 후 싱긋 웃었다.

"그럼, 이번이 레슨 원인가?"

"으, 뭐야. 왜 그런 소리 해."

처음 해본 체위가 만족스러웠던 연석은 품 안에서 바르작거리며 눈을 흘기는 호수를 힘주어 끌어안았다.

"나는 꼭 이호수한테 장가갈 거야."

호수는 틈만 나면 장가 타령을 하는 연석의 품에서 기분 좋게 웃었다.